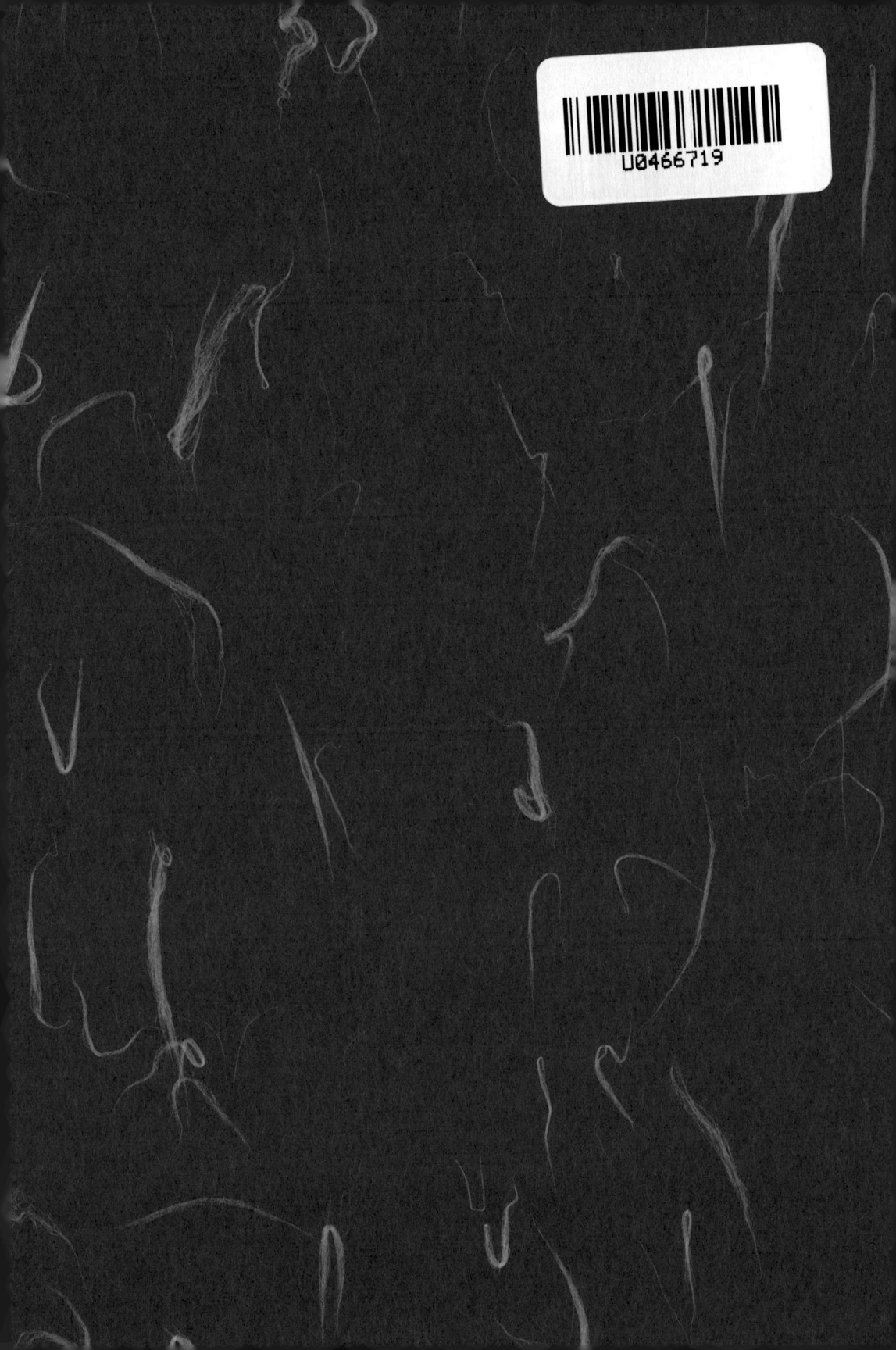

刘先平大自然文学文集典藏

追踪雪豹

刘先平 ◎ 著

时代出版传媒股份有限公司
安徽文艺出版社

刘先平
大自然文学
典藏文集

2017年，在广东潮汕海边的北回归线标志碑前。

刘先平，1938年11月生于安徽省肥东县长临河西边湖村。父母早逝。12岁离家到三河镇当学徒，后在大哥刘先紫的帮助下脱离学徒生活。求学道路坎坷，依靠人民助学金完成学业。1957年毕业于合肥一中。1961年毕业于浙江大学中文系。在合肥师专、合肥六中等校任教师。1972年之后，在安徽省文联任文学刊物编辑、主编。

1957年开始发表作品，先是诗歌、散文，后涉足美学。1963年，因一篇评论再次受到批判，停笔。20世纪70年代中期，跟随野生动物科学考察队野外考察数年。1978年，响应大自然召唤，重新拾起笔来，致力于大自然文学创作与思考……

他被誉为我国"当代大自然文学之父"。

他曾经两次横穿中国，从南北两线走进帕米尔高原。

他曾经三次穿越塔克拉玛干大沙漠，四次探险怒江大峡谷。

他曾经六上青藏高原，多年跋涉在横断山脉。

他曾经两赴西沙群岛，在大自然中凿空探险40多年。

他的代表作有四部描写在野生动物世界探险的长篇小说和几十部大自然探险奇遇故事。

他的作品共荣获国家奖九项（次）。其中有三届中宣部精神文明建设"五个一工程"奖、三届全国优秀儿童文学奖……

2010年，安徽省人民政府建立并授牌"刘先平大自然文学工作室"。

他2010年获国际安徒生奖提名。

他2011年、2012年连续两年被列为林格伦文学奖候选人。

他2018年获首届中国自然好书奖。

他2019年获第三届比安基国际文学奖。

他历任安徽省人民政府参事、安徽省政协常委和人口与资源环境委员会副主任、安徽省作家协会常务副主席、中国野生动物保护协会理事。现为中国作家协会名誉委员。1992年，国务院授予其"突出贡献专家"称号。享受国务院政府津贴。

刘先平大自然文学文集典藏

追踪雪豹

刘先平 ◎ 著

时代出版传媒股份有限公司
安徽文艺出版社

图书在版编目（CIP）数据

追踪雪豹/刘先平著.--合肥：安徽文艺出版社,2021.6
（刘先平大自然文学文集典藏）
ISBN 978-7-5396-7155-0

Ⅰ．①追… Ⅱ．①刘… Ⅲ．①纪实文学－中国－当代 Ⅳ．①I25

中国版本图书馆CIP数据核字(2021)第023341号

出 版 人：段晓静
策　　划：朱寒冬　姚　巍　统　筹：宋晓津　张妍妍
责任编辑：张妍妍　花景珏　装帧设计：张诚鑫
....
出版发行：时代出版传媒股份有限公司　www.press-mart.com
　　　　　安徽文艺出版社　www.awpub.com
地　　址：合肥市翡翠路1118号　邮政编码：230071
营 销 部：(0551)63533889
印　　制：三河市华东印刷有限公司 (010)61594404
....
开本：700×1000　1/16　印张：19.75　字数：300千字　插页：12
版次：2021年6月第1版
印次：2022年1月第1次印刷
定价：1200.00(精装，全15册)
....
（如发现印装质量问题，影响阅读，请与出版社联系调换）

版权所有，侵权必究

北山羊群为何在此集结？

被牧民救护的野羊羔

草场上的牦牛

冰山之父——慕士塔格峰

矗立在塔什库尔干县城中的鹰的雕像

风云变幻

从山塬中捡回的北山羊的羊角——多是被狼猎食后留下的

布仑河口,美丽的湖泊、湿地。

动物学家马鸣正在木扎尔特山
架设红外线照像机。

高山上的北山羊

成长中的山间小溪

高山花卉——多像红珊瑚 　　　　　　　开在石头上的花

江河湖海的摇篮

柯尔克孜族人居住的石头房子 　　　　红色的山塬

它不知照像机为何物，但就在这一瞬，留下了自己的影像。给雪豹小组带来了狂喜。

夜色中，它的眼睛放射着绿莹莹的光芒。

它在跟踪闯入它的领地的我们

夜巡

被牧民救下山的小雪豹

雪豹小组的营地

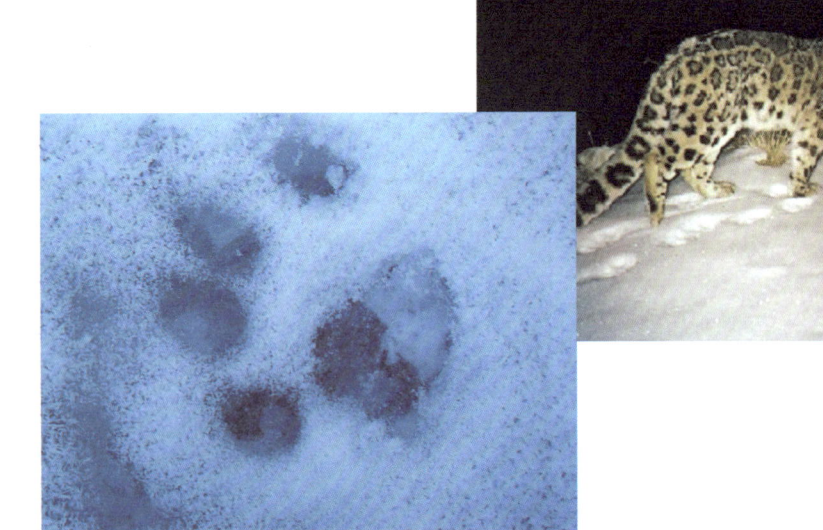

寻找雪豹留下的踪迹

雪豹出巡

雪豹在雪地上留下的足印

雄性高扬的雪豹

眼下正是繁殖期。一张照片上能留下它们两个的身影，实在难得。

在人类呵护下的小雪豹

马鸣正在观察被救护下来的小雪豹。

黔金丝猴毛色泛灰，又称灰金丝猴，只生活在贵州梵净山一片狭小的区域，现存仅七八百只。直到20世纪60年代，还很少有科学家知道它的存在。已被列入红皮书，是极度濒危物种。我国尚有川金丝猴、滇金丝猴、黔金丝猴，全都是只生活在我国的特产动物，属国家一级保护动物。它们全都有一副五彩斑斓的面孔，充满了玄机。是生命五彩的表相，还是像京剧脸谱将人生戏剧化的表现？

滇金丝猴只生活在云南、西藏的雪域高原。黑白相间的毛色，厚厚的红嘴唇，显示了另一种美。

川金丝猴只生活在四川、甘肃、陕西、湖北。它是第一种被法国传教士、博物学家戴维介绍给国际社会的金丝猴。

小顽童从高枝上飞身而下，张开四肢，翘起长尾，是在作空降特技表演？

孩子已在怀里熟睡，它在招呼谁？

瞧这一家子！

不理你！争吵或赌气，也是生活中的调味品

傍晚,猴群开始聚集,准备宿营。

猴王已盯上了我们这些不速之客。

"你们从哪里来?"我们悄悄地接近,还是被它们发现了。

猴王和妻妾、孩子在一起享受生活，却仍然冷眼旁观，目光犀利。

猴王发怒了——有三人监视着正在玩耍的它们。我在七八米外悄悄地接近拍摄。焦距对好，正要按动快门时，镜头突然一黑，随之头发、耳朵被揪……一道道血口，疼得我在地上跳。猴王却仍然一声不吭，只是怒目相视。

猴王进攻得手之后，高扬起长尾，犹如胜利的旗帜，迈着方步，雄赳赳气昂昂地走向它的妻妾、孩子。它有充分的理由感到自豪。

大山绘画

祖孙三人在海拔 4485 千米的阿木巴勒阿希坎山口,极目眺望阿牙克库木湖、盆地。

静静地躺在盆地中的阿牙克库木湖

戈壁上的红锦天

别有风情的豪华野餐,并非很多人都能享受。

阿尔金山自然保护区平均海拔高度为4500米,但就在这样的高寒地区,却有着如此宏伟的崖岩,这最少说明,在早期的地质年代,这里曾是温暖湿润的地方。

"镶边的野马"奔向雪山

奔驰的野驴

天初用另外一副打扮,迎接起阵的蚊群。

库木库勒盆地草甸中,灿烂的黄花。

阿尔金山自然保护区的依协克帕提中心站,就在依协克帕提湖边。维吾尔语"依协克帕提"的意思是"野驴踩陷的地方"。

攀岩高手

大戈壁滩

由此进入阿尔金山自然保护区。

多层次、多色彩的阿尔金山长卷

它的确是珊瑚,名字就叫辐石芝珊瑚,形状非常奇特,很像一个盘子。千变万化的生命形态,创造了丰富多彩的世界。

从河中捞出的原石昆仑玉

蜃气为阿牙克库木湖平添了无限的浪漫,如一首朦胧诗。

雪鸡——它常从我们头顶飞过，从山谷的这边到山谷的那边。

蓝马鸡的脸艳红

白鹇的美丽,有李白的诗为证。它最喜爱翠竹林。沙浴是一种享受,白鹇总是追寻这种惬意时光。

　　和黔金丝猴一起生活在森林里的,还有红腹锦鸡。它蓬张的颈羽,显示已发现了求爱的母鸡。

头状花序像鸽子头,下面两片雪白的大苞片,就像鸽子展开的翅膀。春天花信勃发时,真如白鸽群翔!

著名的鸽子树——珙桐。欧洲人特别喜爱它。

塔吉克族的小伙子赋予鹰笛美妙的旋律。

日出，轰轰烈烈，无比辉煌！

山溪中的大鲵，也和黔金丝猴相伴。因其叫声很像婴儿的呼唤，又名"娃娃鱼"。

金花灿烂，是野姜花？

美丽的高山草甸

鼓楼是苗族村寨的标志性建筑。

卷首语

我在大自然中跋涉四十多年,写了几十部作品,其实只是在做一件事:呼唤生态道德——在面临生态危机的世界,展现大自然和生命的壮美。因为只有生态道德才是维系人与自然血脉相连的纽带。我坚信,只有人们以生态道德修身济国,人与自然和谐之花才会遍地开放。

——刘先平

序

呼唤生态道德

生态道德的缺失,造成了我们生存环境的危机。

感谢大自然!在山野跋涉的三十多年中,大自然给予了我最生动、深刻的生态道德教育,因而无论是我的描写在大熊猫、相思鸟世界探险的长篇小说,还是在野生动植物世界探险的奇遇,都是努力宣扬生态道德的伟大,呼唤生态道德在人们心间生根、发芽。

环境危机重压着世界已是不争的事实,人们都在纷纷追究其原因,并寻找济世的良方。环境危机实际上是生态危机。

建设生态文明,中国为世界树立了榜样,具有划时代的意义。生态文明的建设,必然呼唤生态法律的完善、生态道德的树立,从根本上消解环境危机,保护、营造良好的生态。

法律和道德是一切文明的两大支柱,也是人类文明的标志。几千年来,我们已有了处理人与人之间、人与社会之间关系的行为规范、法律法规、道德准则,却根本没有处理人与自然关系的行为规范。按《辞海》(1979年版)中"道德"的释文:"道德是一定社会调节人们之间以及个人和社会之间的关系的行为规范的总和。"这足以证明:人与自然之间的关系根本未被纳入"道德"的范畴,缺失了生态道德;或者说,生态道德在这之前,根本没有进入我们的观念。这是认识的失误。

"生态"一词的出现,至今不过二百来年的历史,而生态与人、与生存环境的紧密关联,在时间上则是更近的事情。这也从另一个侧面反映了人类在认识自然、认识人与自然、认识人与环境方面的重大失误,更加说明了树立生态道德的紧迫和重要!如果不能在全社会牢固地树立生态道德的观念,就无法建设生态文明和人与自然和谐的社会。

正是生态道德的缺失,成了产生环境危机的重要原因。长期以来,我们在处理人与自然关系方面,根本没有建立系统的行为规范、树立道德,法律也严重滞后;因而对大自然进行了无情的掠夺,无视其他生命的权利,任意倾倒垃圾,没有预后评估、监测地滥用科技,造成了环境污染、资源枯竭、生态失去平衡,以致受到大自然的严厉惩罚,直到危及人类本身的生存,才迫使人类重新审视与自然的关系,规范人与自然关系的法律和生态道德才得以突显。强调生态道德,在于强调、突出它比之于其他道德的鲜明特点——人与自然的关系。我们急需建立对于自然应具有的行为规范,以调节人与自然之间的关系,消解环境危机,建设人与自然的和谐。这是时代向我们提出的重大命题。

比较而言,树立生态道德比制定、完善生态法律,有着更为艰巨的一面。法律是"由立法机关或国家机关制定,国家政权保证执行的行为规则的总和",而道德是公民应具有的修养、品质,带有自觉或自我的约束。当然,对法律的遵守,也是修养和道德的表现。法律可以明令从哪一天开始执行或终止,但同样的方法并不适用于道德。比如某一行为并不违背法律,但违背了道德。这大约也就是媒体纷纷设立"道德法庭"的原因。生态道德在全社会的树立,是个艰难而长期的任务,需要启蒙和培养的过程,对一个人说来甚至是终生的,需要全体公民的参与和努力。

三十多年来在大自然的考察,七十多年的人生经历,使我逐渐深刻地认识到树立生态道德的重要、紧迫。三十多年前我所描写的青山绿水,现在已有不少面目全非。大片原始森林被砍伐了,很多小溪小河都已退化或干涸,有些物种消亡了……

记得1981年第一次到西部去,云南的滇池,四川的岷江、大渡河、若尔盖湿地……美丽而壮阔的景象,使我心潮澎湃。滇池早已污染、水臭。2007年10月,再去川西,所经岷江、大渡河流域,到处在建水电站,层层拦江垒坝。在一个山村水电站工地,村民忧心忡忡地诉说:大坝建成后,村前的小河将干涸,到哪去找吃的水啊?!这种只顾眼前的利益,无序、愚蠢的"改造自然",对整个生态系统的破坏已有显示。我国最大的高寒泥炭沼泽湿地若尔盖,泥炭层最深达9米,它在雨季吸水,干季溢水,1千克干泥炭可吸蓄8—12千克的水。它是黄河上游的蓄水库,蓄水量相当于三个葛洲坝。枯水季节,黄河水的30%(一说40%)是由这里补给的。但在20世纪曾挖沟沥水采掘泥炭。现在湿地已大面积退化为草原,沙化、鼠害严重。最发人深省的是,在这里拍摄红军战士过草地时,竟然无法找到深陷的沼泽,只好人工制造。黄河屡屡断流,当然不足为怪了!

水是生命的源泉。水的污染给整个生物链带来的是灾难性的影响,使人类的健康、生命处于极不安全的状态。中国五大淡水湖是长江中下游湖泊群的代表,是中国人口最为密集地区的生命线,号称"鱼米之乡"。但只经历了短短的二十多年,其中的太湖、巢湖,已是一湖臭水,根本无法饮用。其他的也都面临着湖面缩小、污染等生态恶化。在经济发达的长三角、珠三角,水污染更是触目惊心。

大自然养育了人类,可我们缺失了感恩,缺失了对其他生命的尊重,妄自尊大,胡作非为。当人类对自然缺失了道德时,自然也会还之以十倍的惩罚!

我曾立志要为祖国秀丽的山河谱写壮美的诗篇,但只是短短的二三十年,我所描写的山川河流不少都已是"历史""老照片"。

我曾冒着种种的危险和艰难,在野生动植物世界探险,无论是描写滇金丝猴、梅花鹿、黑叶猴还是红树林、大树杜鹃,都是为了歌颂生命的美丽,但是总也避免不了生命的悲壮——它们在人类的猎杀、砍伐、压迫下苦苦挣扎。即如每年要进行一次宏伟生育大迁徙的藏羚羊,或是给人类带来福祉的麝,或是山野中呼唤爱的黑麂……都无可避免地遭受着厄运。它们生存的空间,正被人类蚕食、掠夺。

这使我无限忧伤、愤怒,更加努力地呼唤生态道德的树立,也更寄希望于孩子。

正是大自然的生存状态,激起了我决心在一些作品之后写下后记,为过去,为未来,立此存照。

三十多年来,大自然以真挚、纯朴、无比的热情,接纳了我这个跋涉者,倾诉、抚慰……结下了深厚的友谊。

热爱生命,尊重生命,热爱自然,保护自然,保护环境,应是生态道德最基本的范畴。

我们来自自然,与自然有着血肉相联的关系。人类初期对自然是顶礼膜拜的。很多的部落,将动物的形象作为图腾。我们的祖先,对人和自然关系的认识,曾有过很多智慧的表述,如"天人合一"、盘古开天地的创世纪之说等等,至今仍是经典。

从世界教育史考察,对自然的认识,一直是教育的最基本、最经典的内容,讲述天体气象、山川河流、森林、环境和资源等等。以人类生存的环境、人类在自然中的位置作为人生的启蒙,在孩子们幼小的心灵中培植对生命的热爱、对自然的感恩。但这种优良的传统,随着人类社会、经济,尤其是科学技术的发展,逐渐淡化或消失。城市钢筋水泥的建筑,活生生地切断了孩子们与自然的联系。现在城里的孩子不知稻、麦为何物已不是怪事,甚至连看到蚂蚁也发出了惊呼。缺失生态道德的社会、科学技术的发展,不仅使自然失去了自然,更为可怕的是使孩子们失去了自然。

我希望用大自然探险奇遇,还给孩子一个真实的大自然世界,激活人类曾有的记忆，接通与大自然相连的血脉，接受生态道德的洗礼、启蒙，同时，启迪智慧的成长。大自然是人类的母亲，请千万不要忘记，大自然也是知识之源，正是在人类不断探索自然的奥秘中，科学技术才发展到辉煌灿烂。即使到今天，生命起源仍是最艰难的课题。

  道德是一个人的品质、修养、不朽的精神。道德力量的伟大，犹如日月星辰。我一直坚信，只有人们以生态道德修身济国，人与自然和谐之花才会遍地开放。

2008年4月2日

目　　录

卷首语 / 001
序　呼唤生态道德 / 002

追踪雪豹 / 001
七彩猴面 / 070
天域大美 / 140
喜马拉雅雄麝 / 175
蘑菇圆舞曲 / 199
神奇的河源 / 217
寻找巴旦姆 / 246
旱獭的尊严 / 262
寻找香榧王 / 269
雪豹小兄妹 / 274
戴胜抢水 / 285

附录　刘先平四十多年大自然考察、探险主要经历 / 301

追踪雪豹

水是生命的源泉。我们在西部探索了数年,中国的水源在西部的雪山银峰。山之源呢？我们朝拜万山之祖帕米尔高原。

去年,我和君早已完成了从南线,由青海,穿越柴达木盆地,登昆仑山,翻越阿尔金山,过若羌、和田、喀什、塔什库尔干,走进帕米尔高原的行程,途中领略生态的变化,认识雪域高原的野生动物王国。今年我们将从北线,由甘肃河西走廊,过敦煌、库尔勒、库车、阿克苏、喀什、塔什库尔干,走进帕米尔高原,拜访雪豹、藏羚羊、野牦牛、盘羊等山野朋友。

我们在满怀期待、渴望中加紧准备工作。

帕米尔高原的来信

合肥的7月,正值盛夏时节。

一封帕米尔高原的来信,激动得我和李老师整晚都在讨论它。

信是帕米尔高原牧民喀瓦夏写的。喀瓦夏是我去年在帕米尔高原结识的塔吉克族的兄弟。历史上,放牧和狩猎是游牧民族的主要生产方式。牧民天生是半个猎人。

信的大意是:雪豹黑玫又出现在夏牧场,它还是那样俏丽、青春焕发。断尾狼也来了,它的嚎叫还是那样震魂摄魄。你赶快来吧！

去年,喀瓦夏给我说了断尾狼偷袭雪豹黑玫的孩子的故事。正当我非常懊恼没有看到这场战斗时,他却说:它们一年四季都有不同的生活领地,明年很可能还都要再来这片山塬。

生存竞争是动物世界公平合理的法则,更是维护动物世界兴旺发达的机制。

描写我在野生动物世界探险的拙著《云海探奇》1996年再版时,我写了这样的卷首语:"动物之间的生存竞争,往往是在激烈的搏斗、残酷的掠杀中进行着,这时焕发出的生命光华无比耀目、灿烂辉煌,犹如雷霆万钧的生命交响曲。"

在生存竞争的搏斗中,动物的一切本领、智慧、美的品质会表现得淋漓尽致,这是动物学家、哲学家、军事家……一切热爱大自然的人,梦寐以求的机遇。

我原以为喀瓦夏是在安慰我,没想到他是位讲信誉的朋友。

熟悉的朋友看到我们那样忙乱,常常调侃:"傻包!憨包!你不是见过雪豹吗?为啥还要死死去找寻生活在雪山的雪豹?有这样写作的吗?这样的作家不饿死才怪哩!"

是的,我只能傻笑,因为在钢筋水泥已切断了人与自然之间相连的血脉的时代,有多少人会萌发追寻野性美的激情呢?我的好友猎人小张的名言就在我耳边响起:

"动物园的野兽,不能叫野兽,它们只是牲畜!"

失去了野性的野兽,难道还能叫"野兽"?就连植物园的植物,难道不应该也换一种叫法?

野性的美——最具魅力、最具感染力、最激动人心——看一眼就终生难忘的美!最具美的本质、最具生命力的美!

我们究竟应该追求哪种美呢?

神秘的雪山之王失踪

雪豹,是猫科豹亚科动物,但它的栖息地绝不是金钱豹、云豹、猎豹、黑豹生活的森林。

它只生活在雪域高原——它将自己的王国建立在巍峨的高山、直插云霄的银峰、白雪皑皑的群山、陡峭的悬崖绝壁。

它美得惊人,灰白色的毛衣上犹如盛开着一朵朵黑玫瑰,饰以长长的蓬松的大尾巴,身材修长,艳丽迷人。

它矫健异常,10多米的山谷可一跃而过,三四米的山崖可一纵而上……

正因为它的美,人类毫不吝啬地赐予它一顶顶桂冠:雪山精灵、雪山之王、雪山隐士……

更有时尚的:高山旗舰物种、高山生态标志性动物、雪域高原的文化、生态道德的呼唤……

雪豹生活在海拔4000至5000米的陡峭山崖,主要猎食岩羊、北山羊、盘羊、旱獭、雪鸡、鼠兔之类的高原动物。它的兴衰,表明了高山地区生态良好或是失衡。千万年来,雪豹与高山各民族生活在同一区域,已成了文化的一部分。

20世纪70年代至80年代初,在西藏、新疆、青海、甘肃、四川的高山上,还时常能看到雪豹在行走。资料记载,30多年前,有个打猎队曾进入青海省祁连山南坡的一条山谷中,3个月内竟捕获了大小雪豹近二十只,猎杀了十多只。

但在20多年中,雪豹的倩影从野外考察的动物学家的视线中消失了。雪豹数量的锐减,警示着高山生态的恶化,警示着人类生存环境的恶化……

它的皮毛华丽、柔软、绒厚。它的骨骼可代替虎骨,能治疗风湿等疾病。正如其他所有为人类带来福祉的动物的命运一样,雪豹的美德给它带来了灭顶之灾,它成了贪婪者的猎杀对象。

人类有几千年的文明史,在人的生活三维关系中,人只注重人与人、人与社会的关系,而作为人类生存根本的人与自然的关系却往往被忽略了,因而直到今天也没有规范人与自然相处时应遵循的行为准则——生态道德。雪豹濒临危境正在呼唤着生态道德。

美国知名动物学家夏勒博士,在《沉默的石头》中发出了警告:"在未来的许多个世纪中,那些山峰仍然会矗立在这寂寥的风景里,但当最后一只雪豹在峭壁间消失时……一簇生命的火花将随之而逝,山峰也将变成沉默的石头。"

夏勒博士完全有理由发出如此沉重的警告。1981年我在四川卧龙高山营地"五一棚"跟随胡锦矗教授考察大熊猫时,和夏勒博士相识。他是位魁梧的大汉,用时尚的话说是位"帅哥"。但给我留下最深刻的印象是:每天,他吃了早餐后就出发去考察了,却常常是最后回到营地的考察队队员之一。他温文尔雅,但也有发怒的时候。有一天,他从山上捡回了几个捕兽夹,脸涨得通红,怒斥偷猎者的无情、保护工作管理的疏漏。

在大熊猫研究告一段落后,正是雪豹的命运引起了他的关注,他于1987年到西藏,和动物学家刘务林一起,在7年中深入羌塘高原无人区七次,每年一次,考察那里的野生动物世界,同时寻找雪豹。刘务林后来向我说,每一次都是摸着阎王鼻子走过来的,但无怨无悔。羌塘是我国青藏高原上野生动物王国之一,它与可可西里几乎连成一片。刘务林的名言"藏北的狼不吃人"就是这个王国的写照,但7年中,他们没有见到雪豹!

据说,夏勒博士之后似乎又去了祁连山、天山,甚至帕米尔高原,但仍没有见到他刻意寻访的雪豹!

我在跟随胡锦矗教授考察大熊猫时,已对雪豹的珍贵有所了解。川西有雪豹的身影,但在几年的经历中,我根本没见到雪豹。1999年、2004年,在曾经是雪豹家园的青海乌兰县、天峻县,我两次穿越柴达木盆地,直到可可西里地区,结识了普氏原羚、马鹿、白唇鹿、棕熊、藏羚羊等山野朋友,也没有拜访到雪豹!

最少有四五位动物学家在说到雪豹时,总是感叹:"只见雪豹皮,不见雪豹影!"

啊!美丽的雪豹,你真的已从山野中消失?

直到2005年,马鸣教授的雪豹小组在200多平方千米的山谷中架设了三十多台红外线照相机,历时71天才拍到了生活在山野中的雪豹的照片,证明它确实还生活在天山。这个消息立即被中央电视台等重要媒体予以报道,轰动了国际雪豹保护组织,轰动了动物学界。

然而马鸣教授有着深深的遗憾:"我在野外考察了10年,也没见到鲜活的雪豹!"

为何如此神秘?

首先,它的王国在雪山银峰——人类视之为"生命的禁区"——但它对人类的行动了如指掌,具有神出鬼没的本领;最为重要的是,传说它有"隐身术",不信吗?

7月中旬,我们出发了。30年前青海的雪豹家园给我留下深刻的印象,因而西行的第一站我们就到了甘肃的河西走廊、祁连山的北坡。它的南坡即青海的祁连、天峻、乌兰。我们希望在那里寻找到雪豹,但在山上攀爬了数天,连可能是它留下的蛛丝马迹都未见到。且又接到家中转来的喀瓦夏的第二封通报雪豹行踪的信,我们只得日夜兼程赶路。

到了乌鲁木齐,我们连忙去中国科学院新疆生态与地理研究所(以下简称"新疆生地所"),一是看望老朋友,二是想了解一些帕米尔高原的情况。1986年,我曾随作家协会代表团到新疆访问,结识了这里的朋友,后来写了

《塔里木河漂流记》。但时隔20多年,作品中所描写的主人公中,只有马鸣教授来了。然而没几分钟他又突然离开了。虽然这次匆匆见面连话也未说上两句,留下了遗憾,但还是得到了一些涉及我们行程的重要信息,我们急急忙忙往南疆赶。

我们在库尔勒、阿克苏的托木尔峰还是做了短暂的停留,对雪豹的生存状态进行了必要的考察,但仍然没有见到雪豹的身影。

动物学家马鸣和雪豹小组

为了使读者读到一个流畅、有高潮的故事,或者说是为了叙述的方便,我只好在时空的顺序上做一些技术处理,先讲马鸣的故事。

第一次见到马鸣,应该是1986年,在新疆科学院,我知道他是研究鸟类的。但那时我的兴奋点在漂流队——

为了研究鱼的生态,考察队选择在鱼的繁殖期,从三河汇合处的沙雅下水,乘着橡皮船,在塔里木河中漂流,观察大头鱼的产卵、受精,直至小鱼破卵而出。

塔里木河是沙漠中的河流,洪水季节河水漫滩,河床骤宽,形成了复杂的水道,野兽出没,环境恶劣……从来没有人敢在这条大河上漂流。谷景和的团队凭着探索未知世界的勇气,进行了开天辟地的壮举。要命的是,他们突然失踪了,与总部失去了联系,与从陆地并行负责后勤保障的队员也失去了联系。从他们所带的口粮计算,他们早已弹尽粮绝了……谷景和他们凭着什么死里逃生完成了考察任务呢?

其中有着太多的悬念,悬念就是故事。

说实话,马鸣只留给我淡淡的印象。

不久前在新疆生地所,匆匆一面,他就离开了。仍然是原来的印象:他是研究鸟类的。

但当得知他和他的雪豹小组,在天山的托木尔峰自然保护区,不仅发现了雪豹,而且拍到了几十张雪豹在野外生活的照片时,我在惊喜之余,就是奇怪,这是那个鸟类学家吗?答案是肯定的。

他研究的是天上飞的,怎么又成研究地上跑的了?从没听说雪豹或者说猫科动物是由鸟类进化而来的。当然,近年的科学研究发现,飞翔在天空的鸟类是由地上的恐龙进化而成的,这已被化石考古发现证实:鸟的进化过程中几个阶段的化石都出土了。前两年我们在辽宁朝阳参观过中华龙鸟的出土地、化石层。

我深深遗憾那次他的不辞而别。如果那时知道他考察雪豹的计划,我一定会想方设法跟随他在几个月后进入托木尔峰。

可是我在他之前去了托木尔峰,是什么机缘竟造成这样的巧合?

再次见到马鸣,因为雪豹,我们已像是老朋友般亲切交谈。

他是一位魁梧的大汉,面孔白皙,眉毛浓黑,明亮的眼睛中,时而闪着鹰隼般的犀利,时而又跳动着小鸟般的欢快,鼻梁高高的……乍一看,你会以为他是维吾尔族兄弟。几十年来,大漠的风沙没有在他脸上留下任何的痕迹,只是细细地看去,明亮宽阔的额头上闪耀着高山的仁厚、大漠的淡定……

话题当然是雪豹。

天外来客

马鸣开口说雪豹……不,不像是在谈雪豹,而是在说一位天外来客。

他敏锐地感觉到我的表情的内涵。他说道:

你的感觉是对的,雪豹对我说来,直到今天,仍然像是一位天外来客。我进入这个领域已经快10个年头,在野外拍到它的照片,也是5年前的事了。但我在这以后的5年中,在野外仍然没有见到雪豹,没有看到它矫健的身影。

它太神秘了,仅仅是"雪山隐士""雪山之王""雪山精灵"这些名号,还不够神秘?

我在雪山中没见过它,夏勒博士在我国追踪它20多年,仅在藏北的羌塘高原就连续苦苦寻求了7年,不是也没见到吗?

在最近二三十年中,在我们拍到雪豹的照片之前,没有一位动物学家观察到生活在野外的雪豹。

是从地球上消失了?雪豹生活在中国以及和中国接壤的国家。从现在已知的情况看,中国雪豹的数量,几乎占了世界总量的三分之一啊!

雪豹是雪域高原的标志物种,它的生存状态,反映了高山地区的生态状况的好坏。

20多年前,雪豹多到被当成害兽,当地政府组织人们去猎杀,那时有"打虎英雄",也有"除豹勇士"。

20多年仅仅是历史的一瞬,这个美丽、充满文化色彩的雪豹究竟哪里去了?大自然究竟发生了什么灾难?或者说它跑到哪里去躲避人祸了?

它不神秘吗?

我在考察雪豹时,好几次感到刚在山谷中扎下帐篷,夜里帐篷外似乎就有幽灵在游荡。第二天早上,帐篷外真的有足印,证明了那不是我的幻觉,更不是幽灵。但从留下的印迹来看,我无法确定这位神秘的客人是谁。

直到2005年10月,我们在木札尔特山谷刚扎营,架设了红外线照相机,当天夜里就有神秘的客人来访,帐篷外的雪地上留下了踪迹。从已积累的经验判断,是雪豹来了。但科学是用事实说话的,我们无法证实。

托木尔峰自然保护区坐落在阿克苏市辖区内。阿克苏地处库尔勒、喀什之间,是古丝绸之路上一座很美的城市。

托木尔峰是天山山脉的最高峰,海拔7435.3米。托木尔峰自然保护区地处吉尔吉斯斯坦、哈萨克斯坦和我国的交界处,平均海拔为4000米,6000

米以上的高峰就有 15 座,东西长 105 千米,南北宽 28 千米。那是九霄中最为壮观的冰雪世界,冰川浩荡、雪峰林立。

神秘客人的来访,闹得当地来的向导心里发怵。雪域高原不缺乏他们从小就听到的神秘动物传说,譬如有关"雪人"的故事。

它神不神?是从哪里知道我们来了,而且清清楚楚知道营地的位置?它干吗要来营地?

直到半个多月后冲洗出红外线照相机中的第一批胶卷,这位神秘的冰山来客才露出了真面目:雪豹!的的确确是一只雪豹!

那闪着绿莹莹光亮的双眼,是不是让人们联想到想象中的天外来客?

雪豹小组的欢呼声响彻山谷,在山谷中回荡。要知道,这张小小的清晰的照片,是几年来的努力得来的,它的信息量证明了多年来考察中的猜想,以及失误。

你能说不神吗?

大队人马寻找它,音信全无,它却看清了你的一举一动。它的隐蔽地在哪里?是雪山上哪条山谷、哪个洞穴?

你以为你在考察它,其实它正严密监视、考察你!

你在明处,它在暗处!

这不是很有趣吗?它的这种行为说明了什么呢?

最少说明人千万别自作聪明。

这张巴掌大的印有雪豹形象的照片,带来的是狂喜。是的,是狂喜。

它证明了在天山的托木尔峰确实有雪豹存在!这点很重要。

几年来,我们写了一份又一份考察报告,报告在这里那里发现了雪豹的踪迹。同样,也有人质疑:那是雪豹的踪迹吗?你见到雪豹了吗?没见到又怎么能证明那不是野猪、熊、棕熊、狼、石貂的踪迹呢?

科学需要事实证明!

现在我们证明了！印证了经验中的正确与错误。

狂喜中却有着深重的遗憾，准确地说是苦涩。

因为它是凝固的，是几分之一秒的瞬间的行为，缺少作为一个王者的行为，缺少生命的鲜活。

神秘是挑战的号角，勇者进，懦者退。

神秘的挑战，使我们又踏上新的征程。

这是一个中秋的夜晚，我们坐在一个并不宽敞的房间里。我请马鸣喝茶，听他说雪豹小组的故事。他赞美名贵的雾里青醇厚、馨香。

他的声音低沉，隐隐有着一种韵律，像是冰川融水在流淌，娓娓动听，眼神中时时闪烁着大漠的辽阔、高天的变幻。

神秘是挑战的号角

马鸣接着说道：

我是研究鸟类的。你和其他朋友都问：怎么突然转向了雪豹？

我喜欢挑战。新疆鸟类的分布种类，生态所具有的西部特色神秘性，令我入迷。

沙漠中特有的鸟类就很神秘。你三次穿越塔克拉玛干大沙漠，见过白尾地鸦吗？它是沙漠中特有的鸟，就是说只有在塔克拉玛干大沙漠中才能见到它。

没有。对，它很稀有。名字已将它的特点说清了，雪白的尾巴，乌黑的身子，体型比乌鸦要小；只在地上跑，它已适应了在松软的沙地上奔跑；吃沙生植物的种子、昆虫。我就是费了几年的时间，才在沙漠的腹地，查清了它的生态。它是这个特殊的生物圈中的一位居民，是沙漠生物圈的成员嘛！

你肯定知道猎隼。它很名贵,中东一些国家的富豪、名人将它作为名门、富有的标志。它是有名的猎手,依靠闪电般的飞行速度,发动空中袭击,非常精准。它的体重只有五六百克,但能在空中猎取体重七八百克的鸟类。它能像直升机一样在空中停留,甚至在空中和母鸟传递猎物——很似飞机的空中加油……它身价很高,几万美元,甚至上百万美元一只。巨额的经济利益使得很多偷猎分子铤而走险。前些年,大批盗猎分子拥入新疆。新疆的猎隼既多,品质又好。不用说,只几年,猎隼数量锐减。这迫使我们采取多种保护措施。

繁殖行为的研究是保护物种的重要的一环。可对猎隼的繁殖行为研究开头就出现了一个似乎难以逾越的大难题——谁也没见到过它的巢。

巢不是鸟类居家的场所,巢是鸟类生儿育女的摇篮。

兽类在行动时会留下兽迹,它在大地上。可鸟天生一对人类所没有的翅膀,真有些来无影去无踪的感觉——这就是考察鸟类的困难所在。

不过巢虽不是鸟们居家之所,却是鸟们生儿育女的地方,锁定了巢区,也就基本上锁定了鸟们在繁殖期的根据地。

这个难题充满了诱惑、挑战。那几年,我跑遍了天山的东西南北。你已走过大戈壁,穿越过大沙漠,攀登过雪山、冰川,肯定能体会到其中的艰辛。每次考察回来我都像野人一样,但就是找不到猎隼的巢区,它生活的地域太辽阔了,它飞行的速度太快了……最后,还是个偶然的机会,我终于在茫茫大戈壁中的丹雅地貌中找到了它,那份揭开神秘的喜悦,那种探索未知的魅力,是常人很难体味到的……

我赶快给马鸣续茶,乘机介绍雾里青产在安徽石台的仙寓山上,100多年前它就搭乘瑞典的帆船哥德堡号,穿过太平洋、印度洋、大西洋,作为友谊的使者到达了瑞典。在哥德堡号航行中国100周年之际,重新建造的哥德堡号又从瑞典来到上海、广州。雾里青再次登上哥德堡号远驶瑞典……

他研究鸟类几十年，若是任由他倒出满肚子精彩的鸟类的故事，不知要谈到何时。

他笑了。

从学习寻踪辨迹开始

马鸣喝了一口茶，道：

我没离题，神秘是挑战的号角。正是喜欢挑战，使我走进了雪豹的世界。是雪豹选择了我，还是我选择了雪豹呢？

旗舰物种、高山生态健康与否的指示物种雪豹，早已引起动物学家、自然保护机构的重视。美国有位老太太多年前已发起成立了雪豹基金会。

雪豹只生活在中国和中国周边的尼泊尔、巴基斯坦、阿富汗、吉尔吉斯斯坦、俄罗斯、塔吉克斯坦等11个国家。全世界现存的雪豹在3000只到7000只之间，而中国就可能有2000多只。中国的雪豹主要生活在天山、帕米尔、昆仑山、准噶尔的阿拉套山、阿尔泰和甘肃、青海、西藏、内蒙古、四川等地。

但我们没有研究雪豹的机构。

雪豹基金会考察后找到了我。我虽然主要研究鸟类，但在新疆工作了几十年，对这一地区的旗舰物种不可能不关注，就这样我们一拍即合。

起步是艰难的，雪豹小组在新疆生地所有十多个人，还有林业厅和相关部门的专家。首先要考察它的分布。新疆地域辽阔，东到北塔、阿尔泰，西到帕米尔，我们在南疆北疆跑了个遍，可经费很少。

几年来寻寻觅觅都没看到雪豹，只是从牧民那里了解到它的一些习性，学会辨认它的尿迹、擦痕、卧痕，收集到它的毛、粪便。

大自然对她的所有臣民都是公平的。她赋予鸟类一对人类梦想的能够在天空中自由飞翔的翅膀,赋予兽类善于奔跑的腿。

野物是野性的,我们无法命令它在哪里等我们,只有去寻找它的身影。可每个动物都有生存发展的本领。作为动物来说,无论是觅食还是玩耍,总是将安全放在第一位,因而要百般藏匿。

作为"雪山之王"的雪豹,第一,它生活在高山,第二,它绝不在森林中生活,森林的面积远远小于大地。这就是说,它的生活领域比金钱豹、云豹大得多,这给我们的考察带来了更大的难度。第三,它非常机警,简直可以说是诡秘,要不怎么有"雪山隐士"之称呢?

寻找雪豹的踪迹,那真是踏破铁鞋无觅处。但牧民们见过雪豹,甚至与它相处过——生活在同一个生物圈中。我们向他们学到了很多关于雪豹的知识。

正是他们的经验和启发,我们终于找到了走近雪豹的捷径。

那年冬天,大雪纷飞中,我们上路了,到达了深山。

新疆山区落雪,那是豪雪,"雪片大如席"不算太夸张,一下就是几天几夜,特别是阿尔泰那边。

雪刚停,我们就跟随有经验的牧民到他见过雪豹的山沟里。

大自然是万物的主宰,在她的面前你藏不住任何的秘密。感谢你——雪地。是的,雪地将生活在这一区域的居民的足印保留了下来,非常新鲜,非常忠实——这就是我们要赶在雪刚停,就去看雪地上的足迹的原因。

常说"霜前冷,雪后寒"。山里的气温常在零下20多摄氏度,可我们个个都是热血沸腾啊!

那深陷的是有蹄类的野羊,那溅起雪的是小型的兽类,那印出爪痕的是雪鹑、绿尾虹雉。

是的,那一串如梅花盛开般的足印——厚厚的宽宽的后掌,后掌前四个趾痕从右到左由大到小排列得非常整齐——就是雪豹的足迹。

这就是牧民说的,雪豹平地行走时,利爪不外露,四趾围绕着肥厚的掌心排。

你可别小看了这个发现,它可解开了我们多年考察中的困惑。就说足印吧,在干地上或温地上,很难有完整的足印留下,更别说新鲜的了!石貂、狐狸、狼、熊的足印,都和雪豹的有相似之处,让你心里总是疑虑重重。现在好了,我们有办法来区分了。

经过多次的考察,我们终于从足迹上得到了大量的信息。

成年雪豹的足迹长9—11厘米,宽7—9厘米。四肢强壮、短粗,前足比后足更发达。

在四五月之前,雪豹常是单独行动,到了六七月,常能见到大的足印后面或旁边有几串小的足印。这说明雪豹已经产崽,正带着孩子觅食或散步……

是的,和其他的信息一综合,我们基本上能分清雪豹的性别、大小,摸清雪豹的交配期是在1月至3月,孕期3个多月,每胎产崽2—5只。

这对于我们很重要。但这仍然无法让人们相信,出现各种各样的质疑也就不足为奇了。我们必须拿出真凭实据,当然最好是牵一只威风凛凛的雪豹到质疑者面前。可是没有这些基础,是没办法捕捉到雪豹的。

捕捉雪豹的妙招

马鸣谈兴甚浓:

有人说:科学技术的进步,是因为人太懒,且贪,又充满了幻想。譬如人忍受不了走路的辛苦,于是造了车、船;人希望自己的胳膊是长长的,于是发明了标枪、抛石器,甚至火枪、导弹;人幻想着有一对翅膀,从天空俯瞰大地,于是制造了飞机……这是一种调侃,或是……

在长期考察雪豹中,我们最希望的就是有一双千里眼,这双千里眼还应该具有夜视的特异功能,还要日夜都管用……总之是能帮我们捕捉到雪豹……

这个奇妙的家伙真的来了。

2005年9月下旬,我们接到通知,雪豹基金会48台红外线自动照相机已到了乌鲁木齐机场货运仓库。尽管五个大箱子有的已经破损,大家还是兴高采烈地将它们打开。可一看红外线照相机的商标,那种愕然、苦涩使在场的人个个沉默无语。

商标上清清楚楚地标明"Made in China(中国制造)"。照相机是中国制造的傻瓜相机,连电池也是中国制造的……外国人只是进口这些部件进行组装,然后作为高科技产品返销到中国。是我们不会组装吗?当然不是。是我们没想到自然保护事业需要吗?也不是。那是什么原因呢?

但在当时,尽管在运输中已有损失,只剩下了30多台管用的,它们毕竟能满足我们的幻想,帮助我们去实现人力难以达到的目标。

可是将它们装在哪里呢?它们在哪里能捕捉到雪豹呢?准确地说,应是捕捉到雪豹的影像。

这是一次考试,30多只"眼睛"将检验出我们数年考察、研究的真伪。很像大理学家说的"我注六经,六经注我",即是说"我"给经典之作做了注释,其实也是这些经典之作中丰富的知识思想在考查"我"的智慧与谬误。

经过热烈的讨论,雪豹小组毫不犹豫地选择了托木尔峰。因为那里发现雪豹的痕迹最多最集中。我知道你走过托木尔峰,肯定知道那条路的艰难。

我有篇野外考察日记,你可以看看:

10月21日

今天是非常关键的一天。它标志着中国雪豹研究的一个新的开端。因为设备多,临时增加了一辆货车,拉粮食、蔬菜、水果、帐篷、睡袋,还有几百个馕。一路颠簸，队伍终于在太阳落山后到达木札特峡谷的尽头，摸黑在一个羊圈的附近扎营。卸车时，发现水果都成了果酱。不过，经过三次联合考察磨炼的队伍克服了许多无法预料的困难。营地很快就安顿好了。初冬的天山峡谷已经有了积雪。我们终于进入了阵地。

雪豹小组的成员（包括外方成员）是10月18日从乌鲁木齐出发的，在阿克苏进行了紧张的准备。

日记中所说的羊圈，其实在海拔2400米的山谷中，是牧民的夏牧场。在大雪来临之前，他们已经转场到低山避风的冬窝子了。

我们走的进山路肯定不是同一条。但你们在天山中跋涉过四五次，肯定知道所谓的路常在乱石、草滩中，车颠得人脖子抽筋，水果在摇晃中成了果酱更是不足为奇。

我们的营地在木札特达里雅，木札特峡谷中。这条大峡谷是天山南北的大通道、古丝绸之路，至今还有"破城子"等遗迹。"木札特达里雅"意为冰河。

皑皑的雪山，巨大的冰瀑，银装素裹，非常壮观。我们还亲眼见到一次大的雪崩，飞溅起的雪雾久久没有散去。营地的风景很美，但对于考察队说来，是工作、生活的艰难。

我们前后花了将近10天的时间，选择了5条山谷，在250平方千米的范围内架设了30多台红外线照相机。

架设相机不是简单的事，地点应是多次考察中发现的雪豹出没概率高的地方，在雪豹行走的"路"的两侧，每隔1千米相对处各架1台，再做GPS定位。道理很简单：雪豹的两侧花纹是不一样的，特别是脸上的花纹，就像人的指纹一样。俗话说："认虎先认脸。"雪豹也是先认脸。这样就可以得到一只雪豹完整的照片，而且也不至于将一只雪豹误作两只。

想想看,要将250平方千米范围内的相机全部架设好,是多么艰难。有件小事是应该说的:

在一次野外作业中,队员们竟20多次涉水过河。这里是著名的冰河,脚刚踏入10月的水中,逼人的寒气顷刻钻入脑顶。

我的一位研究生,为了抄近路,竟然冒险骑马冲进了已结冰的小河。其结果当然是人仰马翻。只一小会儿,他全身的衣服就成了冰铠甲。

那天我爬到山崖上去架相机,猛然间一阵大风刮来,飞沙走石。我脚下一滑,就骨碌碌滚了下去。幸而我脑子还清醒,抓住了一个石棱子,往下一看:万丈悬崖啊!雪豹最喜欢走的路就是陡峭的山脊。

红外线照相机的优点,是有动物经过时相机立即感应,按动快门。说明书上说是全天候24小时工作的,经过2个多月的实际应用,证明说明书上不少地方是需要修改的。

但还是感谢这种照相机——它代替我们这些考察队的"懒人",在茫茫的大雪、深沉的黑夜、零下20多摄氏度的严寒中,监测着这位高山之王的行动。

相机架好后,似乎就可以坐在篝火旁,喝着热腾腾的奶茶,听着音乐,守株待兔了。

那确实很浪漫,但不是现实。别说帐篷里无法生篝火,就连饮用的矿泉水也冻成冰棒了!还有大白菜,冻成了冰坨坨。贮藏的肉食,也经常成了夜晚野兽的美味。

风雪严寒中,我让一些队员撤出了。有时营地中只有我和向导两人,漫漫长夜、野兽的嚎叫、无边的寂寥……不是常人能忍受得了的。

例行的巡护中,发现有的相机没电了,有的红外感应器也失灵了。气温太低,耗电量大,它们干脆罢工了。这就够我们忙活啦。

冰河奇观

红外线照相机并不能代替雪豹小组完成全部任务,我们还要考察雪豹在冬季的生态。

譬如它的食物。在这一地区,它觅食的对象主要是北山羊。

经过我们反复计算,这群北山羊有十五只。在食物丰富的夏季,北山羊是晨昏出来吃食的;冬季食物匮乏,它们只好成天找草。

一天,一阵嘭嘭、咔嚓声在山上响起,有的响声脆脆的,有的响声很沉闷。

出了帐篷看去,两只北山羊正挺着长长的角,相向飞奔,嘭的一声,再后退,再前冲——激烈地角斗。它们颌下长长的胡须都翘了起来。我想起来了,眼下正是北山羊的繁殖期,每只成年的公羊都要参加争偶角斗。

说实话,我还是第一次在野外观察北山羊的争偶角斗。北山羊虽然雌雄都有角,但雄羊的角特别长,多数都有1米多长,最长的能长到1.5米。但它们的角是向后弯的,不像牛、马鹿的犄角是向前的。因而我不明白它们在战斗中是怎样运用这一武器的。

原来它们是在奔跑中尽量将头低下,以角的基部之上弧度不大的角相撞。它们只用这种原始的力量相拼,而不是像牛和马鹿那样用角挑剔、砍杀。

一个多月观察下来,我发现羊群中总共少了两只,大约是十天半个月少一只。

由此判断,这里生活着一只雪豹。这只雪豹每十天半个月才猎一只北山羊。是计划用粮,还是在这段时间它只需吃一只北山羊就饱了呢?

红外线照相机拍到了这只雪豹,证明了它的存在和我们的观察。

在调查中,有位牧民说过,雪豹在七八天中就从他羊圈里拖走了两只羊。

难道这只雪豹将这群羊当成了它的私有财产,在食物匮乏的冬季,省着、计划着吃?动物为自己储食备荒的例子并不少。譬如乌鸦、喜鹊、黄鼬、松鼠都有这样的习性。难道雪豹也有可持续发展观?这倒是挺有趣的事。

但考察并非每天"有趣",就说对北山羊的观察吧,我们用的是"扫描法":

每隔5—10分钟观察一次羊群的行为,填写表格。

表格上分类:羊群所在的位置、高度、坡向、生境、GPS定位、羊群数量、雌雄比例、成年和幼体的比例、吃草、站立、走动、打架、接触(交配)、追逐、游戏、静卧(休息)、瞭望(放哨)等等。烦吧?乏味吧?

但科学总是先从观察开始的。我们正是从这些毫无生气的枯燥的数字中,揭示出北山羊在冬季的生活状况、生命的步履,以及北山羊在雪豹食物中的位置。

天外来客留影

严冬中,我们充满了期待,就像老农苦守着播下的种子,能够冒出希望的新绿,绽放鲜艳的花朵。大约是半个月之后,我们回收了10个胶卷,冲印了出来。

那真是天大的喜讯,其中一个相机——架设在阔克奇山谷中的38号相机——拍摄到了非常清晰的雪豹,它正从容地出巡。相机是10月28日架设的,照片上拍摄的日期也正是10月28日,也就是说当天晚上就有了成果。

有意思吧,它聪明着哩!我们的一举一动似乎都在它的视野中,或者说是监视下。

红外线照相机帮助我们捕捉到了我们日日夜夜盼望的雪豹。

这是20多年来,动物学家第一次捕捉到雪豹的影像!

它在快速的咔嚓一声中,证实了几年来我们对雪豹的判断是正确的!证实了1000多个日日夜夜的苦苦求索的价值。

在3个月中拍到的雪豹照片有几十张,但真正能作为样本分析的只有10多张,应该是大丰收。中央电视台在《新闻联播》中做了报道,轰动了各大媒体。

当然,我只能说说这些照片的花絮:

最振奋人心的,是在同一张照片上,一只成年雪豹在前面走,还有一只成年雪豹紧紧依傍着跟在它的身后,绿莹莹的目光似乎正含情脉脉地在同伴的身上抚摸。雪豹无论雌雄,平时只是独居。是的,这说明它们的繁殖期开始了。最少是从100平方千米区域之外,跑来寻找异性伴侣。

我说雪豹智商高。人在考察它们,它们更在考察人——考察每一位进入它们领地的来客。不信吗?有照片为证。就在架设相机的当晚,它们就来考察这陌生的家伙了,照片上有它们紧张的脸,它们甚至像孩子一样,对着镜头做鬼脸,伸爪挠挠不过瘾,干脆用嘴去啃,尝尝味道,清晰的齿印留在了相机的框架上。

有的雪豹的"上镜欲"很强烈,竟有意来来回回走了好几趟。

在一些胶卷底片上,还发现了其他的动物。就是那个38号相机拍的照片中,有着狐狸、石鸡、野猪的形象,看似与雪豹无关,但它们至少反映了雪豹生物圈中的其他居民。

有的照片上甚至还有草,镜头所对的环境还有一片空白的,似乎给我们留下了无限遐想的空间。

最让人恼火的是,我们明明看到了雪豹印在雪地上的清晰的足印,红外线却没有感应,没有按下快门。非常遗憾的是两只雪豹在一起的,它也未做任何反应。

这种红外线照相机的缺点暴露无遗了,如果是现在的数码相机,那将会更好。

但就是在这16个地点拍到的30多张照片,为我们提供了重要的参数。我们从10多个点的照片中基本上可以判定,在这250平方千米的范围中,只有三至四只雪豹在此生活,在整个托木尔峰3000多平方千米的地域中,仅有一百二十至一百三十只雪豹。

大喜之后,是深深的忧虑。

红灯频亮

为什么？

雪豹是高山地区生态系统健康与否的指示物种，它的数量的减少，反映了生态的恶化。

最根本的是人的增加，带来了畜群的膨胀，侵占了雪豹的生存空间。按规定，托木尔峰自然保护区的核心区，是不能从事放牧和其他生产活动的。但保护区的面积有3000多平方千米，而保护区管理人员只有那么多，谁又管得了牧民的进入，甚至阻止有人来开采金矿、玉石等呢？

草场已不堪畜群的重负，严重退化。我们在夏季来考察时，过去看到的肥美的草场，现在都只有三四厘米高的草，心里的那种忧伤难以言表……

游牧民族从来是将牧场分为夏牧场和冬牧场。这很像是轮休制，让草场有个休养生息的空间。但牛羊多了，夏牧场负载不了，只有向更高的山地去，这就挤压了原属于岩羊、北山羊的生活空间。我们在多处看到，同一块草场，白天是牛羊们来吃，到了晚上才轮到北山羊们来吃。生态学家们哀叹："还未等草开花结籽，就已被吃光了。"

有天巡护时，在海拔3000多米的高山区，我看到放牧着一群穿着棉衣的山羊，真是瞠目结舌。为什么？这里可能是夏牧场，按理，畜群早应退回到温暖的冬窝子，因为即使是山羊也忍受不了这样的严寒。但畜群数量太膨胀了，"聪明"的牧人给山羊穿起厚厚的棉衣，强迫它们适应严寒。

整个生态恶化了，与牛羊争夺草地的野羊们，包括雪豹的食物中的其他食草动物，如兔子、旱獭等数量大减。

任何动物在觅食时，都是以安全为第一。但饥饿的雪豹有时只好铤而走险，袭击羊圈，攻击马驹。

过去，这里的牧民保存着对生灵的敬畏，对于雪豹偶尔吃了一两只羊，认为是神的眷顾,象征吉祥。但现在一只羊值几百元,还有的牧民是受雇于牧主,损失与自己的收入有着密切的关系。这些都使他们开始猎杀雪豹。当然,袭击家畜常常是狼干的坏事,雪豹只不过是代狼受过。再加上雪豹具有巨大的经济价值,盗猎雪豹的事件也时有发生了。

这形成了一个怪圈,一个恶性循环的怪圈。

我非常赞成你说的,亟待树立生态道德——规范人与自然相处时应具有的行为。在人的三维关系中,我们为什么只有调节人与人、人与社会关系的道德和法律,而至今不能建立调节人与自然关系的道德,来化解人与自然的矛盾呢?要建立人与自然的和谐是需要具体措施的,空喊口号是注定要失败的。

有件事,一直憋在心头。考察队的向导木拉亮是位地道的牧民。雪豹小组常常在帐篷中讨论应该如何保护雪豹,对偷猎、盗猎的分子应该严惩不贷,对于误杀雪豹的事件应该严肃处理。牧民的羊太多了,应保护草场。他一直低头不语,只是默默地听着。那天,讨论得特别热烈。木拉亮突然激动得血脉偾张,大声说:"那我们的家在哪里?"

我们全都惊呆了,谁也没能回答他!

他说得有理!是的,野生动物有法律保护,它吃了我的羊,我却不能去打它,谁来保护我的权利?难道牧民就没有生存的权利?

如果没有一种道德、法律,能够同时保护牧民和雪豹的利益,那么保护雪豹只是一句空话。

譬如说需要建立绿色赔偿机制。羊被保护动物吃了,政府为了公众的利益,就应该出来赔偿。

现在为了保护长江水源涵养林,已有生态赔偿制度,能将这种机制扩大到所有应该保护的生态项目吗?

是的,我们有太多的事情要呐喊,要呼唤,要行动……

很多朋友问我,如果再不采取有效的措施,雪豹——这位高山之王的灭绝,还有多长时间?

我的回答是:很短!短得超乎我们的想象。仅仅20多年来雪豹数量的锐减,不已经是严重的警告了吗?

但是,雪豹小组在行动,其意义不仅是正在研究雪豹的生态,以及如何保护这个旗舰物种,更重要的是引起广大民众对雪豹生态危机的关注,激发人们制定出调节人与自然关系的行为准则——生态道德,保护高山地区良好的生态——人与雪豹的共同家园。

我们正在努力建立野外观察站,争取早日实现与雪豹约会,看到它们在自己家园中真实、生动地生活……

走进帕米尔高原

马鸣的故事说完了,我的叙述回到当下。

"雪豹是神秘的动物。帕米尔高原是神秘的地方。我们是到神秘的地方,去寻找神秘的动物。对吧?"

"当然!还要加一条:一对神秘的夫妇去神秘的地方,探寻神秘的雪豹。"

"哈哈哈!"

李老师笑得阳光灿烂,一扫几天来的焦急、烦躁。

接到君早转来的喀瓦夏来信,我们就马不停蹄地赶到了喀什。可一到喀什,朋友们带来的都是坏消息。先是说去塔什库尔干的路被水冲坏了。等到我们打听清楚越野车还是可以走的,却又租不到车,足足窝了4天。

去年,因为孙女回国过暑假,李老师走不了,这么多年来还是第一次没有和我一同踏上探险之路。后来我和君早跟她说了在帕米尔高原的种种奇遇,她就懊恼得连连跺脚。帕米尔高原是我们多年来一直向往的西极。她是第一次去,却被阻隔在喀什,那心情是可以理解的。

今天终于启程。去年我走过这条路,但李老师对于一切都感到非常新鲜。车走出连绵的果园之后,一条大河出现了。

"它叫盖孜河。深呼吸几次,看看能不能闻到帕米尔高原的气息?它从帕米尔高原流来。"

"你肯定闻到了……我到现在都不清楚,古代称它为'葱岭',说是因为野葱多。野葱我们在青海湖见过,开紫色的花,漫滩似的一片,与白色的羊奶子花、金黄的马先蒿,将草场铺得像是锦缎。叫它'葱岭'也好理解。可为什么叫'帕米尔'?在这儿'岭'和'高原'是一个意思?"

"说不清。这是一个特殊的地理单元。我国有五大高原,这里和我们去过的青藏高原、云贵高原、内蒙古高原、黄土高原都不一样。和横断山脉也不一样。你去看了,慢慢体味,就有感觉了。这叫只可意会,不可言传!"

"你是故弄玄虚吧!"

"它的玄虚太多,还用得着故弄?塔里木盆地三面环山,只向这边开了个大口子,都说这是一条古丝绸之路,其实是东西方的大通道。不信?到了那里,你只要有魔法,路边的每块石头都可以讲述几千年的历史故事。东晋的法显、北魏的宋云、唐朝的玄奘,都是从这条路西行取回佛经的。意大利的马可·波罗、英国的斯坦因、瑞典探险家斯文·赫定……都是走这条道来到中国的。"

河水时而舒缓,时而湍急。两旁的大山也时而变幻着色彩,连绵的红崖丹峰之后,却是一片灰白青黛。

看着风景,说着话儿,感觉路也平,车也快。车在爬高。

"已到了帕米尔高原?"

"别急。等一会儿你能感觉到。"

车在继续爬高。终于到达了山口,我请师傅停车。

山口的风很大。

"好大的一个银湖!"李老师高呼。

山口下一湖银白、辽阔,几只水鸟如在银镜中浮游。对岸的山下耸立着几座沙丘,沙丘也是银白的。

"真像银色的童话世界!"

我告诉她这是布伦口湖群湿地时,她很高兴地将美丽和地名印在了一起。可当我说这也是昆仑山口时,她瞪大了眼睛,满脸的惊诧。

"这里还是昆仑山?"

她在青海拜访过昆仑山。只那么一小会儿,她恍然大悟,连忙仔细看看山石,好像那上面有字,或是昆仑山的标识。

"你看我这笨相。帕米尔是万山之祖、万山之结嘛!昆仑山不就是从这里起步的吗?对呀,也能说昆仑山是从这里诞生的。还有天山山脉、喜马拉雅山脉、喀喇昆仑山脉、兴都库什山脉,这绵延2000多千米的五条大山都是从这里诞生的,也能说是它们扭结成了帕米尔高原……"

近年来还有一种新鲜的说法:高耸于欧洲的阿尔卑斯山,极可能也是发源于帕米尔高原。以我的地理知识还无法判别这种说法的真伪,如是,那万山之祖的内涵就更为丰富了。

"你性急了。现在说这么多,真到了帕米尔深处再发表感想吧!去年我和君早从南线走,是沿着昆仑山走来的。今年,我俩是……"

"沿着天山走来。这算是到帕米尔了?"

"算是进了大门吧!"

她又问:"湖水怎么是银色的?"

我说:"你忘了冰川流下的融水带有大量的石灰质?"

"那沙丘为何也是银色的?"

"可能是这儿有白色的岩石吧。"

"沙和岩石能等同吗?"

"那你说什么叫'沙'?"

她想了半天,样子像位哲学家:"越是常见的不起眼的,要下个定义还真难。"

我说:"简单一点不就行了?沙,就是细小的石头,岩石风化的结果。"

"这样简单?"

我说:"我也曾给一个孩子问住了。后来查词典,注释就是'小石头'。只不过这个'小'字还是应该量化一下……"

我们索性沿着山口往下走。到了湖边,看她那留恋的神情,干脆到路边吃午饭了。

老板端来了一海碗滚烫滚烫的羊肉汤,又递来一块馕。我们把馕掰成小块放到羊肉汤中,吸溜吸溜地吃起、喝起。那香辣直蹿全身,不一会儿就鼻尖冒汗,浑身发热。

走完了湖堤左转,又是草滩、水沼。

"这个河谷很宽嘛!不像怒江大峡谷、金沙江大峡谷总是窄窄的,两边全是高山险岭……这里的山头上都是光秃秃的,那边山头多是森林密布。"

我惊奇于李老师的发现。去年来时,我发现这些不同,比她发现这些不同晚得多。这大概就是"读万卷书,行万里路"的奥妙吧!

我很高兴。发源于帕米尔的五大山脉都是由西向东奔腾而来,而到了藏、川、滇却突然有了一系列大山横断,成了横断山脉。我们曾跋涉于横断山脉多年。它们形成的峡谷应是世界上最高、最美、类型最多的峡谷,然而又各具特色,各有自身的审美价值。李老师将两者相比较。其实在精神层面上,她已进入了帕米尔高原。

一座巍峨的大山屹立在高坡上。山下蓝色的大湖一边静静地守望,一边将大山拥抱在怀中。

宏伟中洋溢着秀丽的景色,使司机不自觉地将车停下。

"从这气势看,应该是冰山之父——慕士塔格峰了!"

当然是的,那湖就是喀拉库勒湖。一大片云彩缭绕在慕士塔格峰上,笼罩上重重的神秘。

我要李老师向左边看——林立的雪峰簇拥着耸立在云霄中的雪峰。它就是公格尔峰,海拔7649米。它与慕士塔格峰遥遥相望,似是亲密的兄弟。

(后来,我们在一个不经意的地方,偶然发现喀拉库勒湖将它俩同时拥抱在怀中,惊喜得我们陷入了沉思,思索着它用形象诠释了美学中的一些哲理。)

海拔7546米的慕士塔格峰似乎并不陡峭、峥嵘,倒像是位慈祥的父亲,低眉沉思,充满了雍容大度。而公格尔峰却像是位顶天立地、威风凛凛的大神。我很奇怪这种感觉的来由,直到在不同的方向眺望它们之后,才悟出了一些似是而非的缘由。

司机说:"我们去塔什库尔干的路,实际上就是围着慕士塔格峰转的,只不过是按逆时针的方向。"

他说得没错。我告诉李老师,在以后的行程中会从不同的方向看到它们。因为它们不仅是地标,更会帮助你理解帕米尔。

到达慕士塔格峰的山脚下,那瀑布般飞泻而下的冰川似乎触手可及,那缓缓的山坡,几乎是只要我们抬脚就可到达——无穷的魅力,充满了诱惑。

尽管山头上还缭绕着云雾,它却并不峻峭,倒很像是朵硕大的莲花呈现在面前,显得亲切,似是在盛情地邀请……浩荡的冰川,铺就了玉石迎宾大道……

慕士塔格峰之所以被尊为"冰山之父",当然是因为它所具有的奇特:雪冒冰川,积雪深100多米,是独一无二的。冰川纵横,西北坡的羊布拉克冰川长20多千米……

但是雪豹在召唤着我们。

我尽量耐心地劝说李老师抑制登山的冲动:我们今后也就是围绕着这座大山追踪雪豹,可以看个够。傈僳族的同胞不是有句谚语说,好酒不能一次喝完,好歌不能一次唱完吗?

矗立在塔什库尔干县城高塔上的雄鹰正在向我们展翅,今天的目的地,深入帕米尔高原的大本营到了。

塔什库尔干塔吉克自治县,在新疆的西南,昆仑山之西、帕米尔高原的东部,面积2万多平方千米,平均海拔4000米以上,居民4万多,主要居住着塔吉克族、柯尔克孜族、维吾尔族等少数民族兄弟,与塔吉克斯坦、阿富汗、巴基斯坦接壤。

在维吾尔语中,"塔什库尔干"意为"石头城"。石头城紧挨着县城的南面。这也说明,县城是在高坡上。

群山为县城保存了纯净、敦厚、朴实。街道整洁,盛开的红的、白的、蓝的太阳花簇拥着一座雪白的高塔,塔顶一只雄鹰正在蓝天展翅飞翔。

塔吉克族尊崇雄鹰,雄鹰就是他们古老的图腾。

塔吉克族是我国56个民族中,唯一属于欧罗巴人种的民族。大街上来往的塔吉克人,尤其是妇女和孩子们衣着华丽,浓眉、深眼眶、鼻梁高耸,闪耀着不同于东方美的风采。塔吉克人好客,热情奔放,他们在路上相见时,以吻手致礼。李老师很好奇这种礼节,并很快发现,吻手礼还是有规矩的:男吻手背,女吻手心……

石头城就在县城南部河谷的丘陵上。它是一处非常著名的遗迹,早在公元2世纪,古希腊地理学家托勒密就在其地理著作中提到。汉代,它是蒲犁国的王城,唐朝时这里设有葱岭守捉所。玄奘西天取经,马可·波罗东方旅行……都是这里尊贵的客人。作为国城,它在今天看来并不大,现存的内城只有1000多平方米,但在那时,是赫赫有名于东西方的。之所以被称为石头城,是因为它是用石头建造的。今天只剩下满目大小不等的石头。有的地质学家说,那是冰川冰碛丘陵,不信吗？可捡起石头看看,那上面还留有明显的冰川擦痕。

因在喀什耽搁了些时日,出于对雪豹的牵挂,我们决定不在县城停留,连夜赶到喀瓦夏家。

车刚下坡出城,就听到李老师惊呼:"好美的金草滩呀！又是个大草滩！"

我不禁热烈地鼓起掌:"好！你给的命名太好了,'金草滩'又美又气派！"

迎面竖立的大牌上,"金草滩"三字赫然在上。

她更乐了:"还真让我蒙着了！"

"不是蒙着了,是英雄所见略同,名副其实。如果看到那种美景不能脱口说出名字,那名字一定有假。"

湛蓝的天空下,一片绿茵的大草滩,却弥漫着金色的光辉,一直铺到远处的山脚。水沼如星,在绿茵中闪烁。白的羊群,黑的、花的牦牛,枣红的马,像是绿海中盛开的花朵……

"我们一路走来,是一个草滩连着一个草滩……"

"这是第几个？"

"不是第六个就是第七个。最大的算是塔克曼和它了。真的,这和怒江、金沙江的大峡谷区别太大了,和雅鲁藏布江大峡谷更不一样。太宽了,宽得不像是峡谷。连'山谷'似乎都不能用。倒像是平原。"

我笑了:"多看看吧。这里是山套山,沟连沟。看多了,比较多了,特点就明显了。"

路将车突然引到了河边。一条宽阔的大河,从南面涌来,翻滚着浪花。我说:"这就是塔什库尔干河。喏,看见南边彩云下的雪峰了？和巴基斯坦接界的地方,源头在那儿。下游是叶尔羌河……"

"是塔里木河的源头?"

"正确,加 10 分。"

第三天,早晨经过这条大河时,李老师非常惊讶它是那样舒缓,水流也窄了许多。

我说:"大海有潮汐,帕米尔高原的河流也有'潮汐'。不信? 你说说这河水是哪里来的?"

"雪山上的融水呀……对,对,对! 经过一天大太阳的蒸晒,融化的雪多,下午的河水当然就多了。"

"正确,再加 10 分。"

在大漠中长途跋涉,需要时不时寻找、制造快乐来驱除难耐的孤寂。

两边雪山列阵,雪峰下裸露着黄褐色巨岩,光秃秃的。坐在车上很难看到一些绿意。险峻的大山上,似乎写满了"生命禁区"的字样。

但塔什库尔干河为两岸铺就了成片的庄稼,四五幢连在一起的房屋,房前屋后,柳树撑起了绿云,洋溢着生命的光彩。

我们正在喀喇昆仑公路上行驶,车流量不算太大。只要载重货车超车,立即卷起一股尘土,如旋风一般,我们就只得停下,待前面清朗了再行。

3 个多小时后,在夕阳下,我们终于停车了,将行李拿下背起,踏着田野间的小道,往几百米外的小村子走去。

田里种的是豌豆。在我的家乡,四五月就可吃到豌豆米了,但这里的豆荚此时还不饱满。

断尾狼失踪

没走多少路,一个孩子向我们跑来。

"刘爷爷,我一看,就知道是你们来了!"

是的,是小阿力甫,喀瓦夏的孙子,非常可爱,圆圆的脸蛋白里透红,太阳花一般灿烂,特别是那双有神的眼睛,说话时对着你,常能让你感到似乎有小鹰在翱翔。他一下就扑到了我的身上。

好乖巧的孩子!他很聪明,喜欢听大山外的故事,特别是关于海洋的。去年来时,给他讲了我们怎样在大海上寻找白海豚之后,他问了一大堆问题:海水为什么是咸的?鲨鱼怎能长到比房子还大?它吃羊吗?大海是不是像山一样,无边无际?白海豚在海里怎么给它的孩子喂奶?……最后他竟然拱到我的被窝里了。

他说爷爷上山了,叫他在家里等我们,还问胖叔叔怎么没来。我说:"有个奶奶来你不欢迎?"

他笑了,还有些羞涩,但很有风度地捧起了李老师的手,在手背上吻了吻。李老师乐得一把要抱起他。他就势拉住她的手,尽着主人的职责——带领我们参观。

村子不大,只有三四户人家。严格地说这里只是个居民点。家家的门前或屋边都栽种了一片柳树,少者八九株,多者几十株,还特意用土围圈起,林子就成了一面绿色的旗帜。这在极端干旱的帕米尔高原,非常显眼、豪华。这最生动地说明了人与自然的关系。据说,栽树和盖屋同样庄严,有的人家甚至是头两年先种树,待到树成林才盖屋。那一圈的围墙是拦羊的。羊可是见青就吃的家伙。

这里柳树的叶子泛着灰色——灰绿。柳树是非常泼辣的树种,只要砍下一根树枝插到土里就能活——适应干旱、高温,耐寒。记得1991年第一次出国,到法国参加一个文学会议,会后去诺曼底参观二战时盟军登陆的海滩,我居然看到了婆娑的柳枝,激得我思绪翻涌,如他乡遇知己——我从小就是在巢湖滩上柳林里长大的。

房子都是长方形的,平顶,不高。喀瓦夏家进门之后就是一大间,横竖砌了两张大炕,这里既是接待客人的客厅,也是塔吉克族兄弟的起居屋——餐厅、卧室。

经过塔克曼草滩时,路边不远处的小村子,全由石屋组成。石屋也是长方形的,不高,平顶,只不过四周的墙是用石块垒起的。那是柯尔克孜族的民居。

李老师问:"怎么都是这样的房子?"

我说:"民居是由生活环境决定的,社会学非常看重这一点。从游牧到定居,到家家插柳,不是很能说明社会的进步和人与自然的关系吗?房子不高,很可能与这里的严寒有关系……"

喀瓦夏踏着暮色回来了。他个子不高,黑黑的胡子特别茂盛,几乎占据了四分之三的脸部,只有眼睛、鼻子、嘴唇顽强地坚守了阵地。他和孙子黏在一起时,常常形成巨大的反差。

我只能从他的眼里,看到老朋友相见堆起的笑容、兴奋!他的眼神表明他的表情应该很丰富,然而那上面只有茂密的"灌木丛"。和他相处,只能从眼睛中感知他的喜怒哀乐。

他带来的不是好消息。他说,已经在山上找了两天,没有见到雪豹黑玫和断尾狼的踪迹。前几天它们还在皮木林沟的山头上出现过。他又问我收到第二封信没有,问我们的行程……就差没有直接批评我们来迟了。他的眼神中流露出忧虑。

李老师一听就急了。我虽然心也往下一沉,但还是示意她别急。思虑了一会儿,我问:"你估计呢……"

他说:"断尾狼今年的行动很诡异。我听到它在山头上的叫声——只有它才会那样叫,只要传到你耳朵里一次,一生都洗不掉。我接连两次听到它的嚎叫,才写信给你。以为很快能看到,但一直没看到,好像只是从这里路过。想了几种法子,就是看不到它。

"去年不是这样,头狼断尾带着家族的四只狼,白天都大摇大摆在山上走动。过去一个狼群有十几二十只,大的能有四五十只。现在的狼群都小了,断尾狼的家族不算太小。狼很凶残、霸道,这个有五只狼的群体,还有饱经世故、狡猾强悍、身经百战的断尾狼率领,怕谁?

"雪豹黑玫确实来了。我看到它在跟踪一群北山羊。三天前它也突然失去踪迹了……"

"它们碰面了?"我迫不及待地问。

他说:"说不准……它们都很聪明,起码应该彼此都知道。野生动物非常注意自己周围的动静——猎食的对象和敌手。这是它们的生存之道。"

他的眼神激起了一个可怕的念头,这念头在我心里翻涌,越是不想往那方面想,这个念头越是顽强地折腾。如是,这趟帕米尔高原之行不说前功尽弃,也将黯然失色,我们可是千里迢迢地奔波啊!

多年的野外考察生活告诉我,不管遇到什么艰险,首先要判明情况。我鼓起了勇气:"你是说它们已经相遇,打了一仗,要么是强强相遇,回避了?"

无论是哪种情况,我们都将失去在雪域高原看到雪豹的机会。

喀瓦夏没有回答。我一直盯着他的双眼,他的目光却闪到了一边。

我不断用眼神鼓动他,焦急地等待。沉默了很长时间,他才说:

"雪豹是高山之王,它有一颗高贵的心、王者的心。雪域高原上,几乎没有敌手,它在山崖上打喷嚏,野羊们能吓得掉到山下。狼就难说了,狡猾无比,啥事都能做得出。"

别急,急也不管用,说不定有更精彩的戏看哩!

早点睡吧,明天上山看看。

灯光渐渐暗了下来。这是日光能电池灯,外形很像矿灯。白天太阳给电池充电,专供晚上照明,使用很方便,但电量有限。这两年,牧民们普遍用上了这种清洁的、可再生的能源。

李老师赶紧关了灯:

"说不准真的能看到更精彩的。急也没用,养精蓄锐吧。"

在多年的探险生活中,她总是在必要的时候给我安慰、启迪。

一点不错,急有什么用呢?你管得了野物的脚步?这些山野的朋友,在生存中都各有绝招,但我心里仍然想理出个头绪。

雪鹑藏在草丛中

生物钟在按预定的时间让我醒来,看表。李老师说:"5点55分了。"

她也一夜未睡好?

"好像变天了,别下雨啊!"

外面黑沉沉的,一点亮光也没有。

到屋外一看,天真的阴沉沉的。在野外最担心的事是气候无常。昨晚临睡前,天上还是满天星斗嘛!

喀瓦夏已悄无声息地站在我身后,黑暗中还是感到他询问的目光:还去山上?

"出发吧!"

"山上冷,还是吃点热的。"

回到屋里就见热气冲天的奶茶、馕已摆在了炕上——他起得更早。

外面很凉,虽是盛夏的8月,可我们都穿了毛衣,却还是抵挡不了袭人的寒气。

天黑得连大山也模糊了,手电光只能照到前面三四步远,我们就像在混沌中。田埂一会儿就走完了,已到了草滩。溅水声很有节奏地响着。

"踩着我的脚印走。有小的沼泽,谁掉进去,今天就上不了山。电筒只管照着你们自己。"

听了喀瓦夏的告诫,我赶快拉住李老师。

走了1个多小时,东边才露出光辉,这时我们才发现已进了山谷。

走到轮廓影影绰绰的一幢房子前,喀瓦夏从屋后牵出了两匹马。我要他再牵一匹。

他说:"谁给李老师牵马?"

李老师说:"我不是第一次骑马,放心吧。"

喀瓦夏只是催促李老师快上马。我们只能感谢。

大山的轮廓显现出来了,走不多远就到了小河边。河水很亮,河床中全是大大小小的石头,看不清深浅。只有两根树棍架起窄窄的小桥。马是无论如何走不过去的。

看到喀瓦夏脱鞋准备涉水,我们也赶紧照办。他却拦住了:

"你们都是六十六七岁的人啦,能够禁得住高原反应,已很了不得。禁不住这寒水。在高原得了感冒,那可不是小事。我们山里人习惯了,又比你们年岁小一截子,别客气了。"

说什么也拧不过他,当然也考虑到在高原得了感冒就得立马撤出高原的情况。

喀瓦夏牵着李老师的马,但马怎么也不肯下水。

喀瓦夏又是抚慰马的脖颈,又不停地对马说着话,好劝歹劝,那马才下了河。

可没走两步,马踩在乱石上不断左歪右趔,像跳迪斯科一样。喀瓦夏紧紧拉着缰绳,靠在马身上,又是吆喝又是鼓励,吓得李老师手忙脚乱。

"抱着马脖子,马倒了你都别松手!"

就在马的歪歪趔趔、喀瓦夏的喊叫中,我们终于到达彼岸。

我看到喀瓦夏鼻尖上冒出汗星子,心中涌起无限的感激。

左拐,岔入另一条山沟。山谷两旁耸立的雪峰使人感到逼仄。但谷口还算宽阔,一条山溪漫到草滩上,星星点点的水凼映得花儿万紫千红,展现了荒凉、干旱的帕米尔深藏的美。

遗憾的是这片草滩太小了,不久只见乱石满川,山溪也失去了踪影。有种叶片泛着灰绿色的植物,从石缝中开出淡紫色的花儿,竟如点起一盏盏小灯笼,那大石也显示出别样的华贵。

路将我们牵到了半山腰,马更是时时不愿前行,幸好有喀瓦夏牵着缰绳。

天已大亮,但还是阴沉着,满目黄褐色的山石。按规矩,考察动物的途中,为了不惊动野兽,我们都默默无语。照说,野生动物,包括鸟儿,在早晨都有一个活动的高潮,可连一声像是鸟儿的叫声都未听到,连窜山风似乎都没有拂动。

山谷更加空旷、寂寥。烦躁随着寂寞在心里泛起。

大约又走了2个小时,岔进了几条沟,眼都瞅酸了,还是什么动物也没看到。连畜群和牧民也没见到。

"今天走到哪里才能找到雪豹、断尾狼的踪迹?"我实在是忍不住了。

"找到它们很难。"

我有很多猎人朋友,深知其中不少人有怪癖——不,应该是特殊的个性,就像一个艺术家,如果没有鲜明、强烈的个性,是创作不出好作品的。但我还是紧走几步,勒住了马拦到了喀瓦夏的前头。

他一定是看到我满脸的惊愕、困惑,刚要开口,听到李老师压低嗓音的惊呼:"那是什么?"

顺着她手指的方向看去,乱石中像是羊角。

我翻身下马跑去,李老师也忙跟着来了。

是只白森森的羊头骨,上面有两只弯弯的棕红色的长角,旁边是凌乱的残骸。

"北山羊。是被狼吃掉的。"喀瓦夏站在20多米开外说。看来,他早已见到了。

"不会是雪豹吃的?"李老师说。

"在食物丰富的夏季,高贵的雪豹不到这样的低山。只有狼才东游西荡,最少是几个月前留下的。"

已看不到其他的信息。我们索然无味地往回走。

"把它捡着带回去,留给保护区巡护员。在喀什的黑市上这对羊角价格不低。"

"角都空了,还有烂洞。"

"还是带回去吧。说不定他们有用。

等到我们走拢,喀瓦夏说:"我有两年没进这条沟了。这条沟两边的山上北山羊多,常能看到二三十只一群。真是怪怪的,今儿走了这样长的路,都没见到一只。说说话吧,路也显得短一些。"

"不是来找雪豹、狼?"李老师也吃惊。

"你们在大戈壁走过,戈壁滩大得很哩。狼、雪豹大白天常藏起来歇息。雪豹是夜行客。"

"那,到哪儿最容易见到它们?"李老师问。

"喝水的地方。它们每天不喝水无法生存。戈壁滩上水源少,这个办法管用。这四周都是大雪山,哪条沟没水?"

她肯定是想起那年我们在卡拉麦里山寻找野驴、鹅喉羚的事。当时,我们在烈日炎炎中跑了半天,喝光了带的水,干渴得喉咙都冒烟,也没见到一只动物。同行的老梁曾是主管自然保护区的,他说两年前来考察时,在公路上都能看到几十只上百只的野驴、鹅喉羚、原羚群。今天的情况,引起了他的担心。他要当地保护站的哈萨克族兄弟直接领我们走水源地。

在一片浅浅的、七八十平方米的水凼边,湿地上印满了野驴、鹅喉羚们的蹄印,老梁才放下了心。

老梁说,考察野马用的也是这种法子。在几百上千平方千米内,考察队只有几个人,跑得遍?只有这办法简单可靠。

喀瓦夏的眼睛中有了笑意："吃喝吃喝，吃喝是连在一起的，不能找它要吃的？"

李老师恍然大悟，乐滋滋地说："找野羊，先找盘羊、岩羊、北山羊……"

"对呀，这就说对了。喀瓦夏要是领你们来看风景，就不进这条沟了。"

我站住了。前方雪线下的山沟的状况引起我的注意……

"你看到了北山羊？"李老师小声问。

"草，翠绿翠绿的草，像挂下的条条绿线，像春天柳丝在飘，死气沉沉的大山生动起来了。"

是的，融化的雪水顺着山体上的褶皱山隙往下流，于是生出了绿草，繁衍了生命。

"快用望远镜，草棵里有动静。"

望远镜早就交给喀瓦夏了。他却不慌不忙地递给我，淡淡地说："是野雉。"

望远镜中只有草的晃动，那些精灵怕羞害臊，就是不现身，看来草还不浅。

李老师要去了望远镜，看了半天，顽皮劲上来了，竟然大喊大叫，还像赶鸡一样吆喝着。多年来，我们只要到了大自然中，就像回到了童年。这大概是人类的共同感觉。

终于，有一只鸟将头伸出来了。

"雪鸡，雪鸡。我们在托木尔峰看到过，这敲山震虎还真管用。"

"头是黑的吧！不是雪鸡。雪鸡比鬼都精，早跑了。"喀瓦夏说。

"还能是山羊？"

他说："跟雪鸡一家，叫雪鹑。两个长得很像。雪鹑只在雪线下寻食，很少见到人，也只有它不怕人，胆大。这群最少有八九只。别看它胆大，猎人都拿它没办法。很稀少，特别珍贵。过去都是大病初愈的人专门请猎人帮忙猎获,传说它大补。"

他的话引起了我的兴趣,我连着问为什么,不是有枪吗。

喀瓦夏眼里闪起了狡黠的光,是猎人特有的那种充满智慧、带有顽皮的狡黠。他说:"你看,山是笔直的。这样的角度很难瞄准,看似距离不远,其实远着哩,过去那种老式猎枪够不着。"

"不能去逮?"

"这样陡险的山,谁上得去?一点抓手都没有。我们塔吉克人穿的靴子是用羊皮做帮,牦牛皮做底,最轻便,爬冰川、登雪山像走平地,是最好的登山鞋。再说这山坡看样子平滑滑的,很可能是流石坡,一踏上去就稀里哗啦往下塌,想站也站不稳,人还不像石头一样滚到山下?"

"从来没人捕到过?"

他的眼睛中像有两只得意地拍翅膀的小鸟:

"那年,外公病了几个月,外婆、妈妈说了好多天,我才答应下来。想了几天,才想出个办法,我织了一张网……"

"用网去张!"

"雪鹑净找又高又险的岩缝里、草丛中的虫草吃,很少在一个地方待上两三天,没法张网。我就在大白天找到了它吃食的地方,大摇大摆、不躲不藏,慢慢爬上去了。老到的猎人总是利用猎物的特性:对付惊乍乍的,你就得用惊乍乍的法子。你胆大,我就利用你的胆大,大白天爬陡险的山,总是方便得多。到了小沟沿上,它们还不飞,瞅准了机会,我将网撒下去了。

"嗨!它们飞不起来了,越惊越飞不走,慌得连从下面钻出去都忘了。那一网捕了五只。看它们那惊恐的样子,我放生了两只母雪鹑。"

在一定的意义上,所有的生物都是在采集和狩猎中成长起来的,尤其是动物。

人类之所以从动物中脱颖而出,成了高等动物,那是因为具有智慧,智慧成就了人。人类正是在采集和狩猎中运用了智慧，才有了文明、文化的开始。因而猎人五花八门的狩猎技巧，就反映了不同人群的智慧——蕴含着无比丰富的哲理，充满了大自然的魅力、狩猎生活的魅力，只是随着人类的贪婪，狩猎才开始导致文明的沦丧。

在这方面，我的启蒙老师是猎人小张、打鹿队领班的精瘦老头，他们的一些故事成了我作品中的章节。这也是读者朋友经常问到的问题。

正在轻松、愉快扫荡了空寂、落魄时，天上下起了雨，西北方的雨云压了过来。只一小会儿，冰豆就敲打在头上、脸上。只见喀瓦夏将帽檐往下一拉，立即遮住了脖子、耳朵、面颊，和川剧中的变脸有异曲同工之妙。乍看他的羊皮帽，只是镶饰了一条绣着花纹的窄窄帽边，很有特色，没想到有如此妙用。当然这也警示我们高原气候的无常。我们对他的帽子，穿的衣服、靴子产生了浓厚的兴趣。

喀瓦夏招呼我们赶紧躲到大崖石后避冰豆。

冰豆刚稀疏了一点，他看了看天气，就说撤吧。这冰豆一时停不了，一会儿就要飘雪。

我深知在高原上患了感冒，就是肺气肿的前奏，稍不慎还有生命危险。

常说"上山容易下山难"。骑马更是如此，要克服地心吸力，人就得将身子往后仰。下陡坡呢？驮着人的马惯性更大，且是加速度的，人只得俯身抱住马脖子了，惊得李老师脸都变了色。幸好喀瓦夏紧勒缰绳，但也常常被马拖着小跑……

到了山下，冰豆、雪花又变成了雨。

一晚上我们都在讨论各种可能的情况。说实话，野生动物世界不确定的因素太多，头绪纷繁。喀瓦夏言语不多，只是沉思，好像还是头一次碰到这样的事，起码他感到困扰吧！

猎人的脾性我多少知道一些，都各有一套绝活，保守这些绝活的思想，根深蒂固。

难道他还有话没说？或者……

李老师可能有更多的疑虑，竟又要我再说说去年喀瓦夏经历的雪豹和断尾狼的故事。

雪豹黑玫遭到攻袭

那也是8月，喀瓦夏在夏牧场。

黑夜，他被一声狼嚎惊醒。作为牧民，在山塬上听到狼叫也不是稀罕事。但这狼嚎声像支利箭，直刺耳朵，不仅惊醒了沉睡中的他，而且一下将他激得坐了起来。

他不禁凝神倾听，只有风掠过山崖的轻吟。羊圈中的羊一片宁静，连马换脚的蹄声都没有——马是站着睡觉的，因而常常提蹄换姿势。

他以为是做了噩梦——牧人放了一天的牲畜，很辛苦；他正躺下准备继续睡，一声狼嚎又将他激得坐起，他连汗毛都竖起来了。

嚎声很古怪，与以前听过的狼嚎绝不一样，它不苍凉，不是那种带有召唤的呼唤——狼在山野的叫声，通常是对同伴的召唤，尤其是在发现猎物时，或是悠闲地抒发心情，有着序曲和尾音。那声音像是出膛的炮弹，骤然迸发，然后是轰隆一声爆炸，充满了血腥的气息。

喀瓦夏穿好衣服出了帐篷。从狼嚎声判断，距离不近。如果说是为了畜群的安全，还不如说是猎人的心被激活了。他要去探探这只充满杀气的狼。

他爬了一个山头又一个山头，狼嚎又一次响起时，他终于看到了——

月光下，一只狼正站在山脊上，体格剽悍，头颅高昂，全身的毛都像是刚鬣般竖起，更不寻常的是，它的尾巴短短的，就像是骑士手中的短鞭。身前身后的几只狼影子簇拥着它。

凭猎人锐利的目光，他判断出那是只头狼，是这个家族的头领，出类拔萃的头领。那短尾不是天然生成的,是在战斗中被对手咬掉的。

作为个体的狼,它虽然凶狠勇猛,但面对同是肉食动物的狮子、老虎、豹子时,并不占优势,即使是面对食草动物牛、羊,也不占绝对的优势。上苍是公平的,它赋予羊的本领是奔跑的速度和头上的犄角。在千万年的生存竞争中,狼成了营群性的动物,营群性的动物就有了等级、职责的分工,因而它们几乎所向无敌。

喀瓦夏心里直起毛。他要护着两百多只的羊、牦牛、马匹——一家人的衣食。这个头狼要是向他的羊群发起攻击,他可用的手段并不多。不要说没有枪,就是有枪,这个家伙也敢从枪弹中抢羊;更何况狼是国家二级保护动物,就是有枪也不能乱打。保护区的巡护员说,它在维护生态平衡中起着重要的作用。

三十六计,走为上计。虽然有些憋气,但他还是决定天亮后就转移,迁到离这狼远远的草场去。

到了新草场安顿下来没两天,说来也巧,夜里起来小解时,他听到左上方传来石头滚动声,惊得他差点半途而废。说起来,山上滚流石也是常事,但听这声音绝不是石头自然滚落发出的。

循着声音看去,一只全身花斑的野兽正在拖一只羊。不错,夜色中也知道是雪豹。高山上,只有它才有这样漂亮的花斑。那羊,是岩羊。它的角的形状和盘羊、北山羊的不一样。

前天他就看到一群岩羊在东边的山头上。

喀瓦夏心里乐了。雪豹是塔吉克人心目中的神兽,是草场上的守护神。这位高贵的大王,从不向牧人做偷窃扒拿的事。有高山之王雪豹在,别的野兽,像豺狼之类就不敢来了。

他正想回帐篷时又反身回来了。雪豹总是在饥饿时才出去行猎,逮着了就饱餐一顿,甚至要吃到肉都堵到喉咙口。它今天怎么把一只整羊拖到这里,一口也没舍得吃?

不错,雪豹是有节俭的习惯,它一次无论如何也吃不了一只整羊,喜欢将吃剩下的藏起来慢慢享用。

只见雪豹头一低一摆,竟然将岩羊背到了背上,一步步向悬崖上走去,消失在乱岩中……

虽然喀瓦夏心头一团谜,也只得回到帐篷。

几天后,这个谜解开了。

那是个午后,太阳将山塬照得辉煌无比,竟有两只小雪豹在嬉戏、玩耍,闹成一团。

嗨,它们在妈妈雪白的肚皮上,一会儿你抱我的头,一会儿我抱你的腿,伸出爪子挠来挠去,张嘴厮咬。

母豹只是微闭着眼,仰面放开四肢,舒舒服服地躺着,任凭孩子们在它肚皮上打闹,享受着太阳,享受着天伦之乐……

奇了,它竟将又粗又蓬松的长尾巴枕在头下,还将尾梢反卷遮在眼上挡着刺目的阳光。哈哈!它的尾巴还有这样的用处?冬天大概还可以当围脖吧。喀瓦夏可是头一次见到雪豹的这副姿态。

一个小家伙大约是给不是哥哥就是姐姐的咬重了,哼哼唧唧跳起来挥掌打去。哥哥或是姐姐一闪躲过,它委屈得躺倒打滚耍赖,又是蹬腿,又是挥胳膊。眼看妈妈毫无反应,它竟一头扎到妈妈胸前又抓又挠。妈妈全身一颤——是被触到痒处——随手一揽,那小家伙就吧嗒吧嗒喝起奶了……

啊,它做了妈妈,难怪它捕猎了食物舍不得吃一口哩!

雪豹总是挑选悬崖峭壁上的山洞,既做产房,又做育婴室。洞内阴气重,不晒太阳,小雪豹长不好,长不大!听说万物都要从太阳那里得到能量,没有太阳神的眷顾,就得不到神的祝福。

这温情脉脉的场景,使喀瓦夏很感动,他也就对这一家子有了特殊的感情。

不是吗？母豹多漂亮：雪豹的身材修长，那印在身上的大朵大朵的黑斑犹如盛开的玫瑰花，塔吉克人特别钟爱玫瑰花，姑娘们将这美丽、吉祥的花绣在头巾上……

从此，这只雪豹在喀瓦夏的心里有了个名字：黑玫！

以黑玫的聪明，显然是看到他了，或是感觉到了喀瓦夏的存在，但它装着什么也不知道。

塔吉克牧民喀瓦夏和雪豹就这样相处着。夜行动物并非整夜地活动，它们也是在黄昏到前小半夜，或是晨曦初露时出来。

后来，这两家子竟时常见面，虽没有"早安""晚安"地互相问候，但是相安无事。小雪豹还常常眺望着喀瓦夏，有时似乎还做出鬼脸。

在这帕米尔高原的雪山下，喀瓦夏多了一分慰藉，少了几分孤独。

然而好景不长。

沉睡中的喀瓦夏被阵阵打斗声惊醒了——

就在黑玫居住的山洞的下方，几只狼正和雪豹打成一团，怒吼声不断。

有只断尾狼悠闲地站在一旁，显然在指挥狼群发起一轮轮的攻击。

只有母豹单身对抗。这是一场力量悬殊的战斗。

黑玫站在山岩上不动声色，闪着绿莹莹的光亮的双眼紧盯着逐渐围上来的四只狼。眼看包围圈愈来愈小，但它依旧岿然不动。

断尾狼只是低沉地哼了一声，四只狼突然纵起向黑玫扑去。

黑玫神速跳起，直咬最近的一只仇敌。那冲在最前的狼被它顶落，肩膀处还挨了一口。黑玫已冲出重围，跃到另一块岩石上。

它娴熟地运用这样居高临下、各个击破的战术。

几个回合下来，眼看狼们没有占到便宜，断尾狼大吼一声冲出，直取黑玫。毕竟它是头狼，连连向黑玫发起攻击，招招都是对手的要害，不让对手有任何的喘息机会。

黑玫的反击迅猛、准确。断尾狼卑劣地且战且逃了。

黑玫哪里肯舍？紧追上去……就在这时，它发现有三只狼不在了，迅疾往山洞一瞥——它们正往那里爬去。

它知道上当了，疾如闪电般向孩子们奔去。

断尾狼却早在路口等着它。满腔怒火燃烧的黑玫，凶狠地展开了一次一次的攻击，断尾狼却只虚晃一枪就躲闪。等到黑玫赶去护子，断尾狼又蹿了上去缠住。几个反复后，小豹子恐惧的叫声再也喊不出了。两只狼各叼了一只小豹子跳下山岩。另一只狼断后，掩护它们撤退。

断尾狼也逃走了。

雪豹黑玫追了出去……

后几天，无限悲伤的黑玫只是在洞口走来走去，不吃不喝，直至累倒……

喀瓦夏从帐篷里拿了一块肉，悄悄地送到了黑玫常走动的地方。

三天后的黄昏，黑玫对着喀瓦夏帐篷的方向叫了起来，直到看见喀瓦夏走出来，它才慢慢地走了。

喀瓦夏说，他送去的那块肉仍然原封不动地在那里。他也没拿回去。

花儿为什么这样红

第二天，喀瓦夏领我们去了另一条沟。在几条岔沟中上上下下，别说见到黑玫、断尾狼的踪迹，连一只野羊也没见到。好像山神爷做了广告：藏得严严实实的，躲得越远越好，有人来找你们啦！

李老师原先很奇怪喀瓦夏提到地点时总是说那条沟，很少说那座山。两天跑下来，她有所悟：因为要到那座山，总是要先进沟。一般说来有沟就有水，有水就有草，有草就有动物——适宜动物生活，才可能有人群。

她这一悟，离最后解开帕米尔的"帕"的谜底已不远了。

在一条溪水边,李老师拾到一颗小石头,只比豌豆大一点,外面全是一粒粒的沙子,粘得很紧,简直像是刺猬。她喜好奇石,递给喀瓦夏看。

喀瓦夏的眼睛瞪得大大的,说:"红宝石!你还识宝?"

李老师一时未回过神来,停了会儿才说:"别逗我了,红宝石会是这样?我只觉得它好玩。"

喀瓦夏已在河边寻找了,说:"不信?你砸开看看。宝石都是藏在石头里的。你没听说过赌石?真的是红宝石。我们这里还出产绿宝石、翡翠。常有人来寻宝,拾到珍贵的祖母绿。藏宝的地方都很险。"

他边说,边指着那边的深山。

我心里牵挂着雪豹,再说天色已经不早,催着赶路。

喀瓦夏说:"李老师有兴趣,等有空了,一定领你们沿着这条河往上面找。可记住这地方啊!"

傍晚刚回到喀瓦夏家,他大儿子阿克赛回来了,是从夏牧场回来取粮食的。父子俩说的塔吉克语,我们半句也听不懂。但他们说了一阵后,喀瓦夏眼睛里的小鸟展翅了:"断尾狼跑到他们那边去了。这就对了。明天往那边去。"

听得我们心花怒放!

"看到它了?"

"听到嚎叫声。"他儿子说。

阿力甫跑得小脸通红,对着喀瓦夏说:"村主任说,你快快请刘爷爷、李奶奶,今晚要唱歌、跳舞啦!"

又是好消息!

塔吉克人热情好客,重礼节,即使客人是素不相识的过路人,也会招待留宿。村子里来了客人,更是歌舞相迎。

阿克赛是位英俊的青年,比他父亲高了一截,原准备今晚还要赶回牧场,听说今晚有歌舞，欣喜异常，宣布他也要去参加。

只有儿媳一人在牧场。喀瓦夏很担心。

阿克赛说："没事，晚会之后再赶回去。晚会能少了我？"

喀瓦夏耸耸肩。

喀瓦夏的妻子出来，我们眼前一亮——她换了一套紫色连衣裙盛装。李老师赞不绝口："满屋生辉，满室生辉！"

门头墙上架着一只巨大的盘羊角的，就是村主任的家。村主任早已迎到门口。

他庄严热情地致了欢迎词，大意是：尊贵的客人，你们从太阳升起的地方来到帕米尔高原，就是我们尊敬的客人。来到我家，就是亲密的兄弟。今天是个吉祥的日子，今天是个欢乐的日子，祝福幸福安康！

我感动得只能连说："谢谢，谢谢！"

他家的堂屋也是两张大炕，只不过活动的空间比喀瓦夏家的大。屋内已挤满了客人。

妇女们个个花枝招展，高挑的身材，白皙的皮肤，穿上大红、大紫、大绿的饰有绣工精心绣制的花边的贴身连衣裙。上身着皮装或棉织翻领短装，再配上大红、金黄、紫色的平绒布制作的小圆帽，帽子四周饰有金、银片花卉，镶着各色宝石的帽子前后檐垂下串珠、银链流苏，戴着戒指、耳环、项链，以及各色各样的刺绣……在婀娜多姿中洋溢着无比的华丽、高雅的气度、迷人的俏丽风采。

男人大多到夏季牧场去了，年轻的来得不多，个个都很精悍。

主人先送上奶茶、馕，待到客人坐定，又端上了一大碗羊肉汤、大盘的手抓羊肉。

喀瓦夏充当了塔吉克礼宾司仪。我按照他的指示，先从盘中割下一块羊肉献给女主人。她笑得像大丽菊般灿烂。村主任乐滋滋地将羊头送到我的面前,我割下了一块肉。村主任把夹着羊尾油的羊肝,分别送给了炕上的每一位客人。

待到大家拿着羊肉蘸着盐巴吃起来的时候,手鼓骤然响起,笛声嘹亮,每个人的腰身都动起来了,连坐着正在用刀从羊骨上削肉的老大爷都扭动起来了。妇女们纷纷边舞边走向中心。

"阿克赛,看阿克赛。"李老师小声说。

笛声是从阿克赛唇边的短笛中飞出的。那笛象牙色,只有中指般粗细,长不过二三十厘米。

"是鹰笛?"

"错不了。是用鹰骨做的。"

从这样细细的短笛中跳出的音符,竟然如高空中雄鹰的鸣啸,洪亮、悠远、盘旋……

"村里会吹鹰笛,而且吹得这样好的人不多。阿克赛回来了,要不,今晚你们就见识不到我们最好的乐手、最好的乐器。"喀瓦夏充满了自豪。

小伙子们、老人们都跳起来了,连阿力甫也走到中间。那舞姿一眼看去,就是鹰在高天翱翔,盘旋着扶摇,俯冲着飞掠……

"鹰舞!"

塔吉克族崇尚鹰的高傲、强悍、勇猛、豪放。鹰笛是他们民族最负盛名的乐器、特有的乐器。鹰舞是他们民族性格的艺术表现。

歌声响起:

> 花儿为什么这样红?
> 为什么这样红?
> 哎!红得好像,
> 红得好像燃烧的火,

它象征着纯洁的友谊和爱情。

每当听到这熟悉的歌声,我的眼前就浮现出雪山上傲然盛开的鲜花,浮现出冰与火的激烈中腾起的火焰。

在帕米尔高原上诞生的《冰山上的来客》的插曲,像一位故人热烈的召唤——它是我们青年时代飘荡在大街小巷中的旋律。李老师跳下炕,加入了歌舞的行列。

花儿为什么这样鲜?
为什么这样鲜?
哎!鲜得使人,
鲜得使人不忍离去,
它是用了青春的血液来浇灌。
哎!鲜得使人,
鲜得使人不忍离去。
它是用了青春的血液来浇灌。

断尾狼偷袭

刚刚拐过山弯,李老师喊了声:

"左前方11点钟方向,1000多米!"

晨曦中,好几处闪现了白色的光,等到眼睛适应了山塬的颜色,定睛一看,嗨,是野羊淡黄色的腿的内侧……

"岩羊!"喀瓦夏说。

哈哈!那里的岩石中,竟然走出了二三十只岩羊。有只大羊向我们这边瞥了一眼,就快步向上走去。

我翻身下马,慌得连摄影包的扣子也打不开……

"别急!"其实,李老师也是抖着手才打开了扣子。几天来辛苦寻访,谁知在这里不期相遇。

我一边换变焦镜头,一边注视着羊群的动向。

羊们正迅速往山上走,有一只已走到了山脊上。

"三脚架。"我递给她相机,同时提醒。

"来不及了,架到我肩上!"

我将又大又重的变焦镜头放到她肩上:

"矮一点,再矮点……高一点,矮一点……好,别动,屏住气!"

只来得及按了两次快门,它们就已走出镜头,翻过了山脊。

喜悦、兴奋、失落、沮丧……搅得心里五味翻滚。

"快回放看看。"她在激动中比我冷静。

"有了,有了,拍到了!小了点。"数码相机就有这样的优点,但那时高像素的相机刚出来不久,性能还无法和今天的相比。

她乐得情不自禁,像个小姑娘似的,一把抱住了我。

"怎么样?我这个三脚架,比那好使吧?"

我拍着她的背,说:"你脑子就是转得快,要不绝对拍不到。"

大自然最为神奇,它使人忘记了年龄。

是呀!她是第一次见到这位山野朋友。她拍照片的第一动机,就是要将一般人难以见到的山野朋友介绍给大家,唤起人们忘却的大自然之情。所以,她能拖着伤腿在高黎贡山寻访大树杜鹃王,能在陡险的麻阳河谷追踪黑叶猴……

喀瓦夏看着我们喜悦得忘形,只是在一旁笑着。他说李老师要是不喊那一声,可能它们跑得没那样快。

李老师说:"那样小的声音,那样远的距离,它们也能听到?"

喀瓦夏说:"野羊都是晨昏出来吃草、喝水。这群羊是要下来喝水的,喝水时危险性最大,也就特别警惕,总有公羊在放哨。"

"上去看看吧!"说完,他一夹马肚,咻咻地喊着,马就飞奔起来,跃上山岭。那种与马融为一体的矫健的身姿,真的大有雄鹰展翅的神韵,展现了这位塔吉克兄弟的另一面。

已在山上跑了几天,李老师说什么也不要他牵马,今天是一人一骑。

我们当然没他的胆量,只能信马由缰。可没走多远,陡峭的山崖使得我们只能牵马一步步攀登。

气喘不过来,头也感到有些麻——海拔高度应在四千三四百米了。

喀瓦夏立马在山脊上,大有武士的风范!

运气不算太差,那群羊确是走远了,影影绰绰,只有绿豆般大小,是沿着下面一个山垄的山脊走的。那个山脊与我们所在的山脊相对高差有100多米。

喀瓦夏将望远镜递给了李老师。

"怎么认出是岩羊?"

他说:"远看,野羊的个头差不多,毛色差别不大,只有岩羊发青色。区别主要在角。野羊公的、母的都长角。盘羊的角好认,粗壮,螺旋形弯曲,大。北山羊你上次看到了。岩羊的角开始直直的,长到几十厘米高再往后披,角尖还能上挑。"

"对对,是这样,跟藏羚羊、原羚的角都不一样。"

这群羊将我们往深山领去。

不久,喀瓦夏发现了一群北山羊,有四五十只。他决定跟踪这群羊。他说:"雪豹更喜欢北山羊。"

我们一直沿着山脊线走。喀瓦夏不时下马查看,在地上、岩石上搜寻着,特别在阴处没有存雪的地方,看得更仔细。

"他在找雪豹、狼的足迹?"

李老师将我从沉思中惊醒,也点破了懵懂。我问喀瓦夏:"你是在找哨口?"

他不明白"哨口"的意思。

我只好解释:"哨口是我们皖南猎人的行话,是指由两三个山垄扭结的地方,就像你刚才下马看的地方。"

他说:"对呀,这些地方是野兽南来北往必经的地方,最容易留下它们的踪迹。要不,到哪里找到它们?"

他证实了我刚才思索的问题,因为他的查看,让我想起了不管是皖南的猎人、东北的猎人、西藏或青海、云南的猎人,经验是一样的,都非常看重这种地方。因为这是野生动物共同的生态特性。路走多了,看得多了,很多事情看似无比神秘,全都豁然开朗了。

好像是要再一次印证——喀瓦夏仔仔细细审视着哨口的一块黑色的石头。

他要我看石头上的印迹。那是带有油性的湿迹,我一看,心就怦怦跳起:"是雪豹留下的嗅液?"

"你也晓得它有这种习性?"他很奇怪。

"在托木尔峰,我们也看到了这样的嗅迹。"李老师说,"今天收获不小,真得谢谢阿克赛。"

我问:"雪豹平时喜欢走哪样的路?"

他指了指脚下的山脊:"走这地方,才能看得远,才能将山的两边都看清,才能放心大胆走,才能找到野羊!"

我心里豁然开朗,一个新的想法萌生了。

走走寻寻,雪豹的踪迹将我们带到另一条大沟,天也晚了,晚上就住在阿克赛的帐篷。

一夜未听到阿克赛说的断尾狼的嚎叫。

喀瓦夏乘着黎明前的夜色,领着我们来到了一条山溪边。我们潜伏在岩后,山溪在我们下方流淌。没一会儿,寒气逼人,连天上的星星也抖抖瑟瑟。

潜伏很刺激,但等待很难耐,难耐中有着满怀的希望。

天是靛青的,山塬一片朦胧。只有雪山高高在上,孤傲、兀立。

帕米尔高原的野羊主要是盘羊、岩羊、北山羊,都生活在海拔五六千米的雪线附近的裸石区,但在对栖息地的选择上,还是各有所好的。

根据昨天对那群北山羊的跟踪,它们今天可能要到这地方来喝水。相对说来,这是最佳的观察时刻。

东方弥漫起白晕时,对面山坡上有了碎石滚动的声音,似是硬蹄与石头碰撞的声音。但这面是西坡,一切都还在阴影中。

"来了。"

在野外,常是李老师第一个发现目标,她好像有特异功能。顺着她的指点,我看到(准确地说还要加上"感觉")了几个黑点子,长角显眼……肯定是北山羊,肯定是已经在草地上大嚼了一顿。

李老师将手按在我的背上——担心我一冲动会惊散了羊。其实我已感到她的心跳加快。

山坡上这里那里都有了北山羊的身影。越是接近山溪,它们走得越快,像是要抢占一个好位子。

按牧民们说,食草动物胃火大,经历了一夜的干渴,又刚刚吃饱,正口干舌燥哩。

野羊是高山上的弱小动物。在大自然的食物链中,它们处于中间,草是它们的食物,它们又是食肉动物的食物。千万年的生存竞争,使它们白天隐匿在高山岩石中休息,只在晨昏时出来猛吃一顿,喝水。

羊们下到溪边了,左右看看,没有异常,连忙低下头去喝水。开头还只是轻轻地啜饮,接着就听到吸水声了……

晨曦已经漫过中天,东方扯出了一条条虹霓,是个难得的好天。

喀瓦夏指着高处的岩上——一只公羊顶着长角屹立,英武、雄壮。它全神贯注,如威严的将军,扫视着前后左右……

那定然是哨羊。羊在喝水时,处于极不安全的状态:低头,眼要看着水,喝水时有响声,既给了敌手信号,又干扰了听力……

站岗放哨守着羊群的职责,当然就落在了公羊的身上。它一直要等到另一只公羊喝好水来接班……

突然,山坡上有了疾速的蹄声,流石响成了一片……

"噎!噎!"哨羊尖叫。

顷刻之间,喝水的羊已反身向山坡上跑去。

"狼!"

是的,左边两只狼,右边一只狼,向羊群包抄冲来。

它们显然是早就预谋好了。以狼的禀性,很可能昨天已来踩过点,否则不会刚好埋伏在羊的喝水点的左右,又等到羊们喝得兴起时才发起攻击。

狼的战术,一向是讲究群体的配合。我担心在羊们逃跑的路上还有狼伏击。

两边的夹攻使得羊群大乱。一只狼瞅准了一只母羊——难道狼也知道母羊的角小,或者是公羊的大角更有杀伤力?——追了过去。

你看那只小角母羊,三四米的高崖,它只一纵身就跃上去了。等到狼也纵身跃上,它却像跨高栏一样,落地后又跳,连着几个腾跳,已远远离去。狼只好反身另寻目标……

两只小羊就没这样幸运了,另两只横冲直撞的狼将它们从母亲的身边隔开,正在前堵后截。这两只刚来到这世界三四个月的小羊的眼里,充满了惶恐、无助……

李老师激动得几次都要站起身。喀瓦夏的眼睛却威严地盯着她。

一只狼——断尾狼,是的,它的尾巴已被截断,很短。当时,真的说不清是喜是悲——断尾狼伸出前肢扑向小羊,眼看就要抓到……

就在这时,一个闪着金光的身影从天而降,势如迅雷地向断尾狼冲去,猛地将断尾狼顶翻——

啊!是放哨的公羊!它发出警报后,一直坚守着岗位。

又有三只公羊飞奔而来,挺着长角——看着长角上的一道道凸出的环棱,我的脑子里闪过侠客们使用的竹节钢鞭——向另一只狼冲去。小羊跑了,向一声声呼唤着它的妈妈跑去。

三只狼眼看到嘴的美味跑了,伸出淌着馋涎的长舌,瞪着血红的眼睛,怒火燃烧地盯着站成一排的四只公羊。公羊们威风凛凛,不可一世。

山脊上还有几只公羊凝视着战场,个个蓄势待发,随时可以向恶狼冲来。

僵持了一会儿,断尾狼首先折转了身子,悻悻地走开。另两只狼也尾随而去。

公羊们眼看狼已远去,反身只几个纵跳就快步到了山脊——羊群排成一线在那儿等待英雄归来。

李老师刚想站起身子,就听喀瓦夏说:"等等,饿狼凶狠,有危险。等它们走远了。"

彩霞满天,雪山一片红艳。这场暴风疾雨般的偷袭反偷袭的战斗只不过两三分钟就结束了。

我和李老师放开喉咙喧哗:"真是见了世面!难怪史书上说'羊狠狼贪'哩!"

"北山羊的长角,像武侠小说中的哪种武器?"

"竹节钢鞭!"

"北山羊最美的是什么?"

"纵跃,腾越。那坡的斜度最少超过50度,北山羊只是前蹄一点,就纵身腾起了,后腿一蹬,已落到三四米高的岩上。它是向上,该有多大的弹力、冲劲。身子像火箭往上蹿!太美了,真的只有在野外才能看到野生动物的美!只有在生死攸关的生存竞争中,它们才有可能将全部的生命力量展现得淋漓尽致!"

刚走到山脊上,又红又大的太阳从雪山上升起了,无比辉煌,无比灿烂,像是点燃了群峰,冰火相映,冰火相融……

帕米尔高原不是海,没有大海的万顷碧波,但帕米尔高原有群峰涌起的惊涛骇浪;她没有大海一望无际的辽阔,但她的层层叠叠、多姿多彩的雪山银峰,有多重层次、万千形象的美,有更深厚的内涵。

帕米尔高原日出如一部恢宏的美学经典,蕴含着美学原理。

喀瓦夏最高兴的是见到了断尾狼,向我们证实了断尾狼的存在,维护了信誉。

我们当然兴奋,谁能想到在这地方和断尾狼不期而遇?雪豹黑玫的踪迹也显现了。如果喀瓦夏的揣测是对的,它不是预示着我们即将成功拜访黑玫吗?

断尾狼的家族不是有五只吗?按理今年小狼应该出生了,怎么反而少了两只呢?

喀瓦夏说:"狼也不是高原上的霸主,它去猎杀别的动物的同时,也是更凶猛的动物猎杀的对象。尤其是经历了一个漫长、严寒的冬天,不是病死了,就是被更大的山大王吃掉了……一切皆有可能。"

他还说:"这就对了。它今年老是不露面,特别诡秘,就是因为家族中有两位罹难了!难怪它们今天狩猎失败。营群性的动物总是依靠群体的力量,争取生存的权利。如果今天在北山羊的上方还潜伏着两只狼,或者北山羊没有那样大的群体,战局肯定将是另一种样子。离开群体的北山羊肯定是无法生存的。孤狼也肯定无法生存。这难道仅仅是野生动物生活的法则？"

好的天气只有那么一两个小时，不一会儿风起云涌，乌云很快遮去了灿烂的阳光。未见冰豆响，鹅毛般的雪片已随风扑来。

我们急急忙忙找地方避风、躲雪。

只个把小时，太阳又出来了，但刚把我们的衣服晒干，又有一片雨云涌来，很像我们家乡的雷暴雨，高原上的天气真是变幻无常。我想起了长江源头格拉丹东，那里365天，有340多天在下雪。

神秘的探营者

我们选了一条山沟驻扎——这里雪豹的踪迹较多。那群北山羊已迁到这边的山上栖息。刚巧，在山坡上有牧民遗下的冬窝子。

雪山环立的冬窝子其实是个羊圈，四周有用石块、泥土垒起的围栏，有四五十厘米高，面积不大，至多也就能容下一百多只羊。遍地是羊粪，喀瓦夏扒拉时我看到了，得有一二十厘米厚。那可是宝啊！

好在有一座简陋的房子，它是用石块、泥土垒起的，平顶、长方形，但很矮，高度只有1米出点头，这实在委屈了我这个1米82的大汉，要低着头、弓着腰才能进得去。进门就得蹲着或趴到地上，根本直不起腰。三个人的睡袋铺下后，剩下的空间只有巴掌大了。尽管如此，但它能避风遮雨挡雪，无须再经受乖戾气候的折腾，也省却了来回的跋涉。

李老师兴高采烈地将新居安顿好了。

到了晚上，我非常想喝茶。多年来，我在临睡前都要喝杯浓茶才能安然睡去，也算是有别于一般人的怪癖。

找遍了房里房外，一根可称得上柴火的木棍也没找到。牧民们在牧场上，都是烧牛粪、羊粪。除非拆了房顶，那上面有几根作为房梁的树棍。我们选中这块宝地，也正因为它有着这么厚的羊粪——可再生能源。但要引火，光烧羊粪是燃不起来的。去年躲雪时,我和君早用了一盒火柴也没将火点起。

李老师看我那急躁的样子,总是说忍忍吧。

喀瓦夏说怪他,忘了带引火的。"反正要点火,别看你们有鹅绒睡袋,夜里也耐不住冷。"说完,他就出去了。我们两人都未拦得住,这毕竟是高山荒野啊!

正当我们非常担心喀瓦夏时,他回来了,将手里的一包东西放下。

"这不是火绒草吗?"

"你们两位老人认识的东西还真不少哩!"他的赞赏是由衷的。

是的,那年我们从青海的囊谦去西藏的类乌齐,路上,在溪边沙岬上长满一种叫黑刺的树的树林中休息时,看到一种小草只有三四厘米高,却结出了一个大绒球。那绒球淡红中带着黄色,很像孩子帽子上的小绒球。一问,才知道叫火绒草。

火柴一点,火绒草就着了。喀瓦夏将干羊粪堆了上去,一会儿,屋内就弥漫起了草的清香、温暖……

夜里,原想着能听到断尾狼的嚎叫,可是只有喀瓦夏如雷的鼾声。山风不时在千山万壑中呼啸。虽然喝了浓茶,但也睡得很不踏实,时不时醒来。我以为是因为海拔高,只要一醒就做深呼吸……

"怎么老觉得外面有野物在走动?"李老师在我的耳边说。

"别疑神疑鬼的,快点睡。明天早上还要起早深入这条沟。"说完,我又伸出手去在她睡袋上轻轻拍了两下。其实,我早已听到外面的动静,那声音虽然很轻,可越是隐隐约约,越是激起各种想象。虽然喀瓦夏坚持睡在门口,以做屏障,可李老师胆子小,我也就没有说出真情,但我一直很警醒。

可能是连日的奔波太辛苦了,等到醒来天已大亮。我感到有点奇怪,连忙钻出睡袋穿衣服。

"昨夜下雪了,多歇一会儿。"喀瓦夏的话吓了我一跳。这家伙刚刚还在打鼾,还能是睁着眼睡觉?

刚推开门,雪光耀眼。积雪不厚,但铺了一层。山坡上也斑白起来。

看到羊粪上的异样,心就怦怦跳了起来。难道夜里听到的窸窸窣窣的声音,不是幻听?

走出羊圈,雪地上新鲜的足印赫然在目。

是只长了四条腿的朋友,它在羊圈转了一圈,又走进了羊圈,还到了门口,似乎都触到喀瓦夏的身子了。

蹄印的后掌宽大,很像一个横放的桃子,拇指大,其余的依次变小。但只有四趾。显然不是有蹄类的朋友,肯定是食肉的,体型不小。

喀瓦夏和李老师都出来了。

"是黑熊还是狼?"

"熊的脚有点像人的脚,比这要大得多,脚后跟也不是这样的。要是狼,不大会是只有一种足印,除非是孤狼,足印也不像……"

"是雪豹的?"我问得很急切。

"像。"

嗨!竟有这样的事?

"它来找食物?"李老师的脸上涌起乌云。

"没听说过雪豹吃人。"

"那它来干吗?"

"我们一来,就给它盯上了?它躲在哪里把我们看得清清楚楚,监视我们的一举一动?"

"雪豹是小气鬼。它守着这群北山羊——它的厨房,突然有人追着北山羊来了,它能不起疑心?"

"它来示威,撵我们走?雪豹领地意识很强,它每到一处,不是撒尿,就是喷嗅液,在路口、在地上抓爬吗?"

喀瓦夏眼神中藏满了神秘,沉默了很长时间才说:

"它是雪山之王,王有王的脾气。脾气中最重要的是:它的领土神圣不可侵犯,它看重的食物也神圣不可侵犯!"

我突然笑了,对李老师说:"还记得那年在白河考察川金丝猴的事吗?"

"你是说,我们的小摄影包神秘失踪,后来包里藏的百元大钞又时不时出现在我们前行的路上……"

急得我一把捂住她的嘴:

"天机不可泄漏。"接着又在她耳边如此这般地一说。她乐了:"就你点子多。"

"和朋友猜猜心思也不错嘛!"

我们为什么不能从创造中享受发现的快乐?

我们的目的,不就是要成功拜访这位朋友吗?

等待雪豹来访

喀瓦夏被我们两个老顽童的神神秘秘,搞得一头雾水。可我们就是不解释。他很明世故,也不再多问。

这顿早餐虽然只有馕和茶,但我们吃得非常悠闲、绅士,一匙匙地将喀瓦夏带来的新鲜奶油涂在馕上,放到火边一烤,那股麦片掺着奶油的香味,直沁五脏六腑。

喀瓦夏好不容易等我们吃好了,才问:"还是动身往沟里走?"

雪豹的足迹往山沟的上方延伸,这条沟看样子很深。我和李老师一改常态,有说有笑。喀瓦夏几次想制止,但话到嘴边又忍回去了。

只是一场小雪,很像我们家乡的打雷暴——"夏雨隔牛背"。有的地方一点雪也没有,于是那足迹也就时隐时现。

走了一段,我突然说:"不往这边走了。去看北山羊吧!"

不等喀瓦夏表态,我和李老师就折返,岔向北山羊栖息的山头。

喀瓦夏看着前面还有雪豹的足迹,不明白我们为何却不看了,但也只是愣了会儿,就跟上来了。

刚转个弯,哎嗨,慕士塔格峰突然出现了,它巍峨的身姿、浩荡的冰川,突然涌到了面前。真是山不转人转。

我示意李老师往右边山下看。

"大河如练,小湖、水凼如星,好大一个盆地、绿洲……和塔什库尔干大河谷、大盆地太相似了。我悟出了,悟出来了!"李老师高兴得手舞足蹈。

"破解了什么大奇妙?"

"你记得那年在福建梅花山寻找华南虎吗?当地民谣是怎么说梅花山形态的?"

"梅花十八洞,洞洞十八洋,洋洋十八里,里里桂花香。"

"对呀,那个谜语一样的'洞'呀'洋'呀'里'呀让我们猜了多少天,就是猜不出它的含义。直到在大雾中登上油婆记山高峰,突然云潮低落,山峰如梅花开放在湖泊盆地……我们才恍然大悟:洞是盆地,洋为湖泊。帕米尔高原的'帕'不就是指宽阔的盆地,盆地中有绿树,有河,有湖,适宜人们居住的地方吗?"

我为她热烈鼓掌:"有新意。'帕',确实应是一个地理单元的名称,适宜人居住的地方,人才是灵魂。资料上说,帕米尔高原共有八帕,分东帕、西帕。其实在清朝时,整个帕米尔高原都在我国境内,只是后来被沙俄、英帝瓜分强占了……行万里路就是读万卷书啊!"

到了能看到北山羊待的地方,我和李老师压低了声音说话,但动作的幅度很大。我俩举着望远镜,轮换着往可能有北山羊的方向看。当然,望远镜中只有乱石、崖头、山垄……并未指望看到北山羊。

但看久了,我有了发现:在一堆乱石中,隐约有些异样——似乎是野羊的角戳在石缝中。我要李老师看,又要喀瓦夏看。

"是羊角,北山羊的。"

那意外的喜悦,真有中了大奖的感觉。无论是岩羊、盘羊、北山羊,大白天都是躲得严严实实的。就像去年和君早在青海湖边拜访普氏原羚,它们白天隐匿在沙丘中,黄沙很好地掩护了它棕黄的身子。

只要有耐心,注视的时间长了,那角的摆动就显现出来了。喀瓦夏说,北山羊最易得一种传染性的皮肤病,有了皮肤病就需不时抓痒。

原来只是想做做样子,谁知却误打误撞碰上了,现在真的倾心尽意、兴致盎然地观察起这群羊。它们和牛是一个大家族,是反刍动物。我们还发现了站岗放哨的公羊,甚至到最后竟然能连估带猜羊们在干什么……

傍午就回到了营地,吃了干粮。我告诉喀瓦夏:"累了,下午休息吧。想在晚上看看雪豹来不来。"

他很有大家风度,说:"你们歇着吧,我自个儿要出去转转。"

老天凑趣,今晚的月色明亮,照得雪原还真有白夜的感觉。

我对喀瓦夏说出计划。他说:"石头缝子,夜里冷得彻骨。你们两个老人吃得消?冻病了,就不好玩了!我没事,有皮袄。"

我将鹅绒睡袋拉链拉开,往身上一披,上好的毛毯。他说:

"试试吧!但一定要听我指挥。虽说雪豹不吃人,但兔子急了还咬人哩。野物野性的,谁说得准?那群野羊是它的粮食。"

只要他答应,我当然全部应承下来了。

喀瓦夏选了块宝地,三面都是巨岩围着,只有侧着身子才能从一条石缝挤进去,像个竖井。我们站在里面,只能露出上半身,但羊圈的一切都在可视的范围。我和李老师披着睡袋,靠在岩上。

冷,真冷,盛夏的8月,高原上的夜晚就像我们家乡的冬夜。

皇天不负苦心人。月色下,一个修长的身影终于向羊圈走来,它身上缀着一个个圆形的黑斑,头圆而小,尾长,尾巴蓬松,又粗又长——和身长几乎一致。

我特别注视着它的长尾,是的,牧民说那长尾有着特殊的妙用:

雄豹有时将它高举,如旗帜一般,那是雄性高扬的时候。

有的说,它睡觉时用长尾做枕头、围巾,既舒服又暖和。

还有牧民说得更神奇,雪豹之所以难寻觅,是因为它有隐身术——它会边走边用如扫帚一样的长尾,将自己留在雪地上的踪迹扫清。当然,动物学家说,那是石貂的专利,它也有蓬松的长尾。

可是,地上已没有雪了,它的尾巴既不高举也不拖地,而是随意地甩着。

它一步步向羊圈走去。

"黑玫!看眉心的那朵花多黑!"

喀瓦夏惊喜得声音都变了调。

是的,是的,月色下那一颗黑斑,真的如盛开的黑玫瑰。认豹先认脸啊!

是的,是的,它就是喀瓦夏的黑玫,也是我们的黑玫⋯⋯

它巡视了羊圈一周,突然驻足,像发现了什么,然后就向我们隐匿的地方走来⋯⋯

坏了,我想打喷嚏——那次和猎人小张打野猪落下的病根子发作了,在紧急危险的时刻,越是抑制,越是抑制不住鼻子里奇痒激起的澎湃而出的冲动。我赶紧用手捂住嘴,然而那喷嚏还是像冲出炮膛的炮弹:"阿嚏!"

黑玫向这边冲来。

一个身影猛然冲天蹿起,跳出了竖井式的石涧,斜刺里向左边山上跑去,边跑边叫⋯⋯

黑玫提脚就追,可没跑几步,停下了。

我清清楚楚看到,它宽阔的鼻筒大幅度地翕动了两下⋯⋯它安静了,朝着还在喊叫的喀瓦夏喷了喷响鼻,扭头走了,走得很快,但还是回头向喀瓦夏的方向看了两眼。

它肯定是嗅到了喀瓦夏的气味——熟悉的友好的气味。我们心里都很感动于黑玫的情谊。人和动物原本都是朋友。我也突然明白那晚它为什么,到了屋前却没有顶门——闻到迎门睡着的喀瓦夏的气味了。

这个结论惊得我们大汗淋漓。我们千遍万遍地感谢喀瓦夏,在生命攸关的时刻,只有血脉相通的兄弟才能挺身而出。

我上前,拿起他的手,深深地吻着手背。他也吻着我的手背,接着是紧紧地拥抱。

他没有埋怨,甚至没有问一声在那紧要的关头,怎么会打起喷嚏。

倒是李老师用手指着我的鼻子:

"真有你的!"

喀瓦夏说:

"明天回家吧。你们已看到了雪豹,看到了黑玫。年岁大了,这山上的苦吃不了。"

我说:"好戏才开头哩!"说真的,对黑玫,多了一份牵挂。

雪山之王发起决战

第二天,我们还是去观察北山羊。

大概是第三天,黑玫早早就在太阳的余晖中从山上下到了沟里,披着一身盛开的"玫瑰",洋溢着迷人的风采,鼻孔上小三角被深红一染,特别俏丽。两旁的胡须直直的,闪着亮光——动物学家说,猫科动物的胡须是营养状况的标志——青春焕发。

它迈着王者的步伐,雍容、高贵地走着,还折回头又走了两次,然后才向山沟的深处走去。

李老师几次要拿照相机,都被我阻止了。几次给猴王照相遭到袭击的血的代价,使我悟出了照相机的镜头在它们的眼里和枪口一样,闪光灯更像枪口冒出的火光,被人类猎杀的惨痛教训使它们本能地反击。

昨天天刚擦黑时,它已像模特走秀般操演过一次。两次的不寻常举动预示着什么?

也像我们那天观察北山羊?

我还未思考出结论,喀瓦夏开口了:"今晚上山。"

"有多大的可能?"两人想到一块了,真是心有灵犀。

不去看,永远不知道。慌得我们揣块馕就走了。

喀瓦夏在北山羊可能到的草场附近,选了个潜伏点。

黄昏降临了。按理,这是北山羊出来吃草的时刻。可是,那片草地上非常宁静,没有任何动物的身影。

我突然发现另一处——海拔可能已有5000米的陡坡上——看不到草,全是黑色的裸石。有只像是放哨的公羊的身影——它隐藏在大石的后面。

那是我们意想不到的地方。

喀瓦夏一看,连说:"快往那边去。我忘了,这片草已吃了两天。今天要移到下一个草场。北山羊也会让草地休养生息,轮换着吃。"

这片草地在两个山垄之间,乱石丛生,山垄全是嶙峋、陡峭的崖头。

我们刚隐蔽好,野羊们已挺着长角、短角来了,但没有开吃,都在侧着耳朵收集音响,同时注意着放哨的公羊。

奇了,今天多了一只放哨的,在山脊的那头。也可能是由羊群的大小、吃草时占据的面积来决定哨羊的多少吧。

哨羊的神情像是"平安无事"!

因为草很稀疏,只是从石头缝中长出,羊的家族也就很分散。

羊们开始吃草了,伸出长舌,卷起草来大口大口地吃着,响起了一片瑟瑟声。

正当羊们吃得欢欣鼓舞时,三只狼像从石头缝中蹦出,在羊群的上方,躲过了哨羊的警戒,旋风般地往羊群冲去。

是断尾狼的家族,它的断尾是鲜明的标志。

等到哨羊发出警报,狼们一改惯用的包抄分割战术,而是从潜伏地一出,就闪电般地直击早已选定的目标——可能是因为羊群大,占的地盘大——这个速战速决的战术立即产生了神奇的效果。

就在羊们惊呆的瞬间,敌人已近在咫尺……

借用一句"说时迟,那时快",只听一声炸雷般的吼声响起,一个黑影从左侧的山冈跃起,飞过山谷,射向断尾狼。

狼们一震,断尾狼一闪,乱了阵脚。

啊,是雪豹黑玫!好家伙,八九米宽的山谷它竟一跃而过啊!

醒过神来的野羊们乘机向高山上跑去。

"傻羊,往下冲呀!"

羊们只是使出了看家本领,纵跃在岩石之间,一个劲地往更陡险的山崖上奔去。

狼群几次要去追赶羊群,可都被黑玫矫健的身影拦截。

断尾狼哼了一声,三只狼就向黑玫冲来,展开了凌厉的攻势。

黑玫目光扫视战场,在高崖巨石上纵跳、攻击,分割了三只狼的包围,看准了机会就狠下杀手,各个击破。

断尾狼毕竟是身经百战的头狼,敏感地意识到对手已识破了计谋,它也失去了突击的先机,不再积极攻击,只是冷眼注视战场的变化。

这时,连李老师也看出了,黑玫前腿短,后腿长,天生具有在陡峭的山崖上作战的优势——矫健、勇猛、灵活、机警,行动自如。而狼适宜在平地奔跑——四条一样长短的腿不适宜在陡峭的山崖上作战,不及黑玫灵巧,不如黑玫快速。

眼看两只喽啰不是黑玫的对手,断尾狼投入战斗了,可是为时已晚。

黑玫左一口,右一口,将两只狼的身上全撕开了血口,还有一只狼的腿也瘸了。

待到断尾狼冲来时,黑玫愣怔都未打,一闪身就往陡崖上跑去。

断尾狼愤怒地嚎叫了一声……别说我们耳底嗡嗡,全身汗毛都竖了起来,连黑玫也微微一颤。

黑玫只顾逃命,更快地往峭壁上跑去……

大事不好,黑玫什么时候失去了刚才的矫健、神速、勇猛,显得如此笨拙?难道是受伤了?

尽管如此,断尾狼却总是扑不到它,伸出的利爪眼看就要刺进它的脊背,可就是没有刺到——都只差那么一毫一厘!

断尾狼在陡崖上显得有些力不从心,气喘了还是使诈?它回头看了一眼,家族里的那两只狼正一瘸一拐地慢慢挪步,向它这边靠来。

断尾狼停下了。

黑玫的肚子一鼓一鼓的,好像喘得不行。

断尾狼又纵身追来。

如此两次,黑玫不跑了,站在两块大崖窄窄的石缝中,显得有些垂头丧气。

等到断尾狼追了上来,它像是随意轻轻一跳,前肢只在上方崖上一点,凌空而下,向断尾狼击去。

断尾狼未曾料到这一招儿,但它毕竟久经沙场,只是略一打愣怔,已闪开了黑玫如剑的利爪,就势一扭身子,张开血盆大口,向黑玫臀部咬去。

黑玫似乎要的就是这招儿,只见尾一甩——神了,那原是蓬松的长尾,这时竟然收紧得像是一根棍,闪电般向断尾狼的腮帮子抽去——

啪的一声,好响亮!断尾狼挨了狠狠一个耳光,眼冒金星,鲜血从嘴角溢出。

断尾狼就是断尾狼,在挨了重击之后,居然腾地跃起,伸出双爪饿虎般扑向黑玫。陶醉在胜利中的黑玫大意了,尽管它很敏捷,臀部还是被划开血口。

断尾狼乘势连出狠招,想冲出这陡峭的山缝。

黑玫连连招架,顽强地堵住出口……

两个勇士身上都被撕开了血口。

断尾狼眼看退路被堵,就想折回身子从另一头撤退。

它刚转身——

啊!黑玫怎会放过这稍纵即逝的良机?它像闪电一样冲天而起,跃到断尾狼左前方的石壁上,双脚一点,斜刺里又是凌空转身,挺出如戟的双爪向断尾狼两眼刺去。

断尾狼一偏头,黑玫已张开大口,准确地咬住了对手暴露出的脖颈,上下颌一合,使出了猫科动物的撒手锏——锁喉术。利齿切进,双爪刺进敌人的肩胛抱住,一股热血流进了嘴里。

断尾狼猛一甩头,想将敌手甩出。只听嘭的一声,黑玫的身子重重地砸在石壁上。

黑玫只是死死地咬住断尾狼的喉咙,任凭它怎样摇头晃脑,就是不松口,吸着断尾狼血管中流出的血……

断尾狼终于摇摇晃晃,腿一软,倒下去——

战场陷入沉寂。

一场惊心动魄、暴风骤雨般的生存竞争的战斗已烟消云散,且不说万千思绪在心中翻涌,就是这场生死决斗,从酝酿到实施的种种细节都已渐渐清晰:

尽管无法断定黑玫是不是为了报杀子之仇而来,但仅从北山羊是它们共同的食物这一点来看，它们就势不两立。

雪豹具有强烈的领地意识。黑玫大摇大摆地现身，是向对手宣告"这群羊是我的"，抑或是一种挑衅？

黑玫是高山之王，它在陡峭的山崖上占有绝对的优势，因而它制造了假象，引诱狼群深入乱石丛生的悬崖峭壁。具体战场的选择，是不是黑玫精心策划的呢？

它埋伏在另一山冈上，躲过了断尾狼灵敏的嗅觉、锐利的目光。

它在空中飞跃时，四肢绷直如箭，矫健、神勇，可以从近10米的山涧一跃而过。我清清楚楚地看到，只有这时，它独特的野性的美才展现得淋漓尽致。那条长尾奇妙极了，跳跃腾越时作为舵杆调整着体态，作战时是制敌的撒手锏。大象的鼻子是它进食的手，但在对付狮子、老虎的攻击时，它又可以立即收紧肌肉，鼻子便成了有力的橡皮棍。奇妙吧，黑玫可以像大象运用鼻子那样运用尾巴。

它攻击时张开的脚掌，足有我们的巴掌大啊！陡然伸出的利爪，足足有四五厘米长！爪子带钩，如铁，只要刺入对手的肌肤，就是锁定。难怪雪豹平时行走时小心翼翼地将它收藏在厚掌中，以免磨损，受到伤害……

突然，黑玫轻轻地哼了一声，很温柔。

上方响起流石声。抬头望去，三个影子像坐滑滑梯一样，从峭壁上滑了下来……

哈哈！是三只小雪豹，正蹒跚地向黑玫走来……

七彩猴面

猴王给我的困惑

困惑是神秘果,能把酸的变成甜的?

我常被猴王困惑,最少遭到它的五次攻击,每次都狼狈不堪,损失惨重,虽不说鲜血淋漓,但也付出了血的代价。然而,留在心间的是欢乐和对生命的赞颂。

猴王给我带来的困扰,还来自另一层面——很多朋友在读了拙作《给猴王照相的惊险》后,都问:

"猴子在山野中真的有信息网络?"

"所有的野生动物都应该有信息网络,否则怎么生存?"

"是孙悟空?能掐会算?"

幸好还未说我是个骗子。

"那你说说看,它是怎么找到我的潜伏地,展开了准确无误的攻击的?"

辩论就这样无休无止地开始了,于是,我成了胡编乱造的家伙……

其实,人们总是高高在上,以万物之灵自居——就像我过去一样,一直将猴子的聪明才智放在自己的盲区,或者是不愿意承认。

有多少人知道酒是猴子发明的?史籍记载,曾在黄山发现猴子酿造的酒,甚至今天还有人百般历险,在奇峰怪石、密密森林中搜寻,以求长生不老。

那篇《给猴王照相的惊险》，记叙的是我20世纪70年代参加考察黄山短尾猴时，为了拍摄"猴相纷纭"，遭到猴王攻击的故事，但写作是在近20年之后，是遭到黔金丝猴猴王的攻击引发的火花。

奇怪的是，我并未首先写它，而是写了20年前的事，何必舍近求远呢？虽然我没有在野外经历奇遇回来就写的习惯，总要待到那些奇遇焕发出另一种光彩时才动笔，但细细想来，还是因为这个猴王比那个猴王的故事更为神秘莫测，令人眼花缭乱，也就留给了我更多的错综复杂的困惑。

近日，几幅色彩缤纷的京剧脸谱所隐含的玄妙意蕴，突然在我心里激起波澜……

金丝猴五彩斑斓的面孔、悠然飞扬的神采，出现在我脑海中。

人有千面，因而产生了相面术——根据人的面相推算他的现在、过去、未来。

面相是人的命运、灵魂的表象？

京剧为何要用彩色描绘面庞？是将人的内心世界进行戏剧化表现？

金丝猴的面孔就是五彩斑斓的，无论是川金丝猴，还是滇金丝猴，抑或是黔金丝猴的面孔。那些红、黄、绿、蓝相间中，似乎充满了玄机、奥妙、神秘。

大自然为何偏偏要将最华丽的色彩，只赋予灵长目猴科的臣民呢？而同属灵长类的人的面孔，为何只有单调的或红或白或黑或黄？

人类有理由怀疑造物主的公道，于是印第安人、黑人……都喜爱用五颜六色描绘面孔……

记得那年参加中国作家代表团访问南非，在一个古老民族的居留地，有人手持彩笔为客人画画。我们憨憨厚厚的团长老王，第一个上前。就那么几笔彩色的线条，使他圆圆的脸上充满了另一种生动、活泼、莫测的情绪。大家眼都亮了，纷纷踊跃向前，包括女同胞，然后是相视而笑——全都变换了面孔，全都有了崭新的面孔！

人类向画眉鸟学习,修了弯弯的蛾眉;向大熊猫学习,画了眼圈;那么涂抹口红,不也可能是模仿滇金丝猴红艳艳的饱满的嘴唇吗?

《木兰辞》中,不是已有"对镜贴花黄"吗?

京剧中美猴王孙大圣的脸谱不就是彩色的吗?

我相信,京剧的脸谱,是向金丝猴学习的。

是为了美,还是蕴含了更深奥的且泛着哲学光辉的道理?

突然,40多年前遭到黔金丝猴猴王攻击的情景潮水般翻腾,考察中的种种都浮现在我眼前……

首席科学家老杨考察黔金丝猴故事之一

雄猴群悄悄崛起

我是1978年来筹备自然保护区的。梵净山位于印江、江口、松桃三县交界处。在这之前,也就是60年代吧,科学界尚未认识黔金丝猴,它比川金丝猴、滇金丝猴要晚得多被我们认识。现存的黔金丝猴也不过只有七百多只,只生活在贵州梵净山这个狭小的地区,这就是它在全世界唯一生活的区域和数量,足见其稀有、珍贵!

其实,历史上金丝猴曾广泛分布于我国西南、西北和华中地区,在亚热带到温带的丛林中,都有它们的身影。但人类对它的生活空间的占领、气候的变迁,使得只有三种金丝猴顽强地生存了下来。

它因皮毛的珍贵,遭到了滥捕、滥杀。

保护金丝猴已是刻不容缓,而我们对它的了解,却是一张白纸。

要保护它,首先要认识它、了解它。

保护区的本底调查,是摸清家底——梵净山的植被、土壤、气候……对黔金丝猴的大规模考察,前后进行了三次,我们的考察队在野外度过了1000多个日日夜夜。

那时我们穿梭在苗族、瑶族、土家族的村寨中,在一个个山沟、山垄中寻找金丝猴的踪迹。

记得很清楚,两三年之后,才在印江回香坪海拔1400多米的林子里,第一次见到了黔金丝猴。那份激动到现在想起还是热血翻涌。

那时的条件差,有时还有帐篷,有时就只能用茅草搭个棚子安身,和野人差别不大。这倒也有好处,猴子们不像见到红的蓝的帐篷那样惊乍乍的,茅草棚子使它们感到平和。真的,住茅草棚子时,收获总比住帐篷时多。

万事开头难。开始时,我发现它们和四五十只一群的小猕猴不一样,常常是八九头十只一群,有一只大雄猴当家长,带着三四只雌猴和小猴及亚成体,形成一个小的家族。可有时又是八九十只一群,最多时见到三四百只一群,怎么回事?考察时间长了,终于发现它们在4月、5月、9月、10月时才结成大群。

原来九十月正是它们的交配期,翌年的四五月是产崽期。动物的特殊行为隐含着种群发展的奥妙。

繁殖行为总是研究中的重点课题。

猴王突然喜欢大喊大叫

那年的9月,也就是这个季节,我发现正跟踪的一小群金丝猴突然变得喜欢啼叫。

大雄猴常常跳到树梢"呷呜!呷呜!"大叫一通,山野里响彻着急切的叫声。

不是那种临风高歌,更不像长臂猿清晨时绵绵不绝的"啊!啊啊!"声那样有种异样的情调……

是的,那天傍晚,我听到远处也传来了隐约的"呷呜"声。

这边的猴王立即蹿到树梢上,更起劲地叫着。

那边也传来了叫声,清清楚楚。

不是山谷的回声。

这边的猴王立即率领猴群向那边赶去。

这可苦了我们——它们在树上飞越跳跃,疾如闪电,我们靠着两条腿,怎么也追不上,更别说还要爬崖涉水。

大家心里又慌又急。

好在它们时时叫起,两边一答一应,给我们指明了方向。

一阵嘈杂的猴鸣声在森林中掀起了波澜,像是穿山风打旋子……倏忽之间暴起,却又戛然而止。

森林里突然寂静了下来,静得我们都听到了自己的心跳声——

这群猴子是我们费了很长时间才寻找到的。几天来,它们只是一边采食树叶、野果,一边游荡,活动的范围不大。

可今天怎么突然大喊大叫,迅速转移?

没发现猛禽、猛兽——金丝猴天敌的踪影。如有一点蛛丝马迹,不可能逃过我们几个人的视线。

怪异!

跟踪野生动物,特别是活泼敏捷的金丝猴的艰辛,只有考察队队员们才知道——它们在树上,占有种种的优势。

跟踪、跟踪,一旦踪迹消失,也就失去了目标、方向。

大家焦急万分,我却隐隐有种说不清的感觉。

第二天,兵分两路去搜寻消失了的猴群……

凭着感觉走。没到中午,我就找到了它们——

哈哈!多了十多只猴子哩!

一点不错,我们几天来观察的猴子就在这里。你看,那只头上黄毛中冒出一撮雪白的冠毛,非常俏皮,肩上的白斑又宽又长——确实是那个小家族中的猴王!

很快,我也认出了那群猴子的猴王——它腆着个小山丘似的啤酒肚,覆着浓密的带有淡淡乳黄的毛,像是个大毛桃。

当时,我只是感到猴王的鸣叫声有些异样,但说不清楚,现在开始有些理解了,那叫声很可能是互相寻找、联络的信号。

正当我为这个发现沾沾自喜时,又有新的猴群来了。

几天之后,这里的金丝猴竟然集结到了一百多只,但并不都是因为猴王的呼喊,最少有两三群似乎是突然从天而降,事前没有一丝征兆、一点异常。

它们是凭着什么相互联系的呢?依靠什么信息寻到了团体的呢?森林中确有它们构建的信息网络?

它们为什么要集结?就像候鸟迁徙一样,信风一吹,立即漂泊,在漂泊中集群,然后开始浩浩荡荡的几千里路的大迁徙?

兽类也是有迁徙的,且不说非洲的角马、野牛、大象,就说青藏高原上的藏羚羊也是迁徙的。角马、野牛、大象是为追寻丰美的草场。藏羚羊中只有母羊迁徙,由南向北跋涉几百千米,是为了集体去生孩子,公羊却全部留在原地。

金丝猴呢?结群是为了迁徙,还是……

我和同伴们猜测着、争论着……结论只有一个:在更加周密的考察中寻找答案。

黔金丝猴神秘的生活,正在显露端倪。

几天观察下来,我并没发现猴群有迁徙的迹象,它们还是过着游食的生活。

秋天的森林,令人兴高采烈、醇厚、丰富,与春天时的百花争艳相比,有着别样的品格。猕猴桃、板栗、橡实、野核桃、红莓、蓝莓、花揪……各种野果相继成熟,金丝猴们个个都吃得圆滚滚的,游食的范围每天也只在两三平方千米的样子。

发现"千年矮"

那天黄昏时——是1983年的一天——我们选了一片林下空地支起了帐篷。

清早一出帐篷,绿色耀眼——满目全是绿色。这种绿,不是翠绿,不是深绿,不是嫩绿……我说不出准确的词来,那绿中似乎还泛着黄色、青色,甚至红晕……无可名状。

它绿得你屏气息声,绿得你想抑住心跳,绿得你想狂喊狂叫,欢呼生命的灿烂——至今,我只有过一次那种说不出道不明的感觉。

它的叶片像三四月的茶叶,茂密,齐刷刷地蓬勃斜上……

这不是大名鼎鼎的黄杨树吗?

黄杨树那种优美的树形、树冠,那种绿,使它成了庭园、园艺中的珍品。北方的冬季,万木萧瑟,只有它莹绿,洋溢着勃勃的生机,也就格外受到人们的喜爱。

黄杨木是用来雕刻的优良材料,木质硬,纹理细致,有"木中之王"的美誉。

可它是小灌木呀,教科书上也是这样写的,高不过四五十厘米,生长缓慢,一生如此。所以北方人送了它一个美名:"千年矮"。

即使是在南方,长到七八十厘米高,已是巍巍大汉了。

可这里的,全都是五六米高的乔木!

最高的有七八米,胸径多在15厘米,更粗的总有20多厘米,其寿应在百年以上。

这里山高,冬季冰雪,特别是冻雨后凌灾肆虐。但我没有发现一棵黄杨树有被冰雪压断的痕迹,个个坚韧倔拙。难得!

仔细观察之后,我确定它就是黄杨树!

再看:啊呀,有上百亩的范围,全是黄杨树泛起的绿海!几乎是纯林!

平时在山野中看到的黄杨树,可都是单棵的啊!

大自然的造化,真是蕴含了无穷无尽的神秘!

教科书上关于黄杨树的描述应该改写!

梵净山的植物世界太独特了,太多样、太丰富了!

难怪它成了黔金丝猴最后的栖息地、避难所!

难怪昨晚选了这块宝地扎营,是因为林相的特殊、美丽。每一个新的发现,都会令你终生难忘,都是生命中的一次辉煌。

在野外考察,不说九死一生,但那种艰辛是常人难以理解的。可回到家中不到一个月,同伴又来询问何时出发。这就是探险生活的魅力,大自然的魅力!

3年后,我领着一帮记者来参观,让他们亲眼见证植物世界的神奇,呼唤人们为子孙们留下宝贵的生物基因库。

这次还有个小故事:记者们只顾着拍照、采访,等到回程时,却发现云雾已经弥漫。没一会儿,我发现又走了回来——迷路了,只是在领着他们转圈圈。

只有一个办法:大家围成圈子坐下。好在记者们故事多,一直神侃到雾散天开。

母亲凶残地将儿子逐出家族

我们每天跟着猴群游荡,搜集它们吃剩丢下的枝枝叶叶、果壳,拉出的粪便,了解它们秋季的食性。冬青、卫矛、玉兰、南蛇藤、花楸、野樱花、桑叶、头状花的叶和果,都是它们的食物。特别是玉兰花,它的花呀,叶呀,几乎被吃完了。金丝猴真是情有独钟。

观察中发现,它们虽然结成了大群,但依然保持着小家族的单元,一只大雄猴领着几只雌猴或小猴。在行进、采食时,都还在一起互相照应。

猴子们不仅吃得肚大腰圆,体毛也变得更加油光闪亮,灰色的泛着银光,黄色的闪着红彩,肩上的白斑纯净如雪。

特别是猴面的气色:大公猴的蓝色面颊闪着鲜蓝宝石的光彩;成年母猴的两腮漫起了淡红,尤其是眼晕显得迷离,像是蒙了层朦胧的雾……大自然正在将它们打扮一新,雄性阳刚高扬,雌性阴柔低敛。

又是一阵母猴的尖叫声响起。我们认识它,就是原先跟踪的那群猴中的,长得异常漂亮,是猴王最爱的妻妾,面颊上有两个似有似无的凹窝,若是抛起媚眼,很像小酒窝。

它正在驱赶一只亚成体的雄猴,在树上叫着、扑着。那只猴子却是百般躲闪,就是不肯离开……

那不是它的儿子吗?多少天的观察证明确凿无疑。明显的特征是左边的耳朵比右边的似乎小了一圈。

曾几何时,妈妈还常常把它拉到身边为它捋毛——猴子最亲密的动作——还将采来的野果送到它的嘴边……看得我们都说猴妈妈也溺爱,感叹溺爱孩子是母亲的天性。

现在,妈妈对不肯走的儿子却张开大嘴,露出尖利的牙齿,连连向儿子扑去。

它是被妈妈一反常态的狂暴吓蒙了,还是犯了大逆不道的错误?只是在树上窜着,东躲西闪,连连后退。

待了一会儿,看妈妈忙于采食,它又悄悄地回到猴群,慢慢地向妈妈靠去。

妈妈一发现,又撵了过来。

对于营群性的动物的个体说来,特别是像社群结构严密的黔金丝猴,最严重的处罚就是逐出群体。任何一只猴子,包括猴王,只要离开了群体,就根本无法应对严酷的自然、凶猛的天敌,其结果就是死亡。

妈妈如此凶狠,大耳朵的行为也就理所当然了。

如是三番五次,妈妈愤怒无比,一改常态,不再只是恫吓,而是疾如流星地扑上去,一口咬住了它转身逃逸却留在后面的尾巴。

疼得它惊恐万分地大叫一声,闪电般地跑开了,拖着鲜血淋漓的尾巴。

那鲜红鲜红的血,滴滴答答往下流着……

它逃走了,逃得远远的,躲在一处树丫上,惶恐、困惑、忧伤。

母猴如释重负地回到猴王的身边。猴王似乎轻轻地拍了拍它的背,是鼓励、赞赏?真怪,这玩的是哪出?

之前,它只是偶尔瞭一眼妈妈驱赶儿子的场面。

雄猴群崛起了

没两天,突然发现有了一个由清一色雄猴组成的有十多只猴子社群,有成年猴,有亚成体。那个尾巴被咬伤的倒霉蛋正在其中。

在这个新出现的社群中,没有发现仔猴、老年猴。

它们是什么时候静悄悄组成的,还是原来就有却被我们疏忽了?是偶然的还是必然的?这种行为隐含了什么?和繁殖有关?

这些雄猴来自哪里?是来自各个小的家族,还是来自在山野流浪的孤猴?

在这个一百多只的大群中,雄猴群显得很特别:它们几乎总是躲在一边,神情复杂,行动诡秘,个个都怀有沉重的心思,显得郁郁寡欢,但又常常亢奋热烈,三两只扎堆,似乎在密谋筹划……

这个雄猴群很不安分。

不久,它们的不安分就有了共同的特点——对雌猴的兴趣。特别是那些成年的公猴,总是十分隐蔽地向一些家族潜进,从神色看,注视的目标是猴王的妻妾。

只要猴王发现,总是愤怒地对它吼叫,那个偷窥者迅即逃之夭夭。若是偷窥者对警告充耳不闻,猴王就会闪电般从天而降,张开大口就咬……

看样子,是在争夺交配权。

猴群游荡到一处大崖上。崖的三面陡峭,总有10多米高,有条飞瀑悬挂,崖上立满了粗壮的水青冈,间杂着椴树、野漆树……

看样子它们今晚要在这里夜宿了。

考察中发现,黔金丝猴对宿营地的选择是有条件的,最喜欢像这样三面陡壁、食物丰富、水源很好的地方——防备天敌的夜袭。弱小的动物,总是把安全放在第一。

可对考察队队员说来,这就是最危险的地方。路难走还是次要的,可怕的是这样的生境,毒蛇、马蜂、毒虫特别多。

决定在此扎营时,我告诫大家要特别提高警惕。

真是怕鬼,鬼就来了。

傍晚时,我发现猴群最少发生了两次骚动。但它们在陡壁上,大家都看不清。是来了强敌,还是内部起了纷争?

晚上9点多,老范说想上去看看情况。我担心安全,没吭声。

没一会儿,崖上又传来了异样声。老范坚持要去。我们最担心的是炸群,若是,多少天的辛苦就白费了。研究刚刚开始,对一个群体的考察,连续性很必要。

小秦自告奋勇和老范一道去,我正在整理材料,又反反复复叮嘱他们注意安全。

遭到毒蛇攻击

不到20分钟,一串急促的脚步声惊得我冲出了帐篷。

小秦扶着老范,踉踉跄跄地来了:"给毒蛇咬了。"

老范还算镇静:"没事,没事!"脸色却苍白得吓人。

我捋开裤脚一看,小腿上两个牙印清晰,已在上方四五厘米处扎了带子,这是为了防止毒液快速扩散,但每20分钟要放松一次,使肌肤不致坏死。

"看清是什么蛇没?"

蛇毒的毒液有血液型和神经型的,还有混合型的,对症下药才有效。这也是被咬的山民一定要找到毒蛇打死的重要原因。

"从攻击的姿势……花纹看……肯定是蝮蛇,不是……五步龙……就是烙铁头。"

算他有经验。

我赶快从急救箱中取出抗蛇毒血清、蒸馏水,给他注射。

"我走在前面……谁知却让老范碰上了。"

我一边给老范注射,一边说:"你惊动了它,它误以为遭到攻击,当然要还一口。"又安慰老范说,"注射得及时,问题不大,但要吃些苦头。"

看着老范发紫的小腿,虽然已注射了药,但我心中还是很不安,又要小秦熬了草药汤。老范喝了后,竟迷迷糊糊地睡去。

小秦和我守了他一夜,谢天谢地,亏得他被咬时看清了蛇的种属。

老范确实吃了不少苦头,伤口一直流黄水。但也有意外收获,他的关节炎,居然几年都未再犯。

在野外考察黔金丝猴的1000多个日日夜夜中,老范不是唯一被蛇咬的。

还有一种小黑虫,咬你一口就肿起一个大包,痒得钻心,抓破了就化脓。马鹿虻子更厉害,叮起人来,翘着屁股下狠嘴。民间传说,被它叮咬后,会影响生育……

野外考察,哪能时时都有药用?好在梵净山中草药多,被叮咬多了,也就晓得采些冬青叶子、七叶一枝花、天南星科的植物……揉碎了敷上。

天蒙蒙亮,我就去猴群栖息地了。

还好,它们还在那里,有好几只正睡眼惺忪地伸懒腰。牵挂一夜的心总算落到了实处。

仔猴们的瞎掺和

确实感到猴群有异样,不是惊恐……是什么呢?好像是……亢奋……

我们一直跟踪的这个小家族中,似有酒窝的那年轻貌美的——就是凶悍地将儿子逐出猴群的母猴,总是想法设法偎到白毛猴王的身边,边为它捋毛,边用妩媚万种的眼神在它脸上不断抚摸。

另外两只母猴也偎到猴王的身边,三只母猴扎成团,挤挤推推。

猴王还是首先看中了美人,开始和它交配。正在得意时,家族中的仔猴们却拥了上来,有的拉它,有的推它。更有一只小猴抓起它的长尾,打起秋千。

奇怪的是猴王不羞不恼,只顾努力,似乎又漫不经心……突然,它被小猴们推得一歪,从母猴身上掉了下来,只好做罢。

没一会儿,它又爬到母猴的身上。仔猴们又来瞎掺和。它还是那样漫不经心,只顾继续……

我在野外考察动物多年,还从未见过繁殖期交配时这种情景,太离奇、太古怪了!

动物诡异的行为,总是隐含了特殊的习性。尤其是繁殖行为,直接关系到种群的生存、繁荣或衰落。

突然它大吼一声,龇牙咧嘴,闪电般地腾起,跃到 5 米开外的树枝上。

不久前还向它偎来的母猴,已被一只年轻力壮的公猴引诱到了那里,正在相互抚摸。

那个偷情贼毫不畏惧,张口露出尖牙迎了上去。

眼看就要生死相搏时,偷情贼却在空中一扭腰,斜向飞出,又在树枝上连连腾跳,逃得远远的。那个母猴一脸的无辜,躲闪着猴王投来的犀利目光,慢吞吞地回到了家族中。

这出自然上演的戏剧,激起我心头的无限思绪。难道这就是母猴要撵走儿子的原因?难道这就是猴王交配时,仔猴们不依不饶瞎掺和的原因?

那个偷情者,来自雄猴群。这就是雄猴群组成的原因?

作家创作时需要灵感,搞自然科学研究的也需要灵感,智慧的火花照耀着探索的方向。

黔金丝猴一个小的族群中,猴王的地位至高无上:有优先进食权,独霸交配权,拥有三四只成年母猴作为妻妾。但它同时有带领、保护猴群的职责。猴群没有了,哪有猴王呢?

猴王不是世袭的。

性成熟的亚成体的猴子,必须离开家族,去独立开拓生活。那只母猴一定要将大耳朵逐出家族,说明大耳朵已性成熟了。

它们将去别的家族争夺王位,依靠聪明才智打败、赶走原来的猴王。只有当上了猴王,才能取得交配权。这是为了避免近亲交配,以最优秀的基因保持种群的强大。

成年的雄猴有的是根据自身肌体的躁动——生命的节律——自动离开的,也有的是被母亲赶走的。

黔金丝猴是哺乳动物,断奶、驱逐仔猴的依恋,母亲才能再次发情,参加繁殖。种群的利益总是高于一切。黔金丝猴的世界也遵循这一自然法则。难怪老子说道法自然。同时,集群行为的意义在这里也可以得到体现:是为了生殖流的健康运转。当然,并不完全是这样简单。

根据动物行为学,黔金丝猴的生活还有着太多的神秘之处,需要去努力揭示。人也只是高等动物,野生动物的行为和人的行为有关系吗?……

就譬如说,母猴那样横暴,甚至凶残地驱赶自己的儿子,那是一种爱,一种最为崇高、深沉的母爱……

老杨陷入了沉思,我赶快为他的茶杯续水。

月色如水,山影朦胧,清风徐徐地吹着,我们感到了秋意姗姗。纺织娘、蟋蟀……都在尽情地演奏。

黔金丝猴也励志教育?

待到老杨从沉思中回过神来,我说:

"那年看到一只白头黑身的小鸟,成天趴在窝里孵蛋,只靠雄鸟来喂它,待到雏鸟出壳,才和雄鸟一同出去觅食,哺幼。

"有天,它急急忙忙回来了,刚趴到窝中展开翅膀,罩起吱吱叫的孩子,疾风暴雨就赶来了。鸟巢虽然隐蔽,但每天都要被太阳照到一会儿,那鸟总是能及时赶回来展开翅膀为孩子们遮阳。

"最奇妙的是,太阳每天照到巢的时间要向后推一点,母鸟仍然非常准时地来为雏鸟遮阳,它凭什么能感知地球运转与太阳的时间差?

"这引起我极大的好奇。

"有一天,它却疯狂地扑打着巢中的雏鸟,还连连嘴啄脚蹬,小鸟们一个个地飞出巢了,飞到了广阔的天空。

"在我的家乡,还有种习俗:断想饭。

"地少人多,所以当儿子长到十四五岁时,父母总是要儿子们远赴他乡去学门手艺。

"临行前,父母常常无缘无故地向那即将远行的儿子发脾气,绝不给好脸色看。离家前的一顿饭,是最糟糕的饭食,不是苦野菜熬粥,就是难咽的糠菜团子。做父亲的,还要借故把儿子暴打一顿。

"这是否也是励志教育的一种?

"父母的良苦用心——别想家,去奔自己的前程……"

别对崛起的雄猴群漫不经心,它们将上演黔金丝猴世界最精彩的故事……

马褂木·土星植物栽培

黔金丝猴的故乡在贵州梵净山。

9月的贵州依然骄阳似火,我们大汗淋漓,奔走在著名的喀斯特地貌的崇山峻岭,直向梵净山进发!

寻访黔金丝猴,首先要找到老杨。老杨是研究黔金丝猴的首席科学家,又是保护区的主管,他的考察营地在金顶那边的深山中。

今天的目标是上到金顶。金顶是梵净山的顶峰。

登梵净山的阶梯,号称8000级!

金顶是佛教圣地,原有登山石级,经过整修后有8000级石级。

我们在确定考察项目时,注意力只是被黔金丝猴独特的美和那里丰富的植物世界所诱惑,因而从青藏高原回来之后,赶紧放下沉重的行囊,冲洗出大批的胶卷,又马不停蹄地往贵阳赶,根本没有想到路途艰难。

一位摄影家对我说过:"我是在抢时间为子孙们留下美——今天是一片五彩湿地,明天就会被开垦了;现在还是茂密的森林,明天就全都变成光秃秃的山冈;清亮的小溪变成了臭水,滔滔的大江被大坝截断……"

他用简单的语言,道出了我心中多年的焦虑。

攀登8000级,相当于400层高楼!真是"噫吁嚱,危乎高哉"!

管他哩!

拜访黔金丝猴的诱惑力太大了。

金丝猴是我国特产动物。滇金丝猴、川金丝猴、黔金丝猴号称三大明星。

黔金丝猴面孔翠蓝,如一块晶莹的蓝宝石,鼻孔朝天,嘴唇丰满厚实,雪白的后肩,粗壮的长尾,使它别具审美价值。它又被称为灰金丝猴、牛尾猴。

全世界现存只有七八百只,唯一的生活区域只有梵净山。也就是说,梵净山是它现在唯一的故乡、唯一的家园,也只有到梵净山,才能领略到它的风采、神韵。

三位明星虽然都是极度濒危的我国特产的珍稀动物,但滇金丝猴的故乡在滇藏相交的雪山银峰,川金丝猴生活在四川、湖北、甘肃、陕西等地,活动地域要比黔金丝猴的生活领地大得多,现存的数量也多。

最重要的是那里还有位老杨,有他和考察队跟踪黔金丝猴,经历1000多个日日夜夜,相依相伴的精彩的故事……

与这相比,8000个台阶算得了什么!

到了梵净山下,看着那密密的森林中连绵的峰峦,起起伏伏,直到云端,好像直到这时才感到,这是一次艰难的跋涉。我们还要在林中寻找黔金丝猴,还要跟踪考察,又不知道它愿不愿意接见,要走的路程至少有1万多个台阶。

以我在山野的经验,其实,狰狞陡峭的高山,比这样的山要好爬得多。这样的山似乎没有开头,也没有终点,爬完了这个山头,前面还有山头,无休无止,特别累人。

我赶紧步入小店,买了件薄薄的背心,脱下了衬衣换上。李老师只是注意着这一切,未回一声,倒是很仔细地检查了鞋带和背包。后来,我为这个措施沾沾自喜了很长时间。

朋友们建议我们不妨沿着原有的登山石级走,这是到达金顶找到老杨的捷径。

我心里当然有着另外的打算。

正抬脚登山,却有两架滑竿来到身边,热情地邀我们坐上去。

我微笑着摆了摆手。

抬滑竿的一位壮实青年,已去取李老师肩上的摄影包。她急忙闪开,快步走到我的身边……

保护区的老张走上来:"李老师,路长着哩!别看有台阶,难走着哩!这是我们为你们准备的,还是坐上去吧!"

"我们是来考察的。还有坐着滑竿让人抬着去考察的?金丝猴早就笑弯了腰……"说着,她自己笑起来了,大约是想到了那副滑稽相。

"可你们都是六十多岁的人了。"

"怎么,想和我比赛爬山?"李老师还是嘻嘻哈哈的。

老张无奈,但厚道地向扛滑竿的青年使了个眼色,又对陪同的小罗叮嘱、交代了几句。

我们开始拾级登山。

李老师以她惯常的习惯和小罗走在最前面。她说过:爬山时千万不能落在后面,越落越远越没劲。只有让人追着才能激励自己。

我总是要提醒她开头悠着点,等腿走热了,才能加快步伐,否则很容易走垮。但在野外考察,开头的路程总像是"引子",到了目的地,想走快也快不起来。这个矛盾很难解决得好。

但两副滑竿依然跟着我们,这让我想起战场上跟在冲锋战士身后的担架队。

路在林中蜿蜒,路两旁马尾松和落叶的枫树、响叶杨、赤叶杨等阔叶树混杂在一起,林下植物也特别繁茂。

李老师突然闪进了林子,举起照相机就响起咔咔的快门声。

原来是棵挂满"衣衫"的大树——叶形奇特,阔大的树叶恰似清朝人所穿的上衣马褂——俗称"马褂木"。学名鹅掌楸。它是古老的孑遗植物,是国家二级重点珍稀濒危保护植物。因为叶形特异,离多远就能认出它。

关于鹅掌楸,还有个小故事。

2个多月前,我在美国马里兰大学访问时,艾莉教授请我到她家做客。那天是她先生来接我,他热情地说着,可我未学过英语。大约是看见后视镜中我一直微笑着频频点头,他蒙了,只好沉默。

车窗外有棵眼熟的树,于是我请他停车。一看,果真是鹅掌楸。他乡遇故知让我欣喜。记得第一次见到这种美丽的树,是20多年前在黄山。几年后,还看到了它与北美鹅掌楸的杂交种,树叶更为阔大,生长速度更快。他也乐了,用手比画着它的叶子。显然他熟悉这珍贵的植物。

于是我从包里拿出了地图。他用手指连接了中国和北美洲,又摊开双手,先合并到一起,然后分开。

我明白他是说在远古时代它们生长在同一块大陆上,现在远隔太平洋的两地都生长有鹅掌楸,所以这给大陆漂移学说提供了佐证。

没想到这棵鹅掌楸突然清除了隔膜,两个大男人就比比画画、兴高采烈地谈起来了。我甚至知道他是研究某一星球植物栽培的,尽管无法分清是火星还是土星。

待到翻译赶来吃饭时,才证明我"听"懂了他的话,他确实是在一个机构中研究土星植物栽培。美国人异想天开的创造精神留给我太多的感慨。

有了这段故事,我对鹅掌楸就多了一份感情。这不,远处有棵更为粗壮的。跑到近前,它的胸径至少有八九十厘米,树冠浓荫遮去了大片的天空。

李老师还能放过这样的好机会?又连连拍起。我说:

"胶卷还是要省着点用。这儿是罕有的亚热带森林,植物特别丰富,资料上说,仅是'木本植物就有813种,隶属于104科289属,占中国木本植物959属的30.13%'。贵州所有的树种几乎都集中在这儿。仅种子植物,中国共有植物区系的15个地理成分中,梵净山就有13个成分。照这样拍法,后面看到'鸽子树'珙桐、黄杨矮林、鹅耳枥、马先蒿时还有胶卷?别忘了,今天拜访的主角是黔金丝猴!"

"资料昨晚我也看了。已经多塞了几卷胶卷了。"她很得意。

尽管这样说,但仍禁不住路两边珠子参、独角莲、黎芦、山苍子的诱惑,还是时不时要岔进林子流连一番……

一阵异样声,激得我迅速向灌木丛中跑去。

那有些耳熟的微弱声音,却像被风吹走了。

正欲返回,它又响起,真切得多。

好像是雉鸟"打蓬子"的声音——雄雉求爱的舞蹈。梵净山中生活着红腹角雉、勺鸡……好几种珍贵的雉类鸟。机会难得。

我向跟上来的李老师做了个手势,就兵分两路向稠密的灌木丛包抄。

灌木丛的缝隙中,果然露出了花翎子。的确是野雉。

适应了光线,慢慢看清了。头色浅,眼周通红,颈侧雪白,长长的尾羽上有一道道的横斑……是珍贵的白颈长尾雉,雄性。

李老师在打开闪光灯。我立即做了个"别打扰"的手势——

雄鸟果然踏起小快步,扇起翅膀,高昂、热烈地舞蹈起来,边舞边循着绕圈。我这才发现原来中间有只雌鸟,只是保护色使它混淆在树丛中。雌鸟个体小,色彩偏褐,没有长长的尾羽,只是头顶暗红。

雄鸟在求爱。

雌鸟只顾东一口西一口地啄食,时不时向圈外走去,雄鸟也就无怨无悔地用舞蹈圈住它……

雌鸟不再试图突围了,还几次抬起头来看一眼雄鸟……

眼看雄鸟就要如愿时,如箭般射来一只小兽。

糟了,这个求爱心切、昏头昏脑的家伙要遭殃了。

谁知雄鸟立即起飞,在咯咯叫中已穿过树隙,到达了天空。

小兽跳起一扑落空,反身再找雌鸟时,它却像具有隐形的魔力,也消失得无影无踪。

小兽睨视一眼我们的隐蔽地——似是责怪我们坏了它的好事——懊丧地蹿入林中。

似是一只黄鼬。

好聪明、好多情的雄鸟,那几声咯咯,是吸引敌人,掩护雌鸟。

雌鸟的武器是保护色。雄鸟能在敌人攻击时迅速逃逸,是它具有飞行特技——白颈长尾雉居然能直立起飞,就像直升机。白鹇、血雉好像都没这样的飞行特技。

我们回到大路上,赶快清理头上、身上落满的蜘蛛网、虫、草屑,裤子上缠住的草籽特别难清理。

抬滑竿的壮实青年很风趣地说:"我们没有本事抬着你们往树林里钻。只是等你们回来,打个招呼,这就往回走了。你们不是来游山玩水的。"

说着,四个人扛起滑竿就下山。

多次劝他们下山都没用,没想到难题却是这样解决的。李老师掏出了50元递给他:"你们出来讨生活,也着实不容易,下山喝杯茶吧!你看,我们还要拍照片,还要去找黔金丝猴,实在无法坐在滑竿上。别耽误了。"

那青年说:"工钱已记过账。"

李老师追上去,硬是将钱塞进他的口袋。

我们感到无比轻松。

一级级地踏着石级登山,似乎在重复着机械运动,走久了,思绪也就散漫开去……

金丝猴是什么时候走进我的视野的？

大约是20世纪70年代，那时我已经是珍稀动物调查队的编外队员，在野外贪婪地读着大自然无比恢宏、奥妙的巨著，回到家中就狂热地寻找一切可以搜集到的书。书籍毕竟是人类文明的传承。可那是"文革"时期，图书馆多已关门，即使开放，破除"四旧"之后书也少得可怜。

但皇天不负有心人，我终于从教动物学的王老师那里借来了一本动物图谱之类的书，其中山魈、仰鼻猴、疣猴、蓑衣猴的彩色面孔异常斑斓，红、黄、蓝、白相互辉映，焕发出一种绝妙的光彩，充满了玄机、神秘……特别抢眼。这种艺术化的形象展现了造物主的何种才情呢？

1981年，我在四川卧龙高山营地参加考察大熊猫时，偶然中见到了金丝猴。尽管只是那稍纵即逝的一瞥，但我清清楚楚看到了它彩色的面孔，两边嘴角各有一圆圆的发亮的肉瘤，特别是那黑洞般的朝天鼻。我相信那就是动物图谱上的疣猴、仰鼻猴，甚至是蓑衣猴，因为它们在惊慌地逃逸而去时，将如披了一件金色大氅的后背留给了我……

原来它们就生活在中国，而非在非洲、美洲或大洋洲！这立即拉近了我们之间的距离，我甚至感到有些亲切的意味……

当然，我后来逐渐知道了我国尚有另两种金丝猴，又知道了名贵、珍奇的黑叶猴、白头叶猴、灰叶猴、戴帽叶猴也生活在我国。黑叶猴生活在贵州麻阳河峡谷中，正是我们拜访黔金丝猴之后准备拜访的下一位朋友……

果实的吟唱

一阵扑扑声将我从思绪中唤醒。我以为是雷阵骤雨，赶紧抬头。天空依然没有一丝云，太阳正散发着强大的威力。

森林中弥漫着热烘烘的果香，搔得我鼻子痒痒的，这才注意到那扑扑之声之后,竟有物件从天而降。

进到林子捡了一颗,心里不禁乐了——是颗伯乐树的果实。外壳已经裂开,肉红色的种子如玛瑙一般闪着光亮……

还有毛栗子、橡实,再是如黑珍珠般的一粒粒……

我注意审视着林子,看到了挺拔的水青冈,一枝枝横向伸出、如伞的檫树和木兰……

是的,9月的骄阳晒熟了各种植物的果实,那落地的扑扑声,正是生命辉煌的颂歌,更是赞美新的生命的诞生。

植物的果实,是生命的结晶。

植物的果实,生命的接力棒——它是母树创造出的最杰出、最崇高的作品,它又是新生命的母亲,承担着书写生命的延续、繁荣史诗的重任……

李老师欢快地搜寻着落下的种子。

"鲜红鲜红的豆。快来看,上面还有两个黑点子,像眼睛一样。肯定就是王维写的'红豆生南国……此物最相思'!"

"这颗真绿,绿得像宝石!它是哪种树的?"

小罗没有吱声,只是在瞅着地下,不时捡起一颗。

"嘿,这家伙愣头愣脑的,说方不方,说圆不圆,颜色倒是黄澄澄的。"

果实的长相,也是生命形态的一种,只是它将遗传密码压缩,深藏在种子中,待到发芽、生根之后才大加展露。

果实、种子都有复杂、奇妙的构造。坚果类的是在外面打造了一副盔甲,以保护果仁。有的果实即使没有盔甲,也有薄薄的保护层。还有的是用酸甜的肉质将种仁包裹,引诱动物们下口,帮其搬运、播种……

我却只是将搜索的目光专注于树冠,终于有了另一种发现:

噼啪一声,果壳炸开,迸射出八九粒黑色的种子,咻溜有声,飞向四面八方,如夜空爆开的礼花,精彩、美妙……

更有另样,随着噼啪之声,天空飘满了白色的、金色的绒球。这些小绒球在随风悠悠荡荡,很像是神话中无数的小仙子在快乐地舞蹈。

大自然孕育了生命,千差万别的生命的形态开启了我们对于生命、哲理的思考。

一粒种子的构造,充满了母亲的智慧、大自然的哲理。

"快看那边,是片野核桃林!"

突然响起了小罗的惊呼。他不顾一切地向那边奔去。

那边的山势并不陡险,向阳的山坡上,真的是一片野核桃林。从林相看,几乎是在山野里很难一见的纯林。

李老师已抢先跟着跑去了。

以我在山野的经验,直线距离虽然不远,但在这样茂密的森林中,什么都可能发生。

我正要张口喊住李老师时,看见那边林子中高大的阔叶树水青冈、猴欢喜、槠树……突然在我心里闪起了火花——

那不是典型的黔金丝猴栖息环境吗?还有丰富的食物。

于是,我跟上去了。

可没走多远,山崖断头。下面是个峡谷,能看到的只有100多米的下坡路,但林子后面又隐藏了多少的艰难呢?

在山里,走下坡路比爬山轻松很多,但以我们今天的目的地的海拔高度,现在下坡,就意味着还要爬坡。我有些犹豫,但已不见小罗的身影,李老师也只在林中忽隐忽现。

不知是哪些淘山客留下一条路影子,开头还好走,但再往下,路就不是路了,全是金刚刺、菝葜、紫藤,还有不知名的带刺的小灌木……

前面隐约传来了小罗的声音:

"李老师,这就是'鸽子树'珙桐。别看现在不起眼,春天花信勃发时,真像一群白鸽飞翔——头状花序像鸽子头,下面两片雪白的大苞片,就像鸽子展开的翅膀,非常美。欧洲人特别喜欢它,却不知它的故乡在这里!"

"我在四川也见过,真的要留点胶卷给金丝猴了。"

山谷里热烘烘的,一丝风也没有,连一只飞鸟也不见,让人真切地感到"林海"的实在的意义。

一阵水的哗哗声,将我引到溪边。嘿!李老师和小罗也在这里,是在寻找?

看到小罗仰望的神情,不是为了等我,是前面的岩壁让他却步了。

原来这里已到了谷底,要到达那边野核桃林,只有从这陡险的地方攀登上去。

树枝、树叶的哗啦啦声骤然响起,简直有些浩浩荡荡地奔来,惊得大家的目光全都向发出响声的地方看去——在小溪上方的五六十米处。

肯定是山野里的哪位朋友。好像直到这时,我才想起这里除了金丝猴,还有豹子、黑熊、野猪、狼这些凶猛的野兽。

"金丝猴?"

李老师把声音压得很低,但还是压不住满腔的喜悦。

小罗把惊喜的眼睛瞪得大大的。

"不像。这只是单个的,猴子成群。"

好像有意反驳我,远处又有响声。李老师得意地向我眨了眨眼。

"没有树枝断裂声。声势也不大。"

我已抢先一步拦到了前面,将照相机的三脚架拿到手里——好歹也是武器吧!从偶尔见到的灌木丛的晃动判断,应是个体型中等的野生动物。

小罗倒是毫无惧色地立在李老师身边,目光紧紧地盯着。是吓蒙了,还是不知野兽的厉害?

哗啦声更激烈地响起,且径直向我们奔来。

三人不自觉地向旁边闪开,却有个纵起的身影,斜向掠过山谷,落到了那边,是只褐黄色的动物。

还未等我们回过神来,又见一只野物紧追过去。从一掠而过的身影看,毛色虽也是褐黄色的,但闪着红色的光芒。

森林里又静下来了。

"看样子是只狐狸或是豺狗正在追捕野羊,或是麂子、毛冠鹿之类的食草动物。没事,别紧张。"我尽量说得拖泥带水,显得轻松,安慰着他们。

然而小罗又看了看前面要爬的山崖,嗫嗫嚅嚅地说:

"还要爬山,还要找路。这里杂草、灌木太密了,我……"

"没事,既然已到了这地方,返回也要爬山。"

要走野核桃林的是他,现在坚决不去的也是他,听听:

"我似乎忘了,这里毒蛇多,五步龙、烙铁头……就是这水边,还有眼镜蛇……回吧!"

现在不想去?晚了。我尽量把语气放和缓:

"黔金丝猴不会通知我们它们在哪里接见,只得自己去寻找。我看那边野核桃林的林相,很可能是它们栖息的生境。你不想在野外跟它们约会?"

他略略开了点脸色,但一点笑意也没有。我只好说:

"在下来前,我已看了那边的山势,很可能有条路插到大路上。与其爬山返回,不如往前闯闯……"

突然,上空的林子传来了咿咿声,虽然隐约,但真切。

黔金丝猴的召唤

"走吧!你听,金丝猴都在喊我们啰!"

说着,我就跨过了小溪,在前面开路,往山上爬去。李老师虽然有些犹豫,但紧随我后,小罗也只好跟了上来。

路很难走。幸而时不时有新的发现,于是,我就指着看到的山胡椒、蛇莲、竹叶椒说起它们的故事,意在吸引小罗,让他们轻松起来。

在艰难的野外探险中,好的心情就是无穷的力量。

尽管我使出了浑身解数,他们还是笑不出来。每爬一小段路,就得站下喘一口气。

最难耐的是闷热,四周都是茂密的植物,就像是在沙漠中行走——被罩在巨大的蒸笼里。汗像雨滴一般往下掉。李老师故作轻松地说:"这是真正的淌'掉汗'了。"

最可恶的是那些小虫,红的、黄的、黑的,惊乍乍地往人脸上扑,悄无声息地往人身上爬……

我还是一个劲地往上攀登。眼看快到那片山坡了。每跨出一步都很艰难。走着走着,渐渐地感到森林在晃动。开始我以为是林中蒸腾的热气,就像在戈壁中跋涉,巨大的蒸发量所形成的蜃气,总是在前方晃,一切景物都在恍恍惚惚中……

李老师突然紧攀几下,拦到我的前头,折转身来:

"怎么了?你老是往下滑,颤颤巍巍,像个醉汉!"

她怎么全身发黄?我的视野被黄晕晕的颜色笼罩,像是满目黄沙……心里一惊。

我站住了,靠到路边的小树上,努力站稳。

我定了定神……

大约是看到我的神情有些迷离,李老师又说:"看你,汗将牛仔裤都湿到腰下了。"

"没事。"

突然明白了……我缓缓地找了处稍平缓的地方,想慢慢地坐下,谁知却一屁股跌下。

李老师眼疾手快,一把拉住了我的背包带,我才没有滚落下去。

我推开了她的手,心里告诫自己一定要沉着。我做了几次深呼吸,直到气息稍平,才慢慢取下肩上的摄影包,打开,寻找……

"找什么?你的手怎么抖得这么厉害?!"她蹲到我的跟前,"你说,我来找。"

小罗也慌里慌张爬了上来,神情很是紧张:"怎么了?怎么了?是心脏不好?"

我没有吭声,右手只是在包中搜寻……心里不禁一紧。天哪,在这荒山野岭,前不着村后不着店的地方,到哪儿能找到那玩意儿?

"你是找那个瓶子?"

"恐怕忘了带。"

李老师迅速从包里掏出了一个瓶子。

我神情一松,赶快拧开。

李老师已将矿泉水递来。

我抖抖索索地将瓶子口对着矿泉水瓶口向里倒,等到认为适量了,快速地摇动,然后大口大口地喝起来……

"你们也喝一些吧!"

李老师也如法炮制,小罗却犹豫、躲闪……

"刘老师,这药还真见效。刚才你脸色煞白煞白的……是不是心脏……什么药?"

那副天真、关切的神态把我和李老师逗得笑起来了。

"你天天吃的。"李老师说。

"我天天吃?"

"是呀,想起来了?"

他的两只眼瞪得像蛤蟆一样,更显出憨厚、质朴。

"真逗,我壮得像头小牤牛哩,打我记事就没吃过药……总不会是盐吧?"

"谁说你傻哩!"

小罗从学校毕业不久,是保护处请他陪同的。从贵阳出发,一路上我们谈着在大自然中的考察,他不插嘴,不叙话,总是静静地听着,只是偶尔露一露笑容,很难看出是饶有兴致还是只是礼貌。遇到问题他常有些茫然。他的年龄大约只有我们的小儿子大,我们也就把他当孩子了。

他恍然大悟,用手指弹了弹脑壳:"汗淌多了,刘老师这是脱水了。过去只从书本上知道盐不仅是百味之王,而且和阳光、空气、水一样,是人体不可缺少的,血液、骨骼……都缺不了它……真的,我是第一次见到脱水后的危险。刘老师,亏你有定力,在这陡崖上摔下去,不说粉身碎骨,也得头破血流。难怪医院里给病人吊盐水哩……"

这是我们听到他讲的最长的一段话。

"你是夸我还是在臭我?在野外长途跋涉必须带盐,这是我们在野外得到的教训;可今天在精简背包时,我把它拿下来了。要不是李老师心细,那就惨了。"

饮了盐水,说说笑笑,我已感到一切正常,于是想站起来。李老师看我要继续行程,关切地说:"再休息一会儿吧!"

"我都听到黔金丝猴的叫声了。赶紧吧,前面的路还长着哩!"

说着,我已站了起来。

只见小罗走到我身边,伸手就抓住了我的背包。我还不知发生了什么事,那背包已到了他的肩上。

好家伙,这小子竟有如此敏捷的身手!嗨,李老师的摄影包也神奇地到了他的肩上。

李老师满脸惊诧。

这小子,还要给我们上演什么好戏?

他居然在前面开路了。

眼看就要到达崖上了,一阵噼里啪啦的声音闯入耳膜。我赶紧去拉小罗,做了个"停止"的手势。

可他已抢先快爬了几步。我心里一紧,还是硬蹭到前面……

"啊……"

我闪电般地捂住了他的嘴,已经迟了,几只小兽慌里慌张地逃了,是猪獾、小灵猫、大山鼠,只有几只小松鼠还在原地,立起身子,正用眼珠盯着我们。

首席科学家老杨考察黔金丝猴故事之二

大嘴鸦的战略战术·自天而降的特种部队

那年后来的考察,对黔金丝猴的集群与繁殖的关系已有了些发现,要做更深入的研究,还有待于对繁殖期的全程进行考察。

第二年,看到低山区的玉兰花开了,我们也就上山了。

玉兰是未叶先花。在淡黄色的树枝上,盛开着一朵朵洁白的花朵,真像碧海中浮起一只只白玉酒杯,使人想起"葡萄美酒夜光杯"的诗句。直到盛花期,绿叶才开始萌芽展身。老乡们又叫它"报春花"。

同一种花的花信是随着海拔高度渐次绽放的。

3月的梵净山,杜鹃、蔷薇、梓夷渐次灿烂。特别是杜鹃花,品种多,花色丰富,花盘大,获得了"木本花卉之王"的美誉。云贵高原是杜鹃花的故乡啊!那真是花山,映得溪水也五彩缤纷。

黔金丝猴既然爱吃玉兰花,我们就循着玉兰花的踪迹去找它!

循着指示物种让我们省了很多的徒劳。很快,在虎头崖那边找到了猴群。

"白毛猴王"和"隐形酒窝"都在,母猴已挺起了大肚子,另外一只母猴也怀孕了。雄猴群很显眼,"大耳朵"正在和哥儿们玩耍。这证明的确是我们去年跟踪的那群。

经过一个万木萧疏的冬季,尤其是高山的冻凌、冰凌——食物大量减少,给黔金丝猴的生活带来了极大的影响。

春风一踏进梵净山,猴群就追着嫩叶、繁花向低海拔流动。

婴猴的诞生

经过几天的观察我发现:它们采食的时间长了。严冬过后,它们急需增加营养,恢复体质,尤其是那些怀孕待产的母猴。

但同时我发现猴群较为密集……这么说吧,秋天时,这群猴很散漫,占据着大片的林子,疆界大。但现在采食时,它们喜欢扎堆,占据林子的面积小了。

尤其是怀孕的母猴,总是凑在猴王的身边。那天"隐形酒窝"只顾大把大把地吃玉兰花,正在津津有味时,突然慌里慌张地东张西望,待看到猴王在10多米开外,就迅速地跳到猴王的身边,依偎上去,满脸的哀怨,感动得猴王把正在吃的长满紫红嫩芽的树枝给了它……

这带来了一连串的发现,几个家族中怀孕的母猴几乎全都不离猴王的左右。

是撒娇,还是蕴含了孕猴的特殊心理?

那天早晨,真是个好日子。

刚接近猴群,就看到隐形酒窝抱着一个婴猴。

它是那样小,估摸也只有斤把重。脸毛茸茸的、粉红的,微闭着双眼。妈妈不时地在它头上、脸上亲着……猴王也常去扒开它妈妈的胳膊,探视它一番。

考察组的人看得心花怒放,多少日夜的辛苦、危险,都化作了喜悦。

人类博大的胸怀,终于使我们走进了它们的生活,窥视到它们神秘的繁殖行为的一角。

它是什么时候出生的?夜里?

临产前的征兆呢?产房在哪里?是地面还是树上?是切断了母子相连的脐带?

众多的问号,研究课题的要求,就是无声的命令。大家兴奋地钻进了密林潜伏,希望揭开这些奥秘。

尽管我们想尽了办法,什么苦都往下咽,但还是没有观察到婴猴的出生。

有一天,我们以为看到了母猴临产的征兆,潜伏了七八个小时,身上全是小虫咬的大包小包,还是未能观察到婴猴的出生。

只是隔三岔五,就看到又有了新婴猴。最多的一天,有三只婴猴出生。

每个新生猴的降临,都给猴群带来了喜悦。每个婴猴都得到家族成员和整个猴群的爱护。

还能全是在夜间分娩的?虽然我们打破常规,开展了夜间观察,仍然一无所获。从婴猴出现的时间看,也不像。

我喜欢难题目。难,能调动你所有的活力,使你期望着明天。每天都是新的一页。

算我幸运。

那天下午两三点钟时,我发现了"白毛猴王"这群中一只待产的母猴有些烦躁,它掰了树枝,只吃两口叶子就丢掉了,总是在树上跳来跳去,但很少跃起,只是攀缘着,表情似乎有些酸苦……

它的异常,轻轻地敲击了我的心灵,我眼不眨地注视着它。

它叫了一声,不,应该是哼了一声,似是强压着痛苦,缓缓地坐到一个大树丫上。

就是这轻轻的呻吟,猴王像是听到了号令,立即靠近了它。

只一会儿工夫,家族中的猴子拥上来了,将那只母猴团团围住。

虽然看不清母猴,但围着它的猴子个个神色凝重,就连最调皮的小猴也很少动一下。

母猴痛苦的呻吟,已变成了喊叫,在森林里使人特别发怵。

来了强敌大嘴鸦

我感到天空有个影子,抬头看去,突然,"呱!呱!",老鸦的叫声骤起,响彻森林上空。

猴群像是听到了枪炮声,面露恐慌。

是巡山的,还是过路客?

"呱!呱!"声中,森林上空有了回应,这里那里都响起了这单音节的嘶喊声。没一会儿,无数的黑老鸦浮出绿海向这边聚集。"呱!呱!"声连成一片。

它们飞着、叫着,全往这边赶来,好家伙,总有七八十只。

看清了,不是红嘴山鸦,也不是秃鼻乌鸦、白颈乌鸦,它们的嘴粗壮阔大,比渡鸦的体型小——是大嘴乌鸦。

这种鸟和喜鹊一样,是村寨边常见的鸟。但它也栖息在海拔稍高的森林中。

它总是先耸肩、低头、伸长脖子,完成这一系列程序才能挤出"呱呱"声。那叫声也就特别难听。

山民们都不喜欢这种声音,认为不吉利。但这家伙特别爱叫,尤其是晨昏之时,吵得人心烦。

其实它非常机警,一有异样,总是立即叫起,人称"耳报神"。

它是森林中的侦察兵,又是尽职的哨兵。野兽们厌它又爱它,因为它在天空能观察到它们看不到的情况。猎人们也是厌它又少不了它:它既能通风报信,对行猎有帮助,也能搅黄一场即将成功的狩猎。

所有的家族成员,都躲到树冠的下层。母猴紧紧地抱着孩子,仔猴们都靠到母亲的身边。几乎停止了一切行动。

从没听说它和金丝猴是仇敌呀!是乌鸦路过时偶然发现,还是母猴恐惧的叫声招来的?

是在空中发现母猴临产?

神奇而可怕的家伙!再说它的飞行速度很慢,半天才扇动一下膀子,不具备猛禽飞行的速度、攻击的力量。

我心里虽然敲着小鼓,眼睛却只是盯着还围在树丫上的猴群。

母猴叫声更恐怖、更频繁了。

乌鸦们的叫声也更近了,有几只已飞到猴群的上空,只是往下看了一眼,好像是窥视或证实,就更起劲地叫起来。

顷刻之间黑压压一片,罩在白毛猴王所在的树冠上空,它们盘旋着,井然有序,圈子愈盘愈小,像个黑色的旋转魔阵向下压去。

大嘴乌鸦展开了巧妙的攻击

它们的目标已非常明确。

真是碰到鬼了,怎么在这时来了这些丧门星?它们坏了我难得一遇的观察,更可能惊散猴群。

按理,我只要从潜伏地站起,哪怕是做个扔石头的姿势,那些机警的黑老鸦也会惊走;然而,猴群也肯定要受惊;更何况我相信那正痛苦地喊叫的母猴正临产哩……

虽然鸦声刺耳,还是隐约传来母猴的叫声,叫声,渐渐小了……

猴群有树枝、树叶的掩护,大嘴乌鸦奈何不了它们……

不好,有几只大嘴乌鸦从林隙中飞进来了,还叫着,目标正是"白毛猴王"

这边。

干吗？还真想下手？

"白毛猴王"全身一凛,双目如电地盯着大嘴乌鸦。

别的家族,有几只小猴悄悄地移动,似是准备逃逸……

猴王威猛地叫了一声,小猴们不动了。所有的猴子都注视着飞贼,注视着"白毛猴王"的家族。

更多的大嘴乌鸦飞进了林子,大批地拥向其他的家族,只有少部分飞向白毛猴王。队伍也有了明显的变化,不再盘旋,而是上下乱窜。

有两只一声不吭,侧翅飞了个小回旋,向白毛猴王飞去。

白毛猴王正蓄势待发时,像是猛然想起什么,只是对着大嘴乌鸦狂喊一声,还没忘了用眼角的余光关注着围圈。

大嘴乌鸦只是回旋、躲闪一下,又向它飞去。

有两只仔猴愤怒地大叫,跃起迎击大嘴乌鸦。几只大嘴乌鸦却转身就走,毫无硬闯强攻的念头。

大批的大嘴乌鸦拥进了林子,对其他家族穿梭飞行,大声恫吓。它们虽然没有本领展开锐利的攻击,却像无赖一样,死缠烂打……

不,不,我心中起了不安,这是它们的一种战术——

动物在发起攻击时,如在力量上不占有绝对优势,便会采取各种战术来等待对方犯错误。对方的错误就是它的机会。

大嘴乌鸦现在就是采用这种战术,一部分在森林上空盘旋,一部分在林中骚扰。担任骚扰的颇有章法:看似主要攻击目标是其他家族,只是佯攻,其实仍是紧紧盯住白毛猴王。意图很清楚:要将它们分割开来,撵走了大的集群,只留下一个小的家族,那正是狠下杀手的时刻。

它们就是这样上下翻飞,飞得你眼花缭乱。它们狂喊乱叫,吵得你心烦意乱,扰得你坐立不安……逼迫或诱惑猴群轻举妄动……

它们似乎非常清楚临产的母猴处于最弱势。

跑呀！猴头们，还不赶快跑！只要发挥出你们在树上飞挪腾跳的特技，大嘴乌鸦就什么办法都没有用了。

猴群骚动了。但每个家族的猴王都只是喊叫，似乎有着后顾之忧。是的，几乎每个家族都有婴猴和待产的母猴——最大的后顾之忧。

猴王没有发出转移的命令，猴群坚守在林中，坚守着群体，不放弃，不抛弃。

大嘴乌鸦分割猴群的企图失败后，立即改变了策略，更加肆无忌惮地向白毛猴王这边扑来，如乌云汹涌翻卷。

眼看猴子们就要遭殃……

特种部队参战

我听到了婴猴的啼叫。真真切切，是婴猴的啼叫。就是从白毛猴王那边传来的。

婴猴来到世界的啼叫，如嘹亮的号角。

猴王尖锐地叫了一声。

神了，一群猴子从树冠中跃起，在天空飞驰、腾跃，攀枝悠荡，闪电般向大嘴乌鸦扑去……

它们全都借助树枝的弹力，在空中腾越，伸出长臂，直击大嘴乌鸦……

——彩霞迸射，五颜六色，大有神兵天降的气势。

黔金丝猴在飞行中对大嘴乌鸦猛烈攻击，一击不中的，只是在空中转体，跃上树枝，再行攻击。

刹那间，羽毛翻飞，黑影飘忽。

被抓住的大嘴乌鸦扭头就啄，猴子疼得一哆嗦，它就扑棱着翅膀逃脱了。

大嘴乌鸦不占优势，但它们就是不离开林子。

这群天降神兵展开了更加凌厉的攻击,猴群也呐喊助威。

大嘴乌鸦乱了阵脚,有几只飞出林子,退出了战斗。

猴王轻轻地叫了一声。

在猴群边缘的家族开始移动了。大嘴乌鸦似乎商量好了,专门围着白毛猴王家族。

神兵们冲来了。

白毛猴王行动了。猴子们一散开,我看到母猴怀中有了婴猴,它用左手紧紧地抱着自己的孩子,这使它在树上行动很困难,但它坚强地跳起落下。

白毛猴王在它身后,关注着它的每一个动作。

隐形酒窝也抱着孩子跟在猴王的身后。

整个家族在向前运动。

平时,仔猴随着母猴转移时,总是面朝上,双手抱吊在妈妈的腹下,成了妈妈飞行时的乘客。

神兵们护卫着白毛猴王家族,边和大嘴乌鸦周旋,边跟着猴群转移。

猴群闪电般地消失了。

大嘴乌鸦只是追了一小段,也像被大风劲吹,烟消云散了。

我长长地舒了一口气,庆幸猴群的胜利,庆幸自己没有贸然行动……这时才感到内衣冰凉地贴在身上。

但我高兴,简直是心花怒放。这么多天来困扰我的一个个问题,似乎都在解开:

黔金丝猴小家族集结,形成了较大的群体,是因为在繁殖期,猴群处于弱势,有各种因素影响着交配,如果这个时期没有相应的保障,绝对危害种群。

怀孕、分娩期更使猴群处于危弱之中。待产的母亲不仅行动不便,而且受到惊吓后可能流产,需要猴王、猴群的保护。婴猴、待产的母猴、仔猴总是最易受到伤害。

在残酷的生存斗争中,社群得到了进化。社群的进化,使它们要为度过这一特殊时期,采取强有力的措施。

和其他所有营群性的动物一样,金丝猴依靠庞大的群体才能相互照应,迷惑天敌,分散它们的注意力,减少损失。

那队似是从天而降的神兵是雄猴群!

离开家族的成年猴——它们既是猴群中的特种部队,又是猴王的挑战者、未来的猴王!

这一切几乎可以解开我们心中的谜团,也揭示了黔金丝猴神秘的生活。

为了适应残酷的生存竞争,黔金丝猴形成了独特的社群结构。尤其是公猴群的集结、承担的任务,对保护种群生存、发展、强大具有重大意义。

可我始终不明白,大嘴乌鸦为何要攻击黔金丝猴?对于黔金丝猴天敌的了解,是考察的重点项目。

直到2年之后,有一次在一位土家族老乡家借宿,主人为我解开了谜团。

黔金丝猴为何与大嘴乌鸦结下冤仇?

他说:"你别看大嘴乌鸦飞起来慢吞吞、有气无力的样子,它可又凶又狠。凶狠在那个粗粗壮壮的嘴——能将花生从地里掏出来,对野核桃三凿两敲就打开了。

"我亲眼看到一只摔伤的麂子身上落了一群大嘴乌鸦,又啄又撕,旁边还有黑压压一片,轮番而上,活生生将一只麂子吃了。

"那年,在断头崖那边,我亲眼看到大嘴乌鸦将黔金丝猴围困了1个时辰,硬是将猴群赶走,留下了一只母猴,然后一拥而上,生拉活扯从母猴怀里抢走了婴猴!

"有年冬天,我在山里烧炭,看到几只猴子爬到大嘴乌鸦的巢里,抓起里面的东西猛吃一顿,又抢又扯,不一儿会工夫,连巢也散了架子,巢里的东西稀里哗啦落了一地。

"我好奇,赶去看,猴子们跑了。你猜从窝里掉下的是啥子?

"花生、玉米、粟谷、野栗……

"大嘴乌鸦藏粮过冬哩!难怪它们平时总是往窝里叼食物。花生地要是让它们看中了,不要两三天,它们能把土里的花生掏净。

"在山窝窝里烧炭苦呀,跟野人差不多。我也找过大嘴乌鸦的窝,一个窝里都有五六斤的粮食!那年,却过了个肥年。可要当心啊,要是给黑老鸦看见了,你的日子就不好过了……

"它们还不结下了仇?!"

我怎么忘了红嘴蓝鹊敢和毒蛇作战?
大嘴乌鸦和红嘴蓝鹊是同属一个科的鸟啊!

老杨沉浸在思绪中,是因为跋涉的艰辛,还是由于发现的喜悦?
我没有打扰他,只是享受着秋风的凉爽,听着一种噪鹛在黑夜也不停止的演唱,心灵却追随着他在山林中游荡……

他居然邀请云豹

成熟的核桃不断地落下,如疾雨倾注,落地声如鼓点,这里那里都是嘭嘭声——响亮的、闷闷的、激越的,时而稀疏,时而紧锣密鼓,似是有种自定的节奏,与它们从枝头落下的哧哧声组成了一曲别有韵味的打击乐……

果实从母体娩出之后,竟像婴儿般大喊大叫地歌唱!
它们好像是约好了一般,都决定在今天成熟落下。
果实成熟落下时,竟有如此天籁!
我们碰到了好天气、好时光、好机遇,冥冥中好像充满了玄机。今天是它们生命的庆典,刚巧让我们碰上了,还是专门为我们摆设的盛会?

大自然太奇妙了!

我怎么努力也阻止不了满地野核桃对小罗的诱惑,他蹲上去在地上抓了一把,还未等我阻止,已用石块砸了起来。核开了,露出了雪白的果仁,溢出了一股奶香……

这个愣小子,只是被这稀奇、罕见的奇观陶醉,不知道美好中很可能隐藏着危险。

事已至此,我无奈得只好更加警惕地观望:林下可以说是一览无余,虽然还有一些灌木丛之类,但浓密的树冠里,谁知道还隐藏着什么?只能百倍警惕。

这个愣小子,绝对不知道这么丰富的食物也正在诱惑动物们赶来参加盛宴。他只顾砸野核桃,津津有味地吃着,还不时递给李老师和我一些。

走了这么长的路,流了这么多的汗,说实话,我也饥肠辘辘了……

就在我正咀嚼核桃仁时,有种异样声传来,惊得我汗毛竖起,赶紧细心搜索,正看到小罗向一丛酸甜的野莓走去,我的心一下就蹦到了嗓子眼——

是的,我已看到了绿的树叶、褐色的枝条中似有黑的花纹,如云状。要命的是它正在莓丛的上方。

它已有了动静。只要那家伙愿意,刹那就可从空中飞跃而下,扑倒小罗……

这个愣头青,头也不抬,伸手就摘莓子往嘴里送。

我无法喊叫,他又背对着我。

那家伙已从树上站起。

看清了,真真切切是它。它虽然比金钱豹体型小,但爬树的本领、在树冠上纵跳腾挪的技巧,比金钱豹要高明得多……

正当无数的解救方案在脑子里翻腾时,却见小罗大大咧咧地对着树上亮开了嗓子。

"嗨,"他将右手往上一指,又一招,做了个很绅士的邀请,"站那儿干啥?下来吃莓子吧!甜着哩!"

我惊得出了一身冷汗。

李老师如木桩一样戳在原地。

只见树上的那家伙懒洋洋地站起——好像还沉浸在美妙的酣睡中——非常不情愿地挪动身子,枝叶的缝隙中就闪过那云一样的花纹,消失在绿海中……

这个愣小子!

我真的要瘫倒在地。李老师惊魂未定。

对着满脸顽皮相的小罗,我恨不得扒他的皮,冒出的话却是:

"你嫌我们活得太自在?浑小子!"

"逗它玩玩不行?"停了停,他又说,"不就是一只云豹吗?属国家一级保护动物,撵出来让你们看看也不错呀!这样的机会并不多。"

真是初生牛犊不怕虎!

他还认出了那是一只云豹。云豹可是厉害的角色,它在树冠上的本领,使它成了树栖动物,特别是猴子们的天敌。

我在黄山考察短尾猴时曾听猎人小张说过:有一天,他观察到喧闹嬉戏的猴群突然像听到噤声令,刹那静了下来。只见一只云豹大摇大摆地跳到了树上。猴子们吓得瑟瑟发抖,就连猴王也双手抱头埋到胸前。

云豹从容地巡视了一番,又用前掌在这个头上摸摸,在那个背上掐掐,像是在挑肥拣瘦一样。它轻轻地、非常温柔地抓起了一只猴子,带到了另一棵粗壮的小叶青冈栎树上,选了一个大树丫,舒舒服服地坐倒,才开始享用它的美餐……那只猴,连一声叽叽都未发出……

有人说,它很像古籍上记载的凶猛无比的怪兽:饕餮。

不,他肯定也发现了隐藏在树冠中的云豹,否则不会往野莓处走……是为了保护我和李老师?

"搅了它的美梦,就不怕它找你算账?"

"云豹是夜行性动物,白天睡大觉。它那副睡相,肯定是饱食后的慵懒。这时它才不冒险发起攻击哩!野兽总还是怕人的嘛!只要不被它误认为你要伤害它,它肯定不会向你反击。再说,它还是金丝猴可怕的天敌。既已吵醒了它,何不将它撵走?免得碍手碍脚的。吓了李老师,我可负不了责。"

"给你个红枣就当火吹了!"

"不信?去看看!"

凭着对云豹习性的了解,虽然我已对他另眼相看,但还是忍不住走了过去。

是的,云豹刚才酣睡的树丫处,确有一只野兽的头挂在那里,地上也有皮毛、血迹。看样子是只河麂。

猎人说,豹子是小气鬼,最喜欢把吃剩的肉藏在树丫上,无论金钱豹、云豹都是这样。

按理,有云豹,有这样浓重的血腥味,动物们会躲之不及的。很可能是闷热的天气使空气不太流通,或是丰富的食物产生了强烈诱惑。

"快来看!"

李老师怎么走到那边去了?

"猴粪!"小罗惊喜地说。

是的,地下确实有猴粪!另两处也有。

这里还有小猕猴。是谁的呢?小罗用眼神询问我。我说:

"你说呢?"

他不吭声。

"肯定是金丝猴的!"因为参加过对黄山短尾猴的考察,我才敢做这样的确认。

我兴奋得真想手舞足蹈一番。

大家都乐了。

"真得感谢这片野核桃林,是它把我们引来的。"

探险中常有意外的收获。其实,任何动物的食物链和栖息环境,都是寻找它们的线索。

他俩都问我该往哪边追。

"找它们留下的信息吧!"

嗜血的山蚂蟥·晕血的男子汉

没有发现金丝猴留下的"棍子、影子"。黔金丝猴主要采食树叶、花朵、果实和草本植物的根、茎,偶尔也攫取鸟蛋、昆虫;冬季食物匮乏时,还啃食树皮。在它栖息过的地方,总是会留下很多树木的断枝、残叶,林子像是经历过一场暴风的肆虐。

我想:很可能是云豹作的怪。

所有的动物都是以食为天,在记忆中绘制了一张网络图,甚至镌刻在遗传密码中。否则非洲的角马、大象、斑马,每年就不会根据草原的荣枯,做长距离的迁徙,到新的草原。

游食的金丝猴们更是如此。粪便确实证明金丝猴来过。丰盛的、营养价值高的野核桃林,肯定是它们的游食地。但它们刚到林子,就从信息网络中得知了有最可怕的敌人潜伏。虽然美食诱惑极大,但安全第一,更何况9月正是森林中各种野果成熟的季节……于是,它们退出这里,转移到另一处。

小罗、李老师沉默了一会儿才说:"你看往哪边跟踪吧!"

我已基本判断出了它们离开的路线,又看了看已经大偏西的太阳,决定斜插往上方走,尽量往登山的大道靠拢。

这段路虽说好走一些,但小溪纵横,倒木也多,枯朽的树干上长出了五颜六色的菌子。

林子中主要是落叶、常绿阔叶树,间杂着几棵针叶树,应是金丝猴喜欢的栖息地,可我巡视了几遍,也没有发现金丝猴的身影,从碎叶沁出的叶汁看,它们刚离开不久。

我循着它们留下的影子往前追踪,并告诫他们行动尽量轻、稳,更不要说话,所有的交流都用手势。

走了总有2个多小时,森林的上方突然传来了树枝的断裂声、动物穿林纵跳的嗖嗖声,还间杂着咿呷、噫嗽的吵闹声。

还用我说吗？我们都攒足了劲向崖上爬。

金丝猴在召唤哩！积压几十年的渴望,迸发出了无穷的力量。小罗更是一马当先。

金丝猴们的嬉戏吵闹声已变成大声喧哗,这些猴头绝不是老实头儿……

千载难逢的机遇呀！它们正陶醉在美食中,这正是观察的最好时候。想到老杨他们考察的艰难,想到我国的动物学家们20世纪60年代还不知道黔金丝猴的存在,而我们今天一上山就碰到了,真是老天的眷顾……

小罗站住了,将捡起的断树枝递给了我。

李老师眼尖,已小跑着走到一处。循着她的眼神,我看到了杂乱地躺在地上的断枝、破碎的树叶。

"金丝猴！"

我做了个手势,我们都隐藏到树边。

开路的小罗刚走过去,身旁的灌木丛枝叶上便有东西晃动。

注意一看:有根黑线竖起,左右甩动,如鞭。待到李老师跟进,最少有两三条的橡皮鞭子,刚触及她的裤子,就闪电般地蹿去……

"山蚂蟥！"我压着嗓子低声警告,惊得小罗跳了起来。

"血！"小罗恐惧得大叫一声,顷刻脸色煞白,整个身子竟摇摇晃晃起来……

这无异于一声惊雷,森林中立即引发风暴,枝叶的哗啦声卷起惊涛骇浪……

他那恐怖的叫喊令人毛骨悚然,是被蛇咬了?还是遭到了别的动物的攻击?

管不了受惊逃逸的猴群,我拼尽全身力气蹿到小罗处,一把扶住他正要跌下的身子。

鲜红的血正顺着他的左脚杆往下流。

我捋起他的裤筒,还有一个山蚂蟥叮在他腿肚上,吸进的血已将它鼓胀得如腰果般大小,黑褐色中泛着血光。

我伸手猛打几掌,它才十分不情愿地滚落下去。

既然不是毒蛇,我心里就稍稍安定一点。

李老师拍打的一阵噼里啪啦声,在我身上响起。

"别管我,他可能有晕血症,不能见鲜红的血,一见就晕,严重时还可能休克。赶快找一块空地。"

我们的大儿子君木小时就有晕血症,李老师当然知道厉害。

这家伙,真是壮得像头牛,身子很沉,我又架又拖又拉,才到了李老师找到的空地上。

刚放下他,李老师已神奇地从包中取出了风油精,连倒带抹泼了小罗一身。

我赶紧点起一支香烟,猛抽几口,吐出浓烟。

大约是风油精的刺激,小罗已镇静多了。我还是在他身上搜寻了一番,又找到了两条正用弓行法在他衣服上寻找漏洞的山蚂蟥。

突然感到腋窝有些不对劲,我顺手狠劲一拍,那家伙掉下去了,手掌上全是血。

我又掏出盐瓶,倒了些给他们,让他们在身上搓一遍,还真的搓下几只隐藏很深的丑物。

我深深地责怪自己的粗心,在山野里跑了几十年,怎么没有想到在这样闷热的天气,在这样的生境,应该预防山蚂蟥哩!

但我又怎么能想到,他这样壮实的小伙子,竟有晕血症呢?

其实,我在山野里并不怎么畏惧凶猛的野兽,别说老虎、豹子、豺狼已是难得一见的珍稀动物,即使是不期而遇,也总是有办法周旋的。最怕的是毒蛇、毒虫、马蜂,对它们总是防不胜防。还不知怎么得罪了它们,它们就给你来上一口,够你受的。

就说山蚂蟥吧,它生活在林下植物的枝叶上,喜欢趴在叶的背面,一发现猎物,迅速利用吸盘将身子竖立起来,用另一吸盘如鞭甩动。

只要沾着,它就吸附到猎物身上,贴着皮肤就凶猛吸血,同时注射溶血剂,以致它吸饱鲜血之后滚落下来,伤口还要流出很多的血。它特别喜欢人体温湿、柔软处,如胳肢窝、腿丫……

据说它吸饱一次血,可维持数年的生命!只有吸了血,它才能具备生育能力,传宗接代。

我们吃过它很多的苦头。如若将每次的遭遇都写下,可能是一本不错的书。真是有些谈虎色变。

它吸在皮肤上,千万不能硬拉硬拽,若是断在皮肉中,皮肉就要腐烂。只有拍打,或用盐搓。它怕盐,我儿时在水田栽秧割稻时,常将盐放到捉住的蚂蟥身上,很快它就化成了水。土办法也有用烟袋油涂抹的。

用风油精防治毒虫、蛇,是我和李老师的经验,用了几次,真的特有效。所以在野外住帐篷时,总是在四周洒上几瓶,它的缺点是挥发得快,因而有时也用樟脑粉。

小罗的脸色恢复了红润。他不好意思地说:

"让两位老师看笑话了。我从小就见不得血,见了就心慌,天旋地转……"

"没事。我们大儿子小时也怕见血,现在反应已轻多了。随着年龄的增长、心理素质的提高,会好起来的。"

李老师向我使了个眼色:"撤吧!"

只能是这样了,小罗有晕血症,在这样山蚂蟥横行的深山中,着实令人非常担忧。当务之急是如何走出这片山蚂蟥出没的地方。

我帮助小罗扎紧了裤脚、袖口,再检查衣裤上有无小洞,又从包里取出衬衣穿上。李老师有经验,早已收拾停当。

我给了他们每人一根树棍。

由李老师开路,小罗随后,我压阵。

于是,三人边走边用树棍横扫前面、左右、上下,断枝、残叶纷纷落下,倒也别有情致。又走一段路,再自查、互查一番。

扎起了裤脚、袖口,显得格外闷热难当……

终于走完了这段如布满"地雷"的山路。到了大路,首先是解带、宽衣……

里程碑上标明,已是6000多级。

西天大片的乌云正在向上翻涌。闷热使得各种昆虫声嘶力竭地喊叫,小鸟们匆匆地飞行。看样子,少不了一场雷暴雨。但愿别让我们赶上。

天快黑时,我们赶到了保护站。

几间简陋的屋子立在山崖边。

说是有口锅通了,没有热水,我们只得用泉水擦了擦身子。对我来说,长途跋涉后最大的享受是泡杯香香的浓茶,但眼下没有开水,也就更加怀念黄山毛峰茶穿肠过肚后的通体舒泰……

因为有保护站,我们没有携带野营的装备。

房间很小,我和李老师要侧着身子才能走动。我向往着住帐篷时的野味、篝火上沸水的咕嘟声……

雷声大作,山谷轰鸣……

我被一阵疾雨狂风惊醒,所住陋屋如一叶扁舟摇晃。我悄悄起来,刚开门,一股强大的气流击得我连退了两步。

山野墨黑,只有雷声、雨声、风声演奏的狂暴……

这样的大雨,我们的考察计划可能要泡汤了——山洪会将所有的山间小路冲毁,大约很难到达老杨他们的考察营地……

"随缘吧!急也没用。"

不知什么时候,李老师已悄悄来到我身后。

与"四不像"掰手劲

清晨,大雾迷漫,乳白色的雾笼罩了一切,隐去了巍峨的高山、密密的森林。

大雾弥漫最易迷路,我们曾有过多次的教训。唯一的办法是等到雾散了。

既然无法去老杨的野外营地,在附近走走还是可以的吧。

像是被乳白色的混沌包裹,弥天大雾又是无形的,只能看到四五步开外,一切景物都如魔幻一般……李老师一拽我的后襟。前面有个影影绰绰的怪物。我正想大喝一声时,小罗已闪电般向那怪物扑去。

蒙蒙中,他抓住了怪物头上的短角。

一个摇头摆尾,一个死死揪住不放,只两三个回合,小罗已被甩到空中,影子般斜向摔下,他却就势打了个八叉……

小罗站起来又向怪物扑去。

它却一扭头向李老师冲来。急得我大喝一声,抢上前拦去。

它一撇身子,我已啪嗒一声跌倒……

雾中传来一串奔跑、腾跳声……

"马牛羊!"小罗兴奋得大喊大叫,"好大的蛮劲!"

真有他的!

"你!你……"

我只是用手指着他,惊慌中嘴笨舌涩。

是的,在它冲来的瞬间,我已认出它是鬣羚,也就是山民们说的"马牛羊"或"四不像"。因为它颈上长有鬣毛,如马鬃一般,头上长有羊角,长脸像驴,蹄却如牛。

对它我不陌生。20多年前在黄山考察时我见过它。山民们说有飞马,常在天都、莲花峰之间穿云破雾。一个偶然的机会,我们才识得了庐山真面目——原来是鬣羚。

这家伙有一两百斤重,最喜在悬崖绝壁上飞跃、腾跳,在云雾中矫健的身影确有飞马的雄姿。

但它蛮力大,一头能撞倒一棵碗口粗的小树。特别是那蹄子,能把石头踢得飞起来。

刚才要不是认出了它,知道它的习性,在它冲来的瞬间侧了侧身子,现在我肯定是爬不起来。

"认出来了,还去惹它干吗?!"

"嘿嘿!想看看它力气究竟有多大。听一个朋友说过,一个猎人曾赤手空拳抓住过它。"他比画了起来,"抓住它的两只角,硬是把它拉下了山!"

"你抓住了?"

"掰掰手腕子也不错嘛!玩玩有啥?你看这雾,雾得人真郁闷!"

"啊!万卷书!"

在李老师欢乐的呼喊声中,云开日出,蓝天耀眼,山峰上无数奇石矗立面前,挺拔、灵秀、怪异。自然之笔,将山岩雕刻出了蘑菇、巨兽、猛禽、老人、少女……的形象,在阳光下闪着红韵或青铜般的光辉,在忽浓忽淡的飞驰的云雾中,栩栩如生、跃跃欲试。

动态的云雾,将静态的山石点化得如此生动活泼,创造了无限的美。

尤以一石更为奇绝,方形,上大下小,且错落有致。妙在岩为页岩,层次清楚,如一部天书——难怪李老师惊呼它是"万卷书"!那每一页都书写着千万年地质的变迁。

其实,它还有个名字:"饭甑"——太像倒置的蒸饭用具。据说,正是因为它,此山长期被称为"饭甑山",只是在佛教传入之后,才借声改为梵净山。

"找老杨去!"

他们都跟着我往回走。

我感到背后的光线有了变化,蓦然回首——

啊!蓝天映衬,巨岩如柱,直插云霄。

红彤彤,闪着金光。

如塔如堡,险绝突兀至极!

"红云金顶!这就是红云金顶!只有美国黄石公园的那岩,才可与它媲美!"小罗乐得手舞足蹈,"最有慧根的人才能一睹它的显现,两位老师洪福齐天啊!"

我们站立,仰望袅袅紫气中的红云金顶,心头涌起神圣、纯洁之情……

过了很久。

我们到住地取了行囊就走,往老杨考察黔金丝猴的野外营地去。

保护站的人赶来了,说是不能走,一夜暴雨之后,山洪滚动,太危险了。他说:"老杨的营地在荒僻大山的无人区,别说你们这样简单的装备,就是我们在这样的情况下要去,领导也不会同意。"

我的牛脾气上来了:在探险中,很多机缘是可遇而不可求的。如想在这样的环境中出行,设计得再好,老天也未必听话。意外的情况,常有意外的收获。

然而,我们确实被雷鸣虎啸般的山洪堵回来了。

我们被困在山上。

有人送来了信,说是老杨已冒险到达盘溪营地,在那里等着我们。

夜色中,老杨在山下的盘溪营地迎接。

"见黔金丝猴难,没想到找你老杨也不易啊!"心灵早已相通,我们相处也很随意。

"见到我,也就算见到黔金丝猴了!"

"真的?这么多天,总算没白辛苦。"李老师也很活跃。

"你是形象大使嘛!"真是心有灵犀,一见面就给我吃了定心丸。

老杨是位壮实的中年汉子,敦厚中洋溢着山野的灵气。常年在野外的人相遇,谁都感到大自然赋予他们特殊的气质,这常常使我和这些朋友一见如故。

泡了浓醇的黄山毛峰,选了一棵秃杉树,我和老杨在树下谈开了。秃杉是珍贵树种,可长到三四十米高,树冠浓密,只生活在我国的云南、贵州、湖南、台湾一带。后来我在去云南独龙江的路上,见到了大片的秃杉林,胸径多在一两米之上。

首席科学家老杨考察黔金丝猴故事之三

大耳朵儿子和隐形酒窝妈妈

野外考察生活的魅力,是常人难以理解的。

梵净山的每个山谷、每条溪流、每座山峰都有各自的美,美得惊人。

其实,我们的野外考察还是充满了浪漫,充满了乐趣。且不说科学发现,平时的生活也是别具情调的。

大家时常在途中顺手采些蘑菇、木耳——梵净山的真菌有三四百种,其中有一百多种是可以食用的,有红乳菇、绿菇、菱红菇、鸡油菌、牛肝菌、头状秃马勃——薇菜,再采些嫩笋,再加上这地方特有的腊肉,放大行军锅里一煮,香味诱得野猫子都跑来了。

我们吃笋、吃蘑菇非常讲究,总是挑最好的。同是笋,品质却大不一样,研究动植物的还能不清楚?

阴雨天无法出行时,还能包包饺子。嘿,那个野黎芦做饺馅子,又鲜又香,到现在都还常常想着它。

我最好的休息方式,就是到山上转一圈子。那里有我们的青春、激情、欢乐、奋斗,享受着恬静、融洽的和谐,血脉相通的大自然会医治百病,无论是生理上的、心理上的。

相处的时间长了,和黔金丝猴已熟悉了,它们既没有受到伤害,又感受到了我们善意的关切……

大耳朵被妈妈咬伤的尾巴

我们发现有只黔金丝猴的尾巴肿得又粗又红,还在往下滴着脓血。黔金丝猴的尾巴原本就比川金丝猴、滇金丝猴的又长又粗。

就是那只被妈妈狠心逐出猴群的大耳朵,被咬的伤口发炎了。那天它在攻击大嘴乌鸦时,非常英勇。

它原本翠蓝的面孔已经发青,神情萎靡、痛苦。要是再不医治,就有生命危险了。

我们想为它医治,可是怎么叫它听话呢?

我们想尽了办法,就是请不下来它。急得小秦面对它,指着它的尾巴,又转过身子,摸了摸自己的尾骨。它也只是茫然地看着。

它的活动量愈来愈小,一副焉头焉脑的样子,我们判断它正发着高烧。

那天,它落单了,坐在树枝上,离游食的雄猴群有20多米。我决定孤注一掷。

小秦他们为我监视着猴群。

不知哪儿来的一股劲,我三两下就爬到了树上。它也不跑,大约也没劲跑,我抱起它就下树。它乖巧地依偎在我怀里,像团火。离地还有1米多高,我就跳下来了。

它体温很高,骨头都露出来了。赶快打针,清理伤口。脓血的臭味,冲得人都不敢吸气。

它疼得直打哆嗦,可一声没叫,大约也是叫不动了。再不施救,肯定没命。

等到一切都处理停当,我们犯难了,是留在营地继续治疗,还是把它送回猴群?

不送回去吧,黔金丝猴的群体性很强,个体靠群体的保护,失去群体的孤猴在山野里很难生存。群体是由个体组成的,只要有猴子受到攻击,猴群就会奋力救护。若是哪只猴子掉队、迷失了,猴群全力寻找,双方都会一声声地叫着。

傍晚,呼唤失群猴的叫声,在山野中特别撼人心魄。我们听山民们讲过许多猴群寻找迷失猴子的故事。

猴群肯定要寻找大耳朵,若是找不到,很可能要引起炸群。

可是送回去吧,以它的伤情,首先是无法进食、生活。

后续治疗呢?哪能每天都有这样的好机会?

正在大家委决不下时,我做了个大胆的决定:

将帐篷移到猴群的下方,尽可能地近,但不要超过边缘,把病猴就放在它们看得到的帐篷外。

大家都说太冒险了。我们从秋到春跟的都是这群猴,无论是研究项目,还是连续性、完整性,都是独一无二的,是多少次失败后的经验。若是有什么闪失,太亏了,甚至承担不起。

　　我说:"别忘了,保护区的保护对象是金丝猴,对它进行生态研究是为了更好地保护。要达到保护的目的,还不是要架设相互沟通的渠道?常说野生动物是朋友,不交往怎么成朋友?我们从事保护工作的也叶公好龙?这一步迟早是要走的。"

　　别的不说,就为了救这只金丝猴,风险也是值得冒的。

　　最后总算统一了意见。

　　在送回去的时间上,我做了精心的选择。

　　黔金丝猴也有午休的习惯,这时哨猴特别警惕,只要风吹草动,有丝毫疑点,它就会采取行动。就选在它们午休刚结束时。

　　我抱着伤猴走在前面,告诫大家千万不要东张西望,和平时观察时一个样。

　　话是这么说,心里却打鼓。我站了会儿,尽量平息心态,然后还唠唠叨叨地和伤猴说着:"乖,没事了!伤口过几天就会好的。"

　　我尽量不去看树上的猴群,但明显感到有了一阵小小的骚动,眼角的余光看到几只猴子在吃惊地蹿跳。

　　但我只顾走着。是的,有不少猴子停止了采食,一个劲地盯着我。

　　好!我终于走到事先选好的空地,自自然然地坐了下来,尽量将怀中的伤猴展示出来。

　　小秦他们带着帐篷跟来了。

　　很好!

　　帐篷支起了,所有用具也都安置好了。

　　猴群开始进行下午的采食。

真的,隐形酒窝载着紧紧抱住它肚子的"乘客",蹿到四五米处,注视着被自己撵走的儿子——它正安详地睡在我的怀里。

虽然不敢大声喧哗,但大家心里那个乐呀,绽放在每个人的脸上,真是脸上乐开花了。

猴群没有赶我们走,也没有离我们而去。

第二天,伤猴退烧了,睁开了眼,有了精神。

我们为它熬了点粥,小秦用匙子一口一口喂。

为它换药、打针,都是在露天进行,在猴子们的眼皮下进行——高度透明。

第三天,伤猴就站起行动了。在为它换药时,它还摸着我的手,时不时推一推,意思是要轻一点,但它没有离开我们,没有回到猴群。

几天后,它的伤好了,才纵跃到树上,正要再跃起时,却扭头看了看我们。

我挥了挥手:"去吧!回到你家里去。"

它跳起落到了我的身边。我感动得拍了拍它的头!

"去吧!你哥儿们在等你呢!"

我们就是这样走进了黔金丝猴群,取得了它们的信任。

真希望我们也能生出在树上飞跃腾挪的四肢,跟随它们在山野游荡……

对黔金丝猴的生态研究,我们是从一张白纸开始的。前面说过,直到20世纪60年代,科学界还不知道它的存在。它生活的区域太小了,现存数量也太少了。

我们摸索着往前走。世上万事都有相同的道理,一个发现带来了一连串的发现。

感谢它们接纳了我们。这之后,我们真的跟随它们在梵净山的千山万壑中游荡,就在它们的栖息地扎下营帐,相依相伴。

它们中有些大胆的还常常跑到帐篷前淘气,拽去晾晒的衣服,抓起食物往嘴里送。南瓜大,搬不动,它们趴下身子就啃。

有时,小秦也扔点东西给它们吃。它们对不熟悉的,总是反复打量、审视,才小心翼翼地尝试。

隐形酒窝得了乳腺炎

夏天雨水多,小溪小河都涨满了。四五米宽的水,金丝猴们从树冠上一跃就到了对面的树冠。那种群猴飞跃的场面太壮观了,将它们的矫健、敏捷表现得淋漓尽致。

可我们就难了,水流太急,涉了几次都被冲回来。还是小秦点子多,先将绳子甩过去挂到对岸的树上,大家才缘绳而过。

慕容是女同胞,个子又小,只好把她暂时留在这边,待洪水落一点再接过来。

刚把帐篷支好,需安置的仪器等物品还放在外面,一只猴子便从树上跳了下来。

正埋头忙活的小秦挥了挥手:"快走,别添乱!"

那猴却一下蹿到他面前。

小秦一看,是那只我们医好的烂尾猴大耳朵,它盯着小秦哇哇叫。

小秦以为它是来玩的:"走吧!我正忙哩!"

大耳朵就是不走,就是叫。

小秦想,它还能和狗有同样的性格?于是放下手中的活。

大耳朵没有腾跳上树,倒真像狮子狗一样在地上走。眼看小秦跟上来了,它才一跃上了树,往猴群跑。

小秦到了猴群栖息的树下,没发现异常,反身要往回走。

只听一声猴叫,大耳朵已跳到一只母猴身边。

小秦一看,这不是隐形酒窝吗?他心想:是让我晓得你们母子又和好了?

转身又要走。

大耳朵却神速地拦住了他的去路。

小秦只好再回来,仔细一看,隐形酒窝的脸色很不好,发灰,抱着孩子坐在那里,有些木木的。婴猴躺在怀里妈妈不老实,两只小手抓来挠去的,妈妈一边去按它的手,一边护着自己。

好像是猴妈妈有病了,可他又看不出是受伤了还是伤风感冒。

听小秦一说,我就和他赶快去将慕容接过来。女同胞心细,对母猴的观察比我们这些大男人要准确。

野生动物对性别很敏感,包括对人类,特别是灵长类动物。动物园曾多次反映,猴园里的公猴欺负女饲养员,常搞恶作剧。

洪水虽然小了一些,可慕容还是过不来。我们费尽了九牛二虎之力,终于用枯木扎了个小筏子,让她坐到上面,我在这边拉,小秦在水中推,总算将她接了过来。

隐形酒窝坐在横枝上,一直注视着我们来到树下。

慕容对隐形酒窝左看右看,只是沉吟不语。

奇迹出现了——

隐形酒窝把怀里的婴猴向一边推了推,用左手握住了右边的乳房,似是要挤奶。

"乳腺炎。右边的乳房红胀得像桃子。"

慕容一语惊人。是的,婴猴一离开,露出了右边红肿得厉害的乳房。

其实,最惊人的是隐形酒窝的动作语言。这是只有在传说和童话中才有的呀!

记得山民们说过一个故事:

有个老猎人,经过前堵后截,终于逼得一只猴子无处可逃。他已将枪口瞄准,正要扣动扳机——那只猴子现在已经一点也不惊慌了,一脸视死如归的安详,只是一只手握住乳房,另一只手将孩子拢来。雪白的乳汁出来了,婴猴张嘴叼住乳头贪婪地吮吸……

感天动地的母爱。

老猎人摔了枪,走了,从此再也不打猎。

难怪老乡们常说:猴通人性。

猴群到了新的游食地,食物丰富,都在大快朵颐,只是偶尔对我们这些熟人看看。

只是大耳朵很兴奋,一会儿纵来看看,一会儿又回到它的那个社群中采食。

慕容很快将医疗器械拿来了。必须开刀,放出脓血。

若是半个月前,肯定要难坏我们,现在是奇迹天天有。

慕容向隐形酒窝走去,站到了它在的那棵树下,手也没招,它就缓慢、艰难地抱着孩子往树下爬了。

慕容从树干上抱住了它。

婴猴却不愿离去。

我们早已想好了应对方案。小秦将熬好的稀饭加了糖喂它,小家伙乐得眉开眼笑,露出了才冒出的米粒般的两颗白牙,一下就跳到了小秦的身上,竟然将嘴伸到盒子里吸溜起来……

最有趣的是,白毛猴王只在一旁注视着这边的一切。

隐形酒窝一直很乖。在扎针打麻药的刹那,它哆嗦了一下,但没有跳,没有逃。

当慕容拿出手术刀时,树上有几只猴子惊恐地跳开了。

刚下刀,一包脓血就涌了出来。待到缝合后,隐形酒窝神情轻松多了,伸手就要去抱孩子,可它已在小秦怀里睡熟了。

我又喂了它一些汤药——鹿角霜,即用老化后的茸角磨的粉。最好的是鹿在第二年长新茸时,将老茸基部顶出的老角,形如桃子,叫"茸桃"。它的粉子有神奇的功效,若是用于对早期乳腺炎治疗,大多数可以免除开刀之苦。刚好我在林子里捡到了一个。

大耳朵一直在我们头顶的树上观望。

第二天,一见慕容,隐形酒窝就从树上下来了。慕容照样抱起它,为它排脓,换药。在排脓时,它常常轻轻推开她的手,眼里饱含了怜爱——疼啊!

第三天,它居然来到营地找慕容换药。

它的乳腺炎痊愈了后,常常带着孩子光临我们的营地,甚至还钻进帐篷四处瞅瞅。只是那个小家伙不安分,好奇心太重,打翻了一盆面粉,将自己泼成了小雪人……有两次,连白毛猴王也来了……友谊,在我们和这个家族间荡漾。

这就是人与自然!

这些天来,与黔金丝猴相处的种种事,不断在心里翻腾,大自然总是将最深刻的哲理,隐藏在万千气象中。

只有尊重其他的生命,才可能建立相互的信任。但要建立这种信任,首先是人类需要忏悔——消弥无视其他生命的存在、滥捕狂杀沉积的仇怨,才有可能树立起生态道德。道德具有伟大的力量。

老杨的抗争

老杨说:"明天我领你们看了黔金丝猴就要走,只好请老张领着去考察营地。

"大雨耽误了时间。

"对了,你们可以找找慕容。在野外,女同胞有很多的不便。她和我们一样跋山涉水,同样过着野人一般的生活,是个了不起的女考察队员。她的考察笔记写得很精彩,不妨借来看看。"

我说：“怎么这样急？”

他深深地叹了口气，很沉重：

"我是1978年来筹建保护区的，经过20多年的努力，应该说都已走上了正轨，尤其是使保护区周边的山民富起来，以事实来说明保护的意义。现在周边的群众已自觉地保护黔金丝猴和它们生存的环境。他们是保护区的中坚力量。

"正是因为山绿了，生态日益好了，有人看了眼红，打着'发展经济'的旗子，堂而皇之地要将保护区变成旅游区，要在山上架设长长的索道……去年已派机构进驻，蛮横地进行各种建设……

"眼下正是斗争的紧急关头！

"总不能坐视全世界唯一的黔金丝猴种群在我们手里消失吧？！总不能不管生它养它的它唯一的栖息地梵净山被毁吧？！

"我们心里清楚，可有些执掌大权的人只要'政绩'，根本不清楚这是犯罪！且必将受到千秋万代的唾骂！

"我就是要去讲这些道理，去抗争！

"可见你说的在全民中树立生态道德多么重要，是我们实施可持续发展的根本。"

一片乌云遮去月亮，大山黑黝黝的沉重……

我的故事：

遭到猴王的三次袭击

好一片枫杨林！枫杨高大、挺拔，浓密的树冠翠绿如云，几只白鹭点缀，映着清亮的溪水，充满了诗情画意。

别有风韵的枫杨林是河岸漫滩的标志树种。

常说贵州"天无三日晴,地无三尺平"。在梵净山的森林中,我们几乎忘了这句民谚。可盘溪两岸显示出了易溶岩石的真面目,光滑的石面之下,全是形态千奇百怪的溶洞。一条碧绿的水,映着两岸的林木、野花……

老杨是中等身材,步幅不大,可我这个1米82的大汉在后面几乎要小跑着才能跟得上。

"前面就是盘溪营地。"

老杨话音刚落,林中出现一组建筑,还有一个长方形大围栏。

他肯定是看到了我的诧异:

"你以为营地就一定是茅草盖顶?这是林业部下达的课题,研究人工繁育,同时又是黔金丝猴的救护中心,条件总要符合项目的需要嘛!"

看我没有应答,他又说:

"雌黔金丝猴两三年才怀胎一次,影响了种群的发展。现在已成功地繁育出了第二代。人工繁育也是保护物种的重要措施。别因为没看到野生状态的黔金丝猴而失落,等看了后再说吧!"

这家伙鬼精鬼精的,背上好像长了眼,把我的心思看得准准的。

他回头,送了我一个诡谲的笑容,还顽皮地眨了眨眼,真是山野中的性情中人。

"你们是怎么把它们请来的?"

"这可是个秘密,对你同样不能透露。过去,由于它们皮毛华丽,价格昂贵,猎人们是枪打网套。我们当然文明得多。"

"你们征得了它们的同意,它们是自愿走到这里的?"

他有些语塞,随即又说:"原则上倒是可以透露一点。为选这一社群的猴子,可是花了大心思——不能影响家族。就是说猴王出走后,它那个家族经过调整,还能保持原有的'编制',不致'树倒猢狲散'。这个难题本身就是个重大的课题。我们做到了,你能想得出吗?"

他充满了自豪。我也觉得他完全有理由自豪。因为要做到这一点,确实需要对黔金丝猴的生态有较深的了解。

"后来的跟踪证明了?"

"这还用问?"

铁栅栏围起的地方有半个足球场大。

一只大雄猴坐在石头上,只向我们瞭了一眼,就仍然和它的两个妻妾共进早餐。倒是两只仔猴瞪着好奇的眼睛,但也未停止进食。

我注意到它们,没有惊恐,没有逃窜。

"它们可是全世界第一次在人工条件下来到这个喧嚣世界的宝宝。喂!你们第一次接见外宾就是这样?少了点礼仪吧?"老张说,"研究中心尚未对外开放。"

可它们也都只是看了看老杨,是熟视无睹还是置若罔闻?

我和李老师、小罗都一声未吭,好像商量好了,要看老杨的独角戏。

我向猴王那里走了几步。老杨看到我正注视着它的面孔。

老杨说:"蓝色,蓝色的面孔,真漂亮。神话故事中的魔鬼都是青面獠牙,有种阴森森的凶残。它蓝得翠,生动、明朗,翠得有种晶莹的光透出来,形成了层次,就像钻石、宝石一样,不同的角度,异彩闪烁。猴面稍有变化,都是它们喜怒哀乐的不同表现。认虎、认大象先认脸,认金丝猴也是先认脸,它们没有两个相同的面孔。

"相处长了,你就懂得七彩猴面的变化。

"与滇金丝猴、川金丝猴相比,黔金丝猴整个脸庞三角形的特点更明显一些,眼窝更深陷,上唇更肥厚。

"肥厚的嘴唇,总是使人感到敦厚,可深陷的眼窝又总是使人感到深沉、剽悍。它就是把这些对立的象征,统统集中到这不算大的脸盘上,形成了一种和谐的美。

"对立的和谐总是表现出一种特殊的美!"

虽然听得有些心动,我还是提不起兴致,也就是说,心里还没产生兴奋点。

更奇怪的是,我心里突然冒出了朋友猎人小张的名言:"被关在笼子里的老虎、豹子都只是牲口。"

失却了野性,哪里还能展现出野性的美?

我内心很是失落。

但我还是拿出了摄像机。李老师照相机的快门也一直没有响。

我给李老师一个眼神,意思是开始工作吧。

担心距离近了会惊动猴王,所以我们只在10多米处选取场景。拍一些它们的日常生活也不错。

那只毛衣正在变色的仔猴——刚生下的婴猴浑身的绒毛稀疏,颜色较淡,随着月龄的增加,体毛渐渐浓密,灰色的毛端变为黄色,开始闪烁着金色的光芒——正用手扳起脚来,用冒出的小白牙咬指甲,专心致志,不断调换着角度、指头,憨态可掬!

我常见猴子扳起脚来咬趾甲,这是代代遗留的爱好?它的妹妹却不断拉它的脚,不让它咬趾甲,它就不屈不挠地排除干扰,决不放弃。

它们的父母还在悠闲地进餐,猴王正背对着我们。

我连忙将摄像机镜头从栅栏的空伸出去,调配着距离、光线,等待它们最佳的表情。

突然镜头一黑。

肩头发出刺啦一声。

等我本能地往后退了两步,只见猴王已坐在四五米开外,张着大嘴,露出锋利的尖牙,怒目相视。

一片惊愕的沉静。

李老师闻声赶来了:"衬衣被撕烂了?"

真有些惊魂未定的样子。是的,我的衬衣的肩部被撕出一个长长的裂口,直到袖子。

奇怪,它不是在10多米开外吗?还背对着我。

"受伤了没有?"小罗、老张都急忙跑过来了。

看我并未受伤,老杨怪声怪气地大声说:"旧的不去,新的不来嘛!"

这家伙有点不厚道了。

我将镜头伸进去还不到一分钟,猴王背上也长了眼睛,或者说它有后视镜?否则怎么发现我在打它们的主意?

还真神了!我不信。

我的牛脾气也上来了。原本只打算随便拍拍,既然不让我拍,还非拍不可哩!

我叫小罗、老张、李老师都帮我看着,监视着猴王的一举一动,随时发出警报。

但还是学乖了,让小罗靠在我身边。

两只小猴不玩咬趾甲的把戏了,一个劲地互相打闹,你拽我的尾巴,我抱你的头。

一只母猴依偎在猴王左侧,温柔地为它捋毛——这是最亲密的抚爱,也是猴王身心最放松的时候……

我悄悄地将摄像机的镜头伸进栅栏了,目光却看着猴王。从背影上看,它正在享受,正在陶醉。

镜头中正是这幅景象,但距离不太理想——那时小型摄像机的功能缺陷多——正在调试中,镜头又是一黑。

我迅即后退,却啪嗒一声,跌了个仰八叉……

在一片惊呼声中,猴王已经转身,四脚落地,迈步走了。它将又长又粗的尾巴高高举起,不断摇动,如竖起一面猎猎作响的凯旋大旗,走向满脸兴奋地迎接它的妻妾!

我可狼狈了,因为要护着摄像机,跌得实实在在。

小罗拉了两次,我都没有坐得起来。还是李老师细心,一把夺去我手中的摄像机,我这才用手撑地站了起来。

我跌在一块湿地上,成了个泥猴子。

幸好没有大碍,只是感到尾椎骨很疼,大约是石子硌的。

几个人七嘴八舌:"它太快了。"

"还没来得及喊哩!"

"它是专找刘老师。我俩站一块,都未及挡一挡,拉一把。"说这话的是小罗。

"你跟'四不像'较劲的身手哪儿去了?"

"它专找刘老师,你叫我有啥法儿?"

怪,四五人在场,它怎么专找我呢?不就才打照面吗?前世无冤,后世无仇呀!

"刘老师,真有你的,六十多岁的人,行动真敏捷!"

这个老杨,我恨不得抽他的耳光,有这样损人的吗?

我心里思潮翻涌,懒得理他。我想起了沉淀在记忆中20多年的在黄山考察短尾猴时,遭到猴王攻击的情景:

考察队刚将一群猴"赶"到预定的山谷,天降大雪,黄山一片银装素裹。

那天傍晚,我从考察点下来,从山上摔下来,跌伤了腿。

第二天我无法再爬上架在大树上的观察点,又要隐瞒伤情,不致被撵下山。我就出了个题目——给猴王照相。研究纷纭的猴相是我提出的,队长认为很有意思。

若是在野外给猴王照标准相,那是梦想,但现在条件基本成熟。

大雪封山后,短尾猴的食物极度匮乏。考察队利用这个机会给它们投食——送苞谷米,已经基本成功。猴子们开始习惯每天听到一首山歌后就去取食,而猴王总是第一个去取食。等它吃饱了回去,别的猴才按等级来取食。

投食点也是经过精心选择的,是一个崖头。研究的课题最后是要将这群猴全部捕捉,进行各种检查,戴上跟踪标志后,再放回山野。

投食点,其实就是以后的捕捉点,为捕捉做准备,设计得很好。

我埋伏在距猴王来投食点的五六米旁的大崖边。那时队里只有一部海鸥照相机。我端着照相机在那儿守株待兔。考察、观察都已证实,肯定是猴王第一个来取食。

只要它一露面,我咔嚓两声就行了,简单便利。

投食人将苞谷米撒了,山歌唱了,可很长时间都没有猴王的影子。

正当我等得不耐烦时,听到身后左侧有响声。刚看到猴王,它已凶猛地向我袭来。慌得我只好拿起照相机当自卫武器,它伸手就来抢……

衣服被抓破了,腿上的伤口重新被撕开……

于是,我相信猴王在森林中建立了信息网络。

可这是被粗钢筋高高围起的铁栅栏呀!场地中只有小块的草地,不是茂盛的森林。

难道它们的肢体、毛发也是信息网络的一部分?有的蛇依靠对温度的敏感,探知外界。有的昆虫依靠触须、皮肤测得外界的变化。黔金丝猴怎么可能每个毛孔都是传感器,在大脑里能形成完整的图像?

这不仅神奇,还很魔幻。

当然,也有一种可能,那只有老杨才可能做到。猴王是能接受驯养员的指挥的。

看我又准备拍摄,大家都说算了,算了,别惹出事来。李老师更是百般劝阻。

我注意到老杨只是看热闹,一言不发,眼睛里却闪着狡黠的光。

怎么可能放弃这样的机会?

但我多了个心眼,不等老杨说什么,就指挥、强化了监视猴王的措施,甚至详细地分配了各人的任务。

我找了个借口,要李老师特别注意老杨的一举一动,尤其是要防止他给猴王发信号。刚才分任务时,我就有意把他和李老师分在一起。

我定了定神,又对四周检查了一遍,看看是不是还有什么疏漏,直到感到严密、妥当,才向大家发出了坚守岗位的信号,向自己选好的位置走去。

常说,在一个桩上被绊倒两次的人,是蠢人。我不想当十足的蠢人。

这次,离猴王最少有20米。

这一家五口的生活很平静,好像什么事都没发生过,而刚才两次攻击我的猴王,只是幻影。

现在是两个妻子,一左一右地为它捋毛,不同的是猴王将两个孩子拢到了身边。很好,猴王仍然是背对着我,只是稍侧了一点。

小罗尽职尽责地站在猴王能看到的地方,做着种种动作吸引猴王的注意力。

猴王没咋的,只是偶尔瞭一下他,继续享受着生活的快乐。小猴们乐了,刚想往小罗处去,就被猴王抓回来了。

我将摄像机的镜头伸进了栅栏,眼对着取景器,但突然离开,收回了摄像机。

猴王毫无反应。

大约3分钟后,我又做了摄像动作,一分钟后同样放弃。

是的,我要演戏,装模作样地摄像,百倍警惕猴王的攻击,眼睛并未贴上取景器……

我觉得这是个充满人类智慧的好主意,既保护了自己,又能发现猴王行动的奥秘。

"干吗哩,还不赶快拍?!"李老师在那边喊着。

我又做了两个假动作。

一只小猴突然拽着猴王的长尾,另一只小猴却爬到猴王的头上。猴王只陶醉在爱妻的抚爱中,不恼不躁。

太精彩了,我忍不住拍摄的冲动。

最多50秒吧,镜头有了异样……

没有谁发出一声警告。

只见一个飞起的彩色身影,闪起一道虹霞射来,双手前伸,如剑如戟,直扑我的面门……

彩色的面孔……

刚看到狰狞恐怖的獠牙,我便感到头上有了剧痛……

心里却狂喜如潮,激得我跳起大叫:"野,野性!美极了,真美呀!"

猴王却吓跑了,不是四脚落地,高扬着长尾,而是极灵活地在空中做了个转体,随即双脚在栅栏上一蹬,已侧身斜向飞去,落到正注视着一切的小猴身边,再反身看着我。

狂喜,极度的兴奋,一浪高似一浪:"猴王,我为你骄傲!"

大伙全都拥来了。

他们不会以为我是被吓疯了吧?

管不了他们复杂的表情!

野生动物的美,只有在激烈的争斗中,才能淋漓尽致地展现,这生命最华丽的光彩。但常人很难看到。即使是我这样在山野中跋涉了几十年,有缘能欣赏到的,也只有可数的几次。

我仍在兴奋中:"祝贺你呀,老杨!在人工饲养条件下,猴王还能保持这样的野性,霸气十足,就是给你们最高的奖赏!"

他走上来一把紧紧地抱住我,拍着我的背、无语,但眼角挂着泪花……是因为想起了野外1000多个日日夜夜的艰辛,还是窥视到黔金丝猴生活奥秘而生的喜悦?……

"神极了!猴王突然回头,同时跃起,飞了起来,总有七八米,只落地一点,就到了刘老师身边。"小罗总算回过神来。

"我只看到一个影子飞去,刘老师就跳起来了。"老张很实在。

李老师忙着检查:"左边耳根淌血了。腰弯下来,我看看。"

"没事。"

我抹了一下左耳根,一手的血,又摸了摸头,手掌上粘了好几根头发。

"喂,你这家伙!挠个血口子就算了,可我头上已经'植被'稀疏了,何必还要抓去一绺?这不是雪上加霜吗?"

李老师按下我的头:"真的,头上开窗了,还好,头皮还没被扯去。不是有栏杆吗?"

"说得对,这家伙双手就是那样准确地从空当中伸来,在高速向前飞行时头又还能不撞到栏杆上,对所有动作的掌握、拿捏,都控制得十分精确、恰当。太难得了!"

"人工繁育的目的,还是要把它们放回野外,放回到自己的家园。失去了野性,也就失去了在野外生存的本领。这是人工繁育最难的课题。"老杨说。

我抓住了他的手,握着:"你们解决了,可喜可贺!"

"只能说是开始,后面的事还很多。但增添了我们保护这个种群的信心。"

耳根的血还未止住,李老师急得四处找红汞、碘酒。

我说,没事。只是可惜了一绺头发,那是受之于父母的原生态的黑发。

都说要消毒。猴子的指甲是它们的武器,又长又尖,但脏,伤口发炎可就麻烦了。

李老师去找饲养员。他说只有兽用的。

我说,拿来吧。

李老师刚将药水抹到伤口上,我便感到如火烧般灼热,疼得我连连跳起。

猴王一脸的无辜,只是享受着家庭生活的悠闲、快乐。

是的,我决心到老杨的野外营地去。

去找慕容。

去听她讲故事。

去看她的考察笔记。

直到此时,我才似乎有些明白它为何专门袭击我:

摄像机镜头像是枪管、枪口——几千年来人类就是这样夺去了它们的生命!

镜头的镜片闪光……

2009 年 9 月 12 日

天域大美

人类总是在自然中寻找心灵的风景,以构建自己的精神家园。

都说我是探险家,其实我只是一名朝圣者、布道者,我五体投地去拜访高山、大海、森林、戈壁……无比神圣、纯净、伟大的殿堂,沐浴神圣,荡涤我在尘世中沾染的尘埃,使精神家园辉煌、灿烂,使呼唤生态道德、布撒人与自然和谐大美的呐喊更加响亮!

阿尔金山自然保护区不在阿尔金山

2008年,我在写作《走进帕米尔高原——穿越柴达木盆地》时,最后一章取名《刻骨的遗憾》,用"遗憾也是期待、向往"激励自己。

那个刻骨铭心的遗憾是什么呢?

人们总是向往着天域的大美,可是在这人类足迹几乎已遍布的世界上,大美在哪里?

羌塘、可可西里、罗布泊、阿尔金山是我国四大无人区。绝境中总是蕴藏着大美!

我早已向往探索壮美、神秘的阿尔金山国家级自然保护区——

它在昆仑山的中、东部,位于青海、西藏、新疆三省相接处,被35座海拔5000米左右的高山环绕。几十座高耸入云的雪山,蓝天中逶迤的388条冰川,犹如光芒四射的银色神环,形成了面积达45000平方千米的天域。

它是世界上最高的盆地,有世界上海拔最高的沙漠、雪山、冰川、湿地、荒漠、高寒草原、湖泊……这些反差极大的生境聚集在一起,造就了丰富多彩的生态。它高寒、干旱,几乎是人类的禁区,却是高原野生动物王国,生活着几万只狂野的生命:野牦牛、藏野驴、藏羚羊……总之,它汇集了青藏高原所有的壮美、神秘。

可是,我竟然两过其门而未能进入。

我犯了最大的错误是望文生义,原来阿尔金山自然保护区并不在阿尔金山。

2004年,我和君早从南线走向帕米尔高原,计划穿越柴达木盆地,到达花土沟油田后,即去新疆的阿尔金山自然保护区。因为油田附近的茫崖就有315国道,而315国道正是从青海翻过阿尔金山到新疆若羌县的大道。阿尔金山自然保护区即在若羌境内。

8月10日晚,我正在和朋友们商量第二天的行程时,突然接到新疆朋友的电话,说是他已到达新疆若羌县,要我明天赶过去与他会合。虽然明天的探险地十分诱人,但阿尔金山自然保护区毕竟是我早已向往之地,具有更大的诱惑力。

11日,我们翻过陡峭的阿尔金山。在若羌县与朋友会合后,他就急忙拉着我们去看古楼兰国遗址,说是时间紧,到那里再吃午饭吧。常年在外跋涉,总是客随主便。晚上我问他:"明天从哪里去阿尔金山自然保护区?"

"你们今天不是翻过阿尔金山来的吗?"他说。

"没看到保护区大门呀!"

"它就从依吞布拉克镇进去呀!"

"什么?什么?"

"依吞布拉克就在青海的茫崖石棉矿。青海有三个地方叫茫崖:一是当年考察队的营地;二是茫崖行政区所在地,即花土沟油田;还有一个茫崖,就是石棉矿。三个地方叫同一个地名,是那一地区发展过程中的遗留。"

我傻眼了!

"明天还要返回?"

"不可能!只有一部车,谁敢进那个神秘的地方?"他又说,"那是无人区!这地方绝没办法能再找到一部越野车。就是有两部车,没有向导,谁敢进?"

我急得七窍冒烟:"早说,我把送我的车留下来呀!"又一想,不对呀,"难道阿尔金山自然保护区不在阿尔金山?"

"我也说不清。反正这次是去不成了。"

"若羌这边就没有路了?"

"听说有,但是这条路更难走。现在又是多雨季节,连装备比较好的考察队也不敢走。"

我再怎么懊恼,再怎么自责也没用了,真是把肠子都悔青了。

后来,我才知道阿尔金山自然保护区不在阿尔金山的缘由。阿尔金山是"金子"的意思。考察证明,它确实蕴藏着金子、铁矿、玉石、稀有金属。它在东昆仑的北部,是一条向东北方向伸入塔里木盆地的小山脉,与甘肃、青海的祁连山相连。当年筹建自然保护区时,应以它所在的地理位置称为"东昆仑自然保护区",可筹备者认为应该给当时全国最大的独特的保护区取个更响亮的名字。阿尔金山在315国道上,又是当年考察时的必经之路,知名度高,于是就"借来一用"了!

教训是深刻的。遗憾可以永存,但也能激起更强烈的期待、向往。

2005年,我和李老师在从北线走向帕米尔高原时,早就做了种种策划,准备再进阿尔金山保护区。我们从敦煌初探罗布泊后,在朋友的帮助下,翻过当金山口,到冷湖镇,又回到花土沟油田,接着是按计划操作。可是到最后,当我说明天去阿尔金山保护区时,陪同的小张科长却沉默不语。被我问急了,他才说要考虑考虑。1个多小时后我去问他,他说:"刘老师,那是个神秘的无人区,太危险了,可我有老婆,也有孩子……"

他说得很动情。我即使有天大的理由,也无权要求他和我一道去冒险。

如此一来,我更想念阿尔金山,甚至常常在梦中出现我想象中的她。

朝圣之路

2012年8月,我终于得了一位真诚的朋友相助,他联系了青海的相关部门,对方表示热烈欢迎。但我吸取教训,未敢说要去阿尔金山,只是说时隔8年后,想再去看看柴达木盆地和可可西里的生态变化,因为《走进帕米尔高原——穿越柴达木盆地》于2009年,获中宣部精神文明建设"五个一工程"奖——理由充分。

8月初,我和李老师带着孙子天初到了青海。天初今年12岁,钢筋水泥早已切断了在城市里出生的孩子与大自然相连的血脉,致使他们在智商、情商的成长中都碰到了问题。我想让他去体验西部的风采,那里是培养生态道德的最好课堂,能接通他与大自然相连的血脉。我的那位朋友主管着林业部门,一切都很顺利。先是去青海湖,再穿越柴达木盆地到海西蒙古族藏族自治州州府德令哈市。

陪同的是从事野生动物保护的小李。路上我渐渐地、不露痕迹地将要去阿尔金山的计划说了出来。当听到他说他也想去那里看看时,我真是心花怒放,于是说最好能在茫崖那边再找部越野车。他觉得很有道理,立即办了此事,说是明天就往那边去。

傍晚,我们在褡裢湖边漫步。天初正分辨着湖中的云、蓝天中的云谁真谁幻,浮游的,究竟是在天上还是水中?我被他沉浸在审美中的神情吸引,快步走去……小李的手机响了,他忙着接电话。不一会儿他撵来了:

"抱歉,刘老师,领导要我后天赶回去,有急事。我明天只能把你送到格尔木,不能陪你去茫崖了。"

我像一下掉到了冰窟里,难道又要重蹈覆辙?

小李是个很厚道的青年,他一定是看到了我异常失落的神情,忙说:

"不要紧,我会向格尔木林业局交代清楚。你千万别急!"

我表面上装出一副随遇而安的样子,但内心思绪翻涌。我是如此向往那片天域,上苍竟忍心不加眷顾?

不,我不是个旅行者,更不是个探险家,我是名朝圣者、布道者,相信真诚是能感动上苍的!

"刘老师,时隔8年了,这一路,你看有变化吗?"

我对小李的善解人意报以微笑:"变化大,生态良好多了!看样子这几年雨水多了。昨天看青海湖,水都漫了大片的草地,注入青海湖的布哈河已汹涌澎湃。保护区里的牧民大多迁出了,鸟岛边的几道沙梁也被草覆盖……对了,那天看的沙山——对,就是湖边飞来的小沙漠——奇景!靛青的湖水边,突然屹立了金色的沙山,沙山上边居然长出了稀疏的绿草。天初都看得赖着不肯走,一定要看看沙上绿草的根是扎在哪里的……"

"看,我抓到了什么?"

天初居然抓到了一只毛蟹。

"和我们那里的蟹一样?"

"是的。褡裢湖是淡水湖,10多年前就从我们那里引种毛蟹了!"我说。

他对它审视了一番,就走到湖边,把它放到绿茵茵的水中:

"回家吧!别大白天的就往岸上爬,当心被人抓去!"

那副神态猛然使我想起他的爸爸君早,也是十岁左右,在普陀山东海边和飞蟹的那段故事。

去格尔木有了高速公路,省却了不少的颠簸。怀头他拉草原青绿,一扫当年的苍凉。过了察尔汗盐湖的万丈盐桥,路两旁的红柳、酸枣、芨芨草长得茂盛,周遭多了几重色彩。不知不觉已到了格尔木。

我们正在旅馆中休息时,小李说林业局的王局长来了。王局长是位魁梧、开朗的中年人。于是我们三人谈起了后面的行程。小李首先说了我的想法,希望王局长尽力安排。

原以为王局长要说一些困难,谁知他满口应承,似是随意地说,明天先去可可西里吧,回来再去茫崖、阿尔金山。但是阿尔金山自然保护区不属林业系统,属新疆环保部门管理,听说进山规定很严格。

小李急忙说,这事只有找可可西里保护区帮助了。羌塘、三江源、可可西里、阿尔金山——中国最大的四个自然保护区来往密切。

我绝没有想到他是如此爽快地应承了下来,但他的目光不断在我和李老师、天初脸上审视,还是在我心里勾起一丝忧虑。那神情隐含的是什么?我说不清。直到我们从可可西里回来,才将谜底揭开。

没半个小时,可可西里自然保护区管理局的肖局长来了。

老肖黝黑的脸膛上泛着红光,精悍,一看就是经过高原、大漠风霜锤炼的。是的,我们没说几句话,竟然就像老朋友似的,大约是常年在大自然中跋涉锻炼出的特有的心灵感应吧!

他请我们吃晚饭。在饭桌上他就将我们的事安排好了,说是阿尔金山保护区已同意我们进入,要我们到达依吞布拉克后找谁……并说明天他陪同我们去可可西里。

那晚,我和李老师很兴奋,一直谈到深夜。

我们从可可西里回到格尔木那天的晚上,王局长见面就说:

"考试通过了。刘老师、李老师,我服了。你们都是七十多岁的人,难得还能这样为保护大自然奔波,更难得的是能经受海拔4500多米的可可西里的考验。肖局长说你们跑上跑下地拍照片、考察生态。很多年轻人都吃不消。说实话,之前我真有些担心,担心你们承受不了高原反应,毕竟年纪不饶

145

人!你们有这样的体魄,肯定是大自然的奖赏!我已安排好了,你们明天就可出发去阿尔金山了!"

我乐得用拳在老肖的肩上敲了一下:

"难怪你接电话时总躲着我们,要不就讲青海方言,故意让我们听不懂。你这家伙,又当考官又当卧底的!"

"冤枉了。这是关心嘛!你们这样的年纪还上可可西里,我能不担心?要不我愿意放下手头的事陪你们去?"老肖一副委屈的模样。

李老师说:"谢谢!非常感谢!帮助我们圆了几十年梦想的朋友,我们永远难忘啊!这是大自然赐予我们的缘分!"

我们已是第三次穿越柴达木盆地了,但西北线因为路途艰难一直没走。当我小心翼翼地提出穿越乌图美仁草原到茫崖时,谁知王局长竟欣然同意。他看我很惊讶的神色,忙说:"你以为还是 8 年前的路况——雨季泥泞,车常陷在沼泽地中?"

第二天一上路,竟是平坦的柏油路,虽然天色阴沉着,但我心里亮堂多了。路旁枸杞园里,碧绿的叶条上结满了红红的果实。向导小戎说,戈壁滩上还有一种野生的黑枸杞,保健价值更高。

难怪都说乌图美仁草原很美。绿油油的草原上,星星点点的银色水沼、金色的小沙丘,红柳、刺枣、梭梭点缀其间,在毛毛细雨中,有了另一种情调……

"野雉!"

随着小戎的喊声,车也停了下来。在两三百米开外的草地上,在悠闲地吃草的牛群中,正有一群鸟夹在其中觅食——一幅优美的高原草地牧歌图。

从鸟的体型大小看,像是家鹅,也没有野雉的彩色羽毛,倒是脖颈上有着褐色的斑纹……看了半天也没能判断出它是谁。

小戎说,这里的野雉很多,红尾雉、贝母鸡、白马鸡……都把这里作为天堂,肯定是它们。

我仍然说不像。

天初突然捡起一个土块抛了过去,那鸟并不在意。

天初又抛了两个土块。我看到有只鸟抬起头,停住,头向这边转来。显然是头鸟已发现了情况。我正想说别惊动它们时,天初手中的土块已经飞出,还大声"啊!啊!"地喊起来。

鸟们飞起来了……

"斑头雁!"

我认出了,却没有想到从草丛中飞起来的斑头雁竟有两百来只!斑头雁每年都来青藏高原的湖泊中繁殖,是青海湖鸟岛上的"四大明星"之一。现正带领着刚出生不久的雏鸟学习觅食、飞翔,再有个把月,就要飞行千万里到南方越冬地了。

到达茫崖花土沟油田时,已近下午1点。小戎赶快找到了这边的老潘,相谈之后,才知小李原定的一部越野车出差去了。我请小戎去租车。不久,小戎回来了,说:"一说到阿尔金山,司机们都不愿去。在戈壁、高海拔的山里,几百千米的路上不见人影,没有经验的谁敢去?就是他愿去,我还不敢请他哩!刘老师,您别急,车到山前必有路,说什么我也会把你带进阿尔金山!"

我们只能在焦急中等待。难道又要像前两次那样半途而废?好在小戎牛高马大,有副西部汉子的剽悍劲。

直到晚上9点多,小戎才来说,找到一部皮卡车,司机小伙子去过阿尔金山。我高兴得一把抱住了他。

那年我们在广西考察时,乘坐的就是皮卡车。它结实,禁得住摔打和磕磕碰碰。别说皮卡车了,多年来在野外考察,我什么车没坐过?用李老师的话说,"耳朵冒烟的车(拖拉机)、肚子冒烟的车(卡车)、屁股冒烟的车(越野车),不冒烟只冒汗的11号车(步行)……都坐过"!

真是柳暗花明,我心里别提有多高兴了。但凭着几十年的野外经验,我还是详详细细地问了很多情况……

小戎说:"刘老师,是不是在乌图美仁草原我没一眼认出斑头雁,引得你不放心?那是我耍了点小聪明!我也得对我带的人有所了解吧?阿尔金山是无人区啊!我担着责任哩!"

这家伙,他也在考察我?行,跟着这样的小伙子心里踏实!

清晨,整装待发。瘦精精、个子不高的小张开着皮卡车来了。我说出发吧,小戎却问小张:"你的朋友呢?"

"马上就来。"

我看着小戎,刚想开口,他却说:"我请他再找一个认得路的。这人前不久还去过阿尔金山。有两个向导,总多一份保障。我坐他们的车。我已和魏师傅说好了,你们的车紧跟着我们就行了!"

他比我想象的要精明,跟着责任心强的向导,总是多了一份安全。

我想查清2004年经过此地却与阿尔金山失之交臂的原因,上了315国道后就特别留意。这段路改道了,离开了原来竖满油井的盐湖。原想让天初见识一下湖底蕴藏着的丰富的石膏矿,如此也只好作罢。

车行20多千米就到了茫崖石棉矿。它是我国石棉蕴藏最丰富、最大的矿山,露天开采,人为地制造了一个"天坑",粉尘污染严重。刚过矿区的老宿舍区,车就在一座楼前停了下来。我正要问已下车的小戎,他说:"已到依吞布拉克保护站了,要办进保护区的通行证。"

这话说得我愣怔在那里。这不还在茫崖镇吗?2004年我们来时好像没见到这座楼,但楼前墙上的牌子是清清楚楚的。难道是改道的原因?不对呀!我们在新疆、青海分界碑前还特意留影纪念,难道这是保护区的一块"飞地"……转而一想,还是把这里深深印在脑子里吧,别再犯想当然的错误了。

因为他们知道我们来的目的,很快就办好了通行证。他们又一再交代路线、注意事项……

从保护站出来,就见小张的朋友拿了几顶带有面罩的帽子。天初一看,立即欢天喜地地戴上一顶,乐滋滋地问:"我们还要去采野蜜蜂酿的蜜?真是太酷了!"

"想得美!那个'蜜蜂'叮你一下,你不跳不叫才怪!"小张说。

"还能是马蜂?"天初把眼瞪得溜圆。

"海南岛人说'三个蚊子一碟菜'。无人区的蚊子黑压压的,成把抓。虻蝇比马蜂还厉害,叮你一口还做个小动作,没一会儿,小蛆就在你肉里拱……"

还是小张的朋友厚道,怕吓着孩子,忙说:

"这里夏天短,它们要完成生命延续的任务,只能采用特殊的生存方式。这里的蚊子毒性大,能叮得人休克!可惜只借到了两顶。"

听得天初大张着嘴。

小戎说:"就给天初和李老师吧!男人皮厚。"

李老师赶紧对天初说了一些防范知识。有一年,我们在新疆巴音布鲁克——天鹅的故乡——就吃过蚊子的苦头。这个小插曲提醒我在走沼泽地时千万别赶在黄昏,千万别在那里停留。今天天还阴沉着,更要注意!

出了保护站,车却向回拐去,过了石棉矿,然后直奔茫茫的大戈壁,这里寸草不生,只有沙子、砾石。不久,连路也没有了,只有被车轮轧出的浅痕、深沟。

小张将皮卡车开得像在海浪上行船,只是卷起的不是雪白的浪花,而是飞扬的尘土,呛得我们够受。魏师傅总是想超到前面去。我问他去过阿尔金山没有,他说没有。我说那就将距离拉开一些,反正有飞扬的尘土做目标。

正说着却下起了雨,我的心又提起来了。大戈壁上一阵大雨就能闹洪水,连路影子也找不到。老天可别把我们撂到茫茫的戈壁滩上。

幸而雨只下了一小会儿。但一到阿达滩,一看那样宽阔的河面,我还是心里一惊。老天爷,你可千万别再下雨了!我担心回程有大麻烦。其实,雨天是干旱的戈壁滩的"泼水节"。

到阿达滩检查站了。检查站的人检查了我们的通行证,一再告诫我们应注意的事项后,大声、庄重地宣布:"从现在开始,你们就进入阿尔金山自然保护区了!"

大家都忙着拍照片,我却进到院内看看,显然是夫妇俩带着孩子在这荒无人迹的地方守卫着人间的大美。出门后,我向他们敬了个礼,把最崇高的敬意、最衷心的祝福献上。

李老师只顾向处处皆新鲜的天初说这说那,介绍戈壁滩……

没一会儿,天初指着10点钟方向问:"我们要从前面那座山翻过去吧?"

车还在戈壁滩上,前进的方向有一列褐色的大山,可他偏偏指的是东边的那座山。我有些奇怪:

"你从哪里看出来的?"

"你看那边天上的云。"

是的,那边上空的云镶着边,泛着粉红色的光晕。我问:"那又说明什么?"

"你不是说阿尔金山自然保护区是大山环绕,中间有沙漠,还有三大湖泊吗?湖面上空当然是水汽比较多,水汽多,才可能有那样彩色的云。"

难得这小东西观察得仔细,推理也合乎逻辑。对现在刚小学毕业还没踏进初中的孩子,真得刮目相看了,喜悦充满心里。但我还是说:"有道理。但是不是,还要等一会儿才能证明?"

大漠对话大海

戈壁有了另一种色彩，大块的土黄、黝黑，还有火烧般泛着的赤红，像是版画家的起稿。

不多久，天初若有所思："奶奶，你们常讲大戈壁、戈壁滩，是一回事？为什么叫戈壁？戈壁是什么意思？"

"'戈壁'是蒙古语，应该是音译，是一种地貌的名字，意思是指西部地区难以生长草木的地方。"

"这也叫戈壁滩？"

李老师回答："是呀！戈壁只是难以生长草木，不是说根本不长草木。你看，这一望无际的大戈壁，黄乎乎的，在石头、沙上，不是散生着一丛丛像球一样的植物、一簇簇的蒿草？有的还开着白花，有的好像还结了果子。"

"怎么有的还像球一样？"

"那是骆驼刺，骆驼喜欢吃的草。大风能将它们连根拔起，风吹得它在戈壁上滚来滚去，还真像球哩——风也踢球。长得高的，像我们那边茅草的是芨芨草。开白花的是白刺，据说它的果子还是一味中药哩……它们都是耐盐碱、耐干旱的植物。其实，戈壁的沙石有着多种色彩，不一定都是黄褐色的。那年我和你爷爷从敦煌去罗布泊的路上，就看到黑色的戈壁，地是黑的，碎小的石子油光闪亮，就像是天上落下的陨石雨，连沙子也是黑色的，显得格外深沉、浩瀚。"

"你是说戈壁滩有属于自己的生物，有另一种美？原来我以为大戈壁只有石头、沙子、荒凉……"

正说着话，魏师傅却将车头一拐，冲了过去，停下了车，他对天初说："小伙子，也来实际考察考察吧！"

车停在一片如瀚海般的戈壁，一眼望去见不到一棵绿色植物，只有大小不等的砾石、沙子,地也是硬邦邦的,还泛出一大块一大块的盐碱白斑,像牛皮癣一样。

天初真的仔仔细细地在石壁上搜索,不久,发现一块石头上竟蒙了一层灰绿色,用手又抠又搓,竟然出现了绿浆。

"这也是植物?"

"当然。它还有个很好听的名字,抱歉,我忘了。你看,为了适应干旱,它长得像垫子一样,喏……"李老师又顺手从地下捡了一块,"这上面有没有一个个小白点子?"

"是花,它开出的花!小得只有针尖大,不细看还发现不了哩!"天初因为发现而欢欣鼓舞。

"对呀!高寒、干旱的戈壁,夏天是很短暂的,它要完成开花、结果的重任,就要加快速度,不能像我们家乡的植物那样从从容容地萌芽、孕蕾、开花、结果。"李老师说。

"不是说水是生命的源泉吗?这里哪儿来的水?"天初又有了新的问题。

"当然。它不仅能得到水的滋润,而且每天都能得到大自然赐予的甘露。想想看吧!"李老师乐得孙子能提出更多的问题。学问,就是要学要问嘛!

"下雨?可这是干旱地区,你们不是说每年的蒸发量是降雨量的一两百倍吗?就是有雨,也不可能天天下雨呀!"天初说。

"再想想看,这里不是有民间谚语,'早穿皮袄午穿纱,围着火炉吃西瓜'吗?"

他一会儿看看我,一会儿又看看魏师博,见谁都不说话,就沉思着……

"对了,对了!肯定是因为昼夜温差大,夜里能产生露水!可那露水也太少了,能维持生命?"

"很好!生命对环境的适应能力特别强,特别伟大。你看看它,很难分出哪是叶子哪是茎了吧?它们都能吸取水分。当然,它们还有防止水分蒸发的一系列特异功能!"

"真伟大!生命对环境的适应能力这样强!"

魏师傅一直兴致盎然地听着祖孙两人的对话。

天初沉浸在发现的快乐中。不一会儿,他又发现了两三个小小的黑甲虫,在沙石中匆匆忙忙爬行……

我担心小张他们等急了——他们看我们的车停下,也停了车——而且时间也较紧。我正想喊天初回来上车时,他却连连向我们招手。

原来他正审视着一块戳出地面的石头。

"风凌石!"李老师惊喜。

天初立即使劲,谁知却哎哟一声,像被火灼了,立即缩回手。那手上已被割开一个口子,流出了鲜血。可他把指头放嘴里一吮,又去拔。这次他小心多了,用纸包了几层才下手。

李老师立即要他贴创可贴,他却连说:"没事,没事!"几番努力才将它拔了出来。

是的,是块白玉般的石头,扁扁的,有明显的斜向的断痕,长方形——怪就怪在它周边高,中间凹,不,像是船形?前端是弧形,也不对,还像陡峭的山峰、幽谷……

"像碟子?"

"更像鞋子……也像半个壳子,你们看,中间还收了腰哩!"魏师傅也来了兴致,拿到手里反复端详,"是玉?"

天初伸手拿了回去:"有这样奇怪的玉?旁边有锋利的棱角,四周排着薄薄的片片,一片连着一片,像是经过精密的加工,锋利得像刀片。底下磨损得厉害,还留着一个个疙瘩。奶奶,你刚才叫它风凌石?"

"肯定是风凌石!是种奇石,只有在西部的大戈壁、沙漠边缘才有,是经过几亿年、几万年、几千年风吹雨淋、沙的打磨才形成的,是大自然用无比的智慧、顽强坚韧的努力才创造出来的。只是近些年才被收藏家青睐,作为奇石收藏……"李老师一向对奇石有兴趣,在帕米尔高原、高黎贡山、黄河源……都捡了石头收藏。

"是大自然写的历史?"

天初的话让我心头一震。

"说得很好。只有大自然才能雕镂出这样多姿多彩的艺术品。当然,它也有了大自然历史的遗存、信息。"

"它原来是什么石头?不能是玉?看样子像哩,晶莹剔透。"天初边观赏边将风凌石递给了奶奶。

李老师接过来,在手里掂了掂它的分量,又仔细看看,说:

"风凌石的原石有各式各样的,多是石灰岩、花岗岩,听说罕见的还有玛瑙和玉石,在罗布泊、吐鲁番都有,还有种叫红石榴的……"

"哈哈!真的是玉石?"天初高兴得要跳起来。

"肯定不是玉石!它轻,没有玉的沉厚。"李老师看到孙子有些失望,忙说,"不过,它的造型非常奇特,质地也不一般,肯定不是石灰岩、花岗岩,而是一种非常难得的奇异的……"

"那,究竟是什么?"

天初不满。魏师傅也想刨根问底——他常年在大漠行车,对大漠中的万物自有一种特殊的感情:

"是呀,小伙子问得在理,这究竟是块什么宝贝?"

李老师只好对天初说:"去问你爷爷。你看,他一直装作满脸玄机的样子,了然于胸,一声不吭,只是看我们一头雾水的样子……"说着就将风凌石递给了我,硬逼着我上阵。

我何尝不知她这是激将法?其实,我心中的惊喜比他们更强烈。我一直在审视着那块宝贝,越看越思绪翻涌——大自然竟是如此变幻万端,蕴藏着无穷的浪漫、豪情……但我还不敢肯定。等仔仔细细看了后,心情更是激动……

"说呀!怎么光看不说?"李老师催问。

"爷爷也没认出来!哈哈!"这小子也耍起小聪明了。

我笑眯眯地对李老师说:"你故意考我?"

她很不解、茫然:"此话怎么说?"

我诡秘,又理直气壮:"你认识,还捡到过,干吗故意装傻?"

她真的傻眼了……

于是,我拿着那宝贝,又是吹,又是擦,又从衣袋中掏出一根牙签,剔除了缝隙中的泥沙,尽量使它逐渐露出一些真容,还特意在倾斜的边缘左瞅右瞧……

我正欲再做提示,她却急切地说:"别说出来,别剥夺了我发现的快乐!快,我俩都把它的名字写在手心。"

天初蒙了。魏师傅意味深长地笑着,是因为两个老顽童的智力游戏散发出的魅力?

没一会儿,我们都各自写好了。魏师傅也来凑热闹,说:

"让小伙子做裁判!"

"行。但得打个赌。"

"赌什么?你说条件吧!"

"谁错了,都得满足我一个要求——在阿尔金山的探险过程中,同意不同意?"

"要是我俩都说对了呢?"

"那更要满足我一个要求。"

"这小子只赚不赔啊!"

"三、二、一,摊手!"天初大声喊起。

我们同时摊开了手。

寂静的大漠上空,同时响起了我和李老师的笑声,惊得不远处两只小鸟扑棱棱地冲天而去。

"你们俩合伙蒙人!"天初的小脸涨得通红。

这真是热锅里蹦出个冷豆子!

我俩更是乐得仰天长笑!

魏师傅忙问:"怎么了?他们写的是什么?"

"你自己看嘛!"

魏师傅真的凑过来看了,看完后却一声不吭,满脸的疑云,说出的话却是:"怎么骗你了?"

"奶奶写的是'珊瑚岛',爷爷写的是'珊瑚',可他俩都说对,这不蒙人?魏叔叔,你知道珊瑚是生活在哪里的吗?"

"当然在大海!你也要考我?"

"可这儿是戈壁滩,是大漠,离大海还有十万八千里哩!珊瑚怎么可能跑到这里来了?这不等于说要找骆驼刺,得到大海去寻吗?"

魏师傅一时语塞。李老师却笑得更欢:"傻小子,这块风凌石不同于一般风凌石,金贵处就正在这里!想想看,海拔4000多米的大漠,怎么会有珊瑚?好好想想……"

过了好一会儿,他才高兴地大喊:"难道这里曾经是大海?在几千万年、几万万年前是大海?"

李老师正想夸他,他却连连摆手:"别说,别说!你也别剥夺了我发现的快乐。是呀!我怎么忘了?青藏高原原来是大海哩!喜马拉雅山原来也是大海……对了,爷爷的书橱里还放着一块化石,是奶奶那年从珠穆朗玛峰自然保护区捡来的。我看过,外表像一块青石,像一本石头书。打开一看,里面是个完完整整的海洋生物——贝壳类的。我说得对吧?"他乐得手舞足蹈,

"原来,发现能给人带来这样大的快乐!"

大漠陡然明亮起来,几束阳光射出了云层,戈壁滩上现出了明暗相间的斑驳色彩,只一会儿,又风起云涌了。

"我见过的珊瑚都是像树枝,像鹿头上长的角……这也是珊瑚?"魏师傅有了疑问。

"这个我知道。我最先认识的珊瑚就是爷爷书橱里摆放的,像是一棵树,树干是赤红的,枝子是雪白的,上面好像开了一朵朵琼花,说是曾在南海舰队当海军的舅爷爷送的。去年,爷爷、奶奶从西沙群岛回来,捡了好多珊瑚标本,还拍了很多照片,我才知道珊瑚有雪白如玉的,有绿的,有红的,有黑的……五颜六色;形状有枝状的、块状的、杯状的、脑状的……奇形怪状。珊瑚有几百种哩,在海洋里,组成一个顶级的生态系统!是鱼、虾、螃蟹等动物的家园。不好意思,我这是听爷爷说的、从书上看的。你让我奶奶回去发些照片到你邮箱好了。对了,这样的珊瑚我好像也看到过……是照片,对吧?它叫什么名字,爷爷?"

我感到欣慰——在那样炽烈的阳光下,冒着40多摄氏度的高温,在海滩上捡海浪冲上来的珊瑚、贝壳、海螺……各种生物的标本。李老师大概和我有同感。

"你还有什么问题?不是说我们合伙蒙你吗?通通提出来!"李老师摸着孙子的头说。

"要说你们的答案也不完全一样,虽然两个都是名词,可珊瑚是动物名,珊瑚岛是地名,怎能一样?还不是蒙我们没去过西沙群岛?"

天初说完,就仰脸盯着我。我说:"从字面上看,有一定的道理,但这是我们俩的故事,谁都知道对方说的是什么,这叫心有灵犀一点通嘛!还是请你奶奶说吧!"

"去年6月,我们在西沙群岛的珊瑚岛考察,那是一个非常神奇的岛,是三亚珊瑚礁国家级自然保护区的核心地区。有一天,你爷爷和战士小魏、水手长东方明去考察珊瑚,却不让我下海,我只能待在退潮的礁盘上干着急。他们观察到了长棘海星吃掉大片珊瑚,凤尾螺却是珊瑚的保护神,它最喜欢吃长棘海星,还遇到了海蛇、大鱼……回来后一说,我懊悔得跟什么似的。后来,小魏送了一个宝贝安慰我。我一看,这宝贝是淡淡的象牙黄色,有三四十厘米长,20来厘米宽,中间还收了腰,像玉一样晶莹。它真的像只盘子,我不知那是什么,难道海里也产玉?

"小魏说:'海里当然也产玉,但它不是玉……不过,说是玉也不过分。'

"接着,他反问:'你知道四大有机宝石是什么吗?'

"我说:'琥珀我见过。珍珠也认识。砗磲我到西沙群岛的第一天就领教了。它不属于这三种,那一定是珊瑚了?'"

"奶奶用的是排除法。"天初得意地小声说。

"小魏说:'没错,它就是珊瑚。你奇怪它的形状吧?明天我领你去看活的。'后来,我看到了像个大石头疙瘩一样的团结珊瑚,还有一种圆形的,上面现有纹路的脑状珊瑚,长得像把扇子,还有像柳树样的柳珊瑚……"

"你赶快说这叫什么珊瑚吧。"

我将那宝贝转了一个方向,指着那一片片晶莹,问:

"你说说,这样的形态,像不像褶皱?你见过吗?"

天初看了半天,仍是不开口。我说:"还记那次雨后,我们到松林里拾蘑菇吗?"

"对呀!你这样一摆,还真有些像是松菇背面的褶皱哩!"

"对呀,它就叫'石芝珊瑚'!千万年风沙的打磨,才让它有了山峰的险峻、参差,成了另一件艺术品,你奶奶才没一眼认出来……"

突然,一阵雨噼里啪啦下起来。

"快回车里。淋湿了容易得感冒,在高山上得了感冒可不是好玩的。"

魏师傅一边喊一边脱下外衣披到天初的头上,拉着他就催着走。可他犟起来,硬是挣脱,走了几步,将手中的珊瑚放回了原处,还扒着沙,尽量恢复原样……

直到坐到车里,魏师傅才说:"小伙子,那样宝贵的珊瑚——风凌石,怎么不带回去收藏起来,给同学看看?"

"还是让它在那里吧!让后来的人去享受发现的快乐!想想看,海拔4000多米的阿尔金山原来竟是大海。那时这里一定是个繁荣的海洋世界!高山和大海是相连的,河流就像血管。雪山上的水要流到大海,阳光又将海水蒸腾变成云,风再把云刮到高山,下雨下雪,这不就是大自然的循环吗?"

听得魏师傅猛然扭过身子,伸手到后座在他肩上连连拍着:"嗨,你是真正的帅小伙子!"过了一会儿又很感慨,"现在的孩子……"

待到回过神来,他才发动车子。

我和李老师相视,会心地笑着。

"魏叔叔,你别为我遗憾。其实,我想起来了,奶奶刚刚不是说西沙群岛的魏叔叔送她一个石芝珊瑚吗?他们去年带回来装标本的纸箱,还有两箱没打开,那里面肯定有完整的带着大海气息的石芝珊瑚。"

"行,好小子!路上你想看什么就言语,我保证停车让你看个够!"

这雨来得快,去得也快。

"爷爷,我读过你写的《走进帕米尔高原——穿越柴达木盆地》,里面有《昆仑与黄山对话》一章。以后你要写刚才这段,就叫《大漠对话大海》好吗?满是浪漫,满是诗意,满是大自然的豪情!"

车厢里响起了热烈的掌声!

天域奇观

进山了,路在山谷中迂回盘旋、爬高,坐在车上的人,也就忽左忽右地摇摆,忽上忽下地折腾。不时有载重卡车迎面开来,装的是黑色的矿砂。我想那车可能就是从铁矿来的。关于那个山谷中的铁矿有着神奇的传说——

那里是雷电区,即使是晴空万里,只要有片云飘来,山谷中会瞬间爆发出奇形怪状的乱窜的闪电,炸雷滚滚,山岩冒火,碎石飞迸……引来了科学考察队。考察的结果,原来山石全是磁铁矿。

终于到达山口,天也突然亮堂了。一巨石屹立,上书"阿木巴勒阿希坎山口",海拔4485米……

"爷爷,看,快看,大湖!我猜得没错吧!"天初在发现的喜悦中,反而只是沉沉稳稳地站在山口,审视着山下阳光灿烂的新世界——

阳光普照,天空湛蓝,笼罩着偌大的蓝色大湖。

啊,这应该就是阿杷勒阿希坎湖了!保护区中最大的湖,面积有960多平方千米。这个著名的盐湖横卧在祁曼塔格山下,盆地的北面。湖水含盐量高达160克/升。没有飞翔的鸟,没有游鱼,显得宁静、悠远。湖边镶着绿茵茵的草地、银亮的水沼,远处雪山银峰环立,还有沙漠、河流……多种生境、多样的植被,构成了奇异的天域。

对,只有"天域"这个词才能配得上这片世界!

一只金色的大雕,正在蓝得滴水、白得耀眼的天空翱翔,它是极珍贵稀有的金雕?

湖边兀立着陡峭的怪石、嶙峋的山崖。

我知道,在目力达不到的西边,还有阿其克库勒湖,面积有520平方千米,湖水含盐量不高,只有85克/升。它比海拔只有3880米的阿杷勒阿希坎湖的海拔要高,达到了4256米,而鲸鱼湖和贝勒克勒湖的海拔竟达到了4708

米和4850米。上苍就是这样错落有致地把它们摆放在盆地中,它们如巨大的镜子,映着蓝天、银峰。

在自然界,海拔每上升100米,气温就下降0.6摄氏度,也就是说大湖有各自的生境,孕育着不同的动植物世界。就说阿其克库勒湖,湖中有两个鸟岛,栖息着水禽。棕头鸥、斑头雁、野鸭……使寂静的盆地洋溢着勃勃的生机。由于湖中的矿物质和生活于其中的卤虫,在不同的气象中,湖水幻化出奇异的色彩,是一片魔幻的世界。

在其东南部还有座童话湖,东西长37千米,南北宽7.6千米,面积260平方千米。其形状如一只硕大的巡游的鲸鱼,故得名鲸鱼湖。

说它是童话湖,奇妙之一是它位于巍巍雪山下、金色的沙漠边,海拔4750米,是世界上海拔最高的大湖。奇妙之二是,"鲸鱼头"和"鲸鱼尾",湖水一淡一咸,或者说头淡尾咸——在它的东段大约七分之一处,有一天然的砾石堤,将湖一分为二。但堤有缺口,东西湖水相连。然而东湖是淡水湖,因为有雪山融水流入;西湖因无融水补给,蒸发量大,就成了咸水湖。东湖水中浮游生物丰富,是棕头鸥、斑头雁、赤麻鸭熙来攘往的天堂,生动活泼的世界;而西湖水太咸,几乎毫无生命气息地沉寂。一堤相隔,似是阴阳两界,如童话中才有……

天初突然开口:"湖边那石头好奇啊,像不像一头骆驼?山也奇,像是有很多鸟窝!我们快下去看吧!"大家都同声赞扬天初的发现。

离开山口没多远,我们发现两旁的大山有了色彩、个性。谁用墨线在赭色的大山上勾勒出了多种图案?犹如一幅幅山水画,苍劲古朴,引人遐想联翩,像是预示着渐入佳境。

就在观赏自然大手笔绘出的一幅幅巨画中,就在齐声赞美声中,湖光耀眼。车刚停下,大家全都争先恐后地向湖边、向奇山、奇石奔去。

天初第一个爬上了骆驼石,立马猴到上面,还有意将身子做颠簸、悠晃状,真像那坐骑就是一头骆驼。他一会儿眺望蔚蓝的大湖,一会儿又回首仰望奇妙的大山……

"爷爷,看,这山上怎么像是谁用大勺子挖出了一个个窝凼?像不像鸟窝?……对了,跟那天在青海湖看到的鸬鹚岛上的鸬鹚窝像不像?"

是的,大山上布满了洞罅,如密布的鸟巢,但不深,圆润而光滑……

我还未来得及回答天初,李老师惊奇地说:"乍看像溶洞,喀斯特地貌。我们在广西寻找白头叶猴,在贵州寻找黑叶猴时都见过这种地貌,可又总感到它并不全像。"

我说:"你看这石头的颜色,是不是灰棕色的?"

"你说它是花岗岩?那就更奇怪了,一般说来,只有喀斯特地貌才能形成溶洞。花岗岩能形成这样——天初说的鸬鹚巢?像深凼一样?怎么可能?!"

我想,会不会是大湖的巨浪狂涛雕蚀的?但这里距湖面的高差总有三四十米,那也就是说历史上阿杞勒阿希坎湖要比现在高三四十米。可我仔仔细细在山崖上寻找,也未发现一丝水痕的遗迹……

"你怎么不说话呀?"李老师催问。

小戎他们想听故事,都仰着头看着我。天初更是迫不及待。

一阵微风从湖上吹来,风带来一种异味。我深深地吸了两口,是的,像是海风,心里一激灵:"你们闻闻,风的味儿是否有点咸,像海风那样?"

"这有什么稀奇的?阿杞勒阿希坎湖就是苦咸湖,风不咸,还能带来玫瑰花香?"小张说。

我想起在海边看到的岩石,记忆中似乎读过有关盐化的知识,于是啜嚅地说:"很可能是盐化的作用。"

我刚说完,同伴们就叽叽喳喳议论开了。风从湖中带来的盐分好理解,但盐有那么大的威力,竟然能把坚硬的花岗岩蚀出这样圆滑的洼坑?

听着这些议论,我突然想起柴达木盆地中庞大的雅丹地貌:

"你们谁见过南八仙那边的雅丹群？对了,昨天都见过花土沟油田,那红色的山上不都有雅丹地貌吗？大自然将它们雕琢成各式各样的形状——有的像老虎、狮子,有的像大鲸出海……"

"那是风的作用,几千年、几万年才形成的。"小戎说。

"对呀！这里的奇山怪石也可能就是经过几万年、几十万年的盐化、风化雕琢出来的！不是有句成语叫'水滴石穿'吗？"

大自然竟给人类创造了这样奇妙的美、这么多的惊喜！

突然,天初嘘了声:"听,左上方的山上。"

攀崖高手

是的,那里有碎石滚落声,引得我们全都抬头仰望。

又是零落的碎石滚落声,夹杂着石子的撞击声……

"是山体滑坡、崖崩的前兆？"是谁紧张地嘀咕了一句。这在西部山区是常有的地质灾害。

小张说:"赶快离开,到平地去！"

有人立马跑了起来。天初跑了两步,看我和李老师还站在那里仰望,也就收住脚步,往上面看去……

"羊,野羊,大角羊！"天初惊喜得压低了嗓音。

三四只青色的羊争先恐后,纷纷挺着犄角,举起前蹄,猛蹬后蹄,跃上了三四米高的陡崖,没有停歇,连连往上蹿跳……

"哥儿们,有这样的攀崖比赛？酷呆了！绝了！"

那黄褐色的崖很陡峭,总有六七十度,而且光滑得像面镜子。

"奥运会也没有这样的竞技项目！"

"野性的美只有在大自然中才能看到,在动物园里是绝对看不到的。"

真的,又有五六只野羊从乱石中走出跳起来,只见一条直线似的青色的背脊一耸,已蹿到陡崖上,再一级一级地往上腾越……犹如青色的电光,向高山迸射!

"这是哪家的武林绝招?飞檐走壁?"

是在逃窜,还是嬉戏?

是的,它们将生命的灵动、壮美,展现得淋漓尽致。

待到十几只羊全都到达崖顶,只见原来已立在那里的一只羊,领头横向跑起——没有准备动作,没有助跑,只见它风驰一般,率队斜向往右下方跑去。

野羊们专拣嶙峋、尖削、陡峭、峥嵘的山石落蹄,四五米的山涧一跃而过,犹如飞鸟一般,绷紧躯体飞掠或腾挪、飘逸、精准、灵敏地在乱石中驰骋……有只羊,最少有三次,险些就要跌落山涧粉身碎骨,可它只是稍扭身姿,前蹄就准确地落到了石尖上,只借那么小小的支点,已飞跃向前。

正在大家看得屏气息声、眼花缭乱、瞠目结舌时……

小戎凑到了我的身边:"难道有追兵?是雪豹?"

"那它们就危险了!"小张说。

李老师说:"等着看吧!"

是的,我也想过岩羊可能是被哪位猎手盯上了,才这样玩命地奔驰。但在这样陡峭的山崖上,狼并不占优势,上苍给了岩羊们生存的绝技——在悬崖峭壁上奔驰跳跃的本领,否则就不会叫它"岩羊"了。狼没有,它们在平缓的地方才能将狼群战术施展开来。

只有高原骄子雪豹才有这样的本领,而它在食物的选择上对岩羊又情有独钟,甚至常常在高山看守着一群岩羊,每周只猎取一两只,似是牧人。然而雪豹是夜行客,不可能大白天出来行猎……只有一种可能——岩羊的生存技巧原来就是这样练成的。

"哥儿们,来个慢动作,让我看得清楚点……"是谁童心大发?

似是心有灵犀,羊们真的骤然落在乱石耸立的小山谷中。

啊!那里闪着绿色的光芒,一丛丛绿草探出头来……

野羊们全都各自觅食,聚精会神地埋头大享口福。

我猜想,很可能是头羊发现了一片草地,呼唤、指挥、带领羊群觅食——在这样高寒、苦寒的山上,能长出绿草的地方并不多,岩羊们的生存是艰难的。而艰难的生存环境,总是锻炼出生命的顽强、生存技巧的高超!

这就是大自然的法则!

"是大角羊?哈哈,跳芭蕾舞。野羊芭蕾!是我发现的。真棒,太美了,举足就跳,身子绷成一条线,落到一个石尖上还嫌不过瘾,只点一下又跳起,像三级跳,跳得人眼花缭乱!在动物园哪能看到它们这样生动活泼!有十几只哩!奥运会也看不到这样的项目!在这样高的地方,我跑一小会儿就喘不过气,它们太了不起了!"天初大发感慨。

"岩羊最喜欢在陡峭的岩石上狂欢奔驰!不是你说的大角羊——盘羊。盘羊的角还要大,还要粗。不过它也是高山动物中的名角儿。"小戎说。

天初刚动步想往那边去,李老师手疾眼快,一把抓住了他:

"那样高的地方,你爬得上去?还没等你到那儿,它们早就跑了。"

"我潜伏前进不行?拍几张照片带给同学看。"

"刚才为什么不拍?乐得、惊得忘了吧?"看天初嘿嘿地笑着,李老师又说,"你看那旁边岩顶上,是只羊吧?它正在放哨,守卫羊群哩!要不,它们还不早就给雪豹、狼吃完了!我们就这样观赏它们不是更好吗?"

小张捡了块石头就想砸过去,大约是再想看看它们在乱石中飞奔的雄姿。天初却一把拉住了他的手:"让它们多吃点吧!"

岩羊们也有灵性,一会儿聚到一起,一会儿又向山顶觅食,没有惊慌,没有离去。只是哨羊一直眺望着我们。

我们还有行程,只得依依不舍地离开了岩羊,沿着阿杷勒阿希坎湖,向保护区的腹地进发。

野驴挑战

其实,我们正行走在库木库勒盆地中,这里的海拔只有三千八九百米,比之海拔6973米的木孜塔格峰和周边环绕的35座海拔5000米以上的山峰,相对高差在两三千米。这里盆地的感觉非常明显,不像在柴达木盆地中,几乎没有盆地的感觉。

如果说地球陆地上发生的年代最近的惊天动地的事,当然是200万年前隆起了面积250万平方千米的青藏高原——地球上最大的高原。而库木库勒盆地正是在这惊天动地的变迁中诞生的,是地质构造赋予了它雪山、冰川、沙漠、河流、湖泊……生境多样,生物多样,浓缩了青藏高原的壮美。

8月,正是高寒草地的盛大节日:金色的毛茛、碧绿的点地梅花、红的补血草花、紫色的紫苑花、玫瑰色的刺叶柄棘豆花、紫莹莹的花瓣上现出白斑的马兰花……一片灿烂,映得水沼流彩,连天上飘浮的云儿也有了多种色彩。

各种生物都在抓紧这短暂的夏日,展示生命的美丽,完成延续生命的重任。

"太美了!我从来没见过这样美的地方,画上、电视上也没见过。大自然太伟大了!"天初不断地赞叹着。

草地上,这里那里盛开着一丛丛金黄的花,毛茸茸的,团团锦簇,在繁花中出类拔萃,撩得魏师傅竟停下了车。我们欣赏着,它在这高寒地区竟然将生命渲染得如此繁华!虽然叫不出它的名字,这美却永远凝固在心头……

"爷爷,看我捡到一个什么!"天初如获至宝。

这是一块美石,比鸽子蛋大,如羊脂一般,妙在圆润的头上披了一件红色的披风……

"啊!昆仑玉,还是块籽玉!"李老师无限欣喜!

"真的？别忽悠我！"

魏师傅也拿到手里，忙说："真的，是昆仑玉，还是极品籽玉，一丝杂质也没有。回家钻个孔，戴在身上，保你品学兼优。玉象征着人品。小伙子，你和它有缘呀！"

"真的是玉？不是风凌石？"天初还在求证。

"你看它美不美呀？"我说。

"太美了！"

"玉就是美石，美石就是玉。它沉甸甸的，又这样圆润，和风凌石迥然不同！"

"你记得青藏高原曾是大海，怎么会忘了和田玉就出自昆仑山？和田在昆仑山的北坡。那天从格尔木去可可西里，路上不是看到玉矿了吗？它在昆仑山的南坡。2008年北京奥运会的奖牌，用的就是它产的玉。"李老师说。

"我要送给爸爸，他最喜欢玉！"

"怎么宝贝都让你捡到了？真有缘！"

"采玉人常说，玉有灵性，只有有缘分才能发现。你们别瞎忙乎了。"魏师傅说。

是的，小张和小戎他们都在东找西寻的。

李老师问："这里还是阿杷勒阿希坎湖？湖面这样小？"

我说："以路程计算，这里应是注入湖中的河流了。你看，对面是巍峨的雪山，其下应是库木库里沙漠，沙漠之下是草地、湖泊。看到湖边那幢房子了吗？是我们进入保护区后看到的唯一一栋房子。它应该就是保护区中心站依协克帕提。那湖就该是依协克帕提湖。看来我们很快就要进入野生动物王国了！"

前面的皮卡车果然向那边拐去。那幢建筑果然是依协克帕提中心站的。我们进去办手续时，中心站的小果热情地要我们喝水、休息，同时指引了前面的路程。

原想去湖边看看。鸟类学家马鸣教授曾对我说过,湖边栖息着高贵、美丽的黑颈鹤。他在那里建立了野外观察站,有研究生驻守。黑颈鹤是生活在高原的鹤类,也是动物学家认识得最晚的鹤。在我国只有云贵高原和青藏高原分布有黑颈鹤。但因为时间太紧,而且我们8年前在褡裢湖曾观察过它,只好作罢。

更何况对于路程和时间的把握,我早做了精细的盘算。

出了中心站的大院,才发现斜对面还有一幢大房子,忙向前去,原来是乡政府,四合院院墙高耸,内院宽阔。我赶紧招呼天初和李老师看看。据介绍,这个乡只有十户牧民,但面积有4.5万平方米!

出了中心站,草地上只有淡淡的路影子了。停了车,大家商量着前进的路线,小张和他的朋友介绍着情况。正说着话,忽然听到噼里啪啦声,只见小戎他们甩手就往脸上、脖子上打,一看手掌,鲜红的血迹。小张大叫:

"快回车上,蚊子起阵了!"

这才看到草地上空一团团黑麻麻的飞虫。

天初跑得快,拿了面罩就套到头上。大家都躲到车里了,只有他还站在外面,用手招着蚊子,是想试试新鲜的装备?

蚊子起阵了。是天又阴沉下来了,还是因为久未闻到血味?

待躲过蚊阵偷袭,我要大家注意靠湖的方向,更要前面的皮卡车掌握速度,一得到我的信号就将车停下。

"看右前方!"李老师小声提醒。

是的,有一长列影影绰绰的黑影,在恍恍惚惚的蜃气中,像是林带……不,高寒地区不可能有乔木,哪里有林带?

天初听我这样一说,忙问:"这是不是海市蜃楼啊?"激动得像是讲悄悄话,生怕惊得它们顷刻消失。

他的话立即在我心里激起波澜。我赶忙给前面的车发出信号,要他们停车。

在西部戈壁滩上行走,路途中常常出现水光、房舍、山丘幻影——充满奇幻的海市蜃楼。

阳光下,戈壁滩上地表蒸发的地气袅袅,古人用"蜃气"称呼是最智慧、最恰当不过的。

那一列在蜃气中的恍恍惚惚的影子在移动,从湖边向草地上飘移……

"野马?"天初问。

"野驴!"李老师说得很肯定。

我要魏师傅快速向前。

一道棕色、淡黄、雪白的彩色光带飘忽,一队色彩鲜明、靓丽的五光十色的野驴出现了。

好家伙,总有八九十只!队列整齐,服色华丽,犹如一列仪仗队,已快横到我们面前。

它们身材匀称,深棕色的背脊和白色的肚皮,颈项飘拂的鬃鬃,长脸上方一块雪白的银斑,简直是草地美人出行图!

皮卡车按捺不住,猛地向前冲去!

野驴呈一列纵队向雪山脚下飞奔,矫健的身姿犹如在绿地上飞驰,腾起一股烟尘。

"是飞马!快追!"天初大叫。

魏师傅哪里还能按捺住?还未等我说话就猛地冲了出去。我的头一下就撞到了车顶,只得赶紧抓住把手。车像一叶扁舟在大海上乘风波浪。戈壁滩颠得人像坐过山车。

野驴的队列一丝儿不乱,纪律严明。突然,一只野驴折转身子向回跑来,原来是它的孩子掉队了。领队的雄驴立即放慢了脚步。

皮卡车追了上去，一头冲进扬起的沙尘中。

野驴群又迈开四蹄，飞奔起来。看样子那只掉队的小野驴已被妈妈领走。只见扬起的沙尘又浓厚了。

两部车子狂奔。驾驶皮卡车的小张和魏师傅配合得相当默契，从两边包抄，大有不追上誓不罢休的气势。是野驴的可爱，激得他们童心大发？

我担心太过干扰它们，于是大声喊叫："停车！快停！"

魏师傅清醒得早，将车停下。我立即要小张也将车停下。

野驴们也停下了，回头看着来客，那顽皮的目光好像是说：哥儿们，怎么不玩了？再比比吧！

只见皮卡车又追了上去。驴王未动，只是盯着皮卡车，待到距离还有二三十米时，它才迈着小快步率领队伍。眼看快被追上了，它突然加速，飞驰而去。

皮卡车停下了。

驴王也停下了，仍然回头狡黠地盯着小张他们。

皮卡车又追了上去。

驴王故技重演。它大约也很难得遇到这样比赛的机会，找找乐子，享受着快乐。

小张他们回来了。那种欣赏到野驴之美、阿尔金山大美的兴奋、激动、欢乐像是一片五彩云，飘荡在草原上。

小戎问："刘老师，你怎么知道在这边能看到野驴？"

我笑而不答。

天初也猴急地问。

问急了，李老师才说："他一定是看到了中心站边的湖……"

小戎还是不解，这湖跟野驴有什么关系？

"它叫依协克帕提湖吧？'依协克帕提'在维吾尔语里是什么意思？"

小张的那位朋友说:"好像是'野驴踩陷下去的地方'。"

小戎一拍脑瓜:"对呀!能把平地踩成湖,还不是野驴成群的地方?就是现在,这里还生活着两三万头野驴哩!真是野生动物的王国!"

"这只是其一,还有……"李老师说。

小戎还是愣愣的。

"野驴为什么要到依协克帕提湖来?"李老师在运用启发式提问了。

小戎高兴地说:"嘿,看我浑的,它们来喝水。食草动物胃火大,晨昏都要来喝水。这个湖是淡水湖。难怪刘老师不时看表哩,总是催着我们,就是要赶在黄昏时到这里!真的,野外考察学问大哩!"

谜团的解开给大家带来了发现的快乐。

小张说:"这里的老乡不叫它'野驴',都叫它'野马'哩!"

"叫'镶边的野马'。那道雪白的边镶在棕黄色的身上太漂亮了。"

天初得意地向我看了一眼,意思是他说是野马也没错。

其实野驴并不是家驴的祖先,它是野马的近亲,都属于奇蹄目马科。这还是一位动物学家告诉我的。

我催促大家赶快上路。前面就应是库木库里沙漠了,绵绵的沙丘在傍晚忽隐忽现的阳光下,闪着金子般的光芒。

其实根本用不着我催,蚊子已闻到了人的气息,正黑压压地向我们飞来。

野牦牛的生存技巧

路旁不断出现三三两两的野驴。

远处还有几只雄性的藏羚羊,挺着长长的油黑闪亮的犄角,迈着悠闲的步伐。但我们要赶路,要赶到大沙漠去寻找野牦牛。

车子在狂奔,我们牢牢地抓住扶手,只有天初开心得大叫:"让颠簸来得更猛烈些吧!"

西天云层中骤然射出霞光、霞霓,将沙丘照得明暗分明,粒粒的金色沙子、细浪般的沙纹,如鳞如云,沙丘、沙浪、明镜般的沙子湖构成多姿多彩的雕塑。

前面就应是库木库里沙漠了。在库木库勒盆地中共有3000平方千米的沙漠,大致分成了五片,虽比不上塔克拉玛干大沙漠的浩瀚(33万平方千米),但形状千姿百态,雪山、沙丘与湖泊、泉水、草甸多种生境相依相偎,创造了至善至美的和谐之美。

它是世界上海拔最高的沙漠,海拔在4800米至5000米之间,比号称世界第一高沙漠的阿塔卡马沙漠(南美洲,海拔3000米)还要高出近2000米。

最奇异的是沙漠中有湖、有泉,上百个泉眼连成一条线——泉线。最大的沙子泉有三口,其中最大的一口泉眼直径为200米。试想一下,那喷涌的水柱、水花,是多么壮美!

水是生命的源泉,它在生命荒凉、沉寂的沙漠中,创造了一个个绿洲,张扬着生命的风帆!这不是天域又是哪里?

我虔诚地仰望着金字塔的沙漠、沙子湖、沙子泉,心中溢满了神圣之情!

这是世界上最宏伟、最多彩的沙雕艺术世界。

太阳已到达大山的背面,沙海又显出了另一种景色,霞光将它涂抹出奇幻的色彩,黄晕逐渐笼罩,明暗的大沙漠呈现了万千气象……

皮卡车停下了。小戎下车,指着10点钟方向。

我们也将车停下。满目都是沙雕作品,心灵在艺术的殿堂中徜徉……

小戎说:"那个正对着我们的、向南偏西的大沙梁,沙梁的阴影下……"

是的,有一块漆黑的方阵,黑得油亮、闪光……

"在移动……"天初、李老师也看到了。

这次最大的失误是本已准备好望远镜,临行时却未装进行李中。

我按着怦怦跳动的心,一再告诫自己沉稳一点,可还是……是的,它那高耸如山的前胛的颈项上,被风卷扬起的鬣毛都看得真切。

"像是黑方块,棱形的黑块块。啊!有角,黑黑的弯角!野牦牛!"孩子眼尖,天初比我们看得真切。

确是野牦牛,总有二三十头,它们正缓缓地向山上走去。

阿尔金山自然保护区是天然的高原野生动物王国,生活着藏羚羊、野驴、野牦牛——三大有蹄类动物明星,还有着几万只盘羊、岩羊、狼……

野牦牛身长可达3米多,肩高有一米七八,体重在1吨多,是阿尔金山动物界中的巨无霸。家畜牦牛的毛色有花的、黄的、黑的,体重也只有野牦牛的一半,但野牦牛似乎都是黑棕色的。

要维护如此庞大躯体的生命系统,野牦牛在长期的生存竞争中已进化出一套适应高寒地区的生理机能:它鼻孔粗大、气管短、胸部宽广、心肺发达,便于大量储存和输送氧气,以适应高原气压低、缺氧的环境。据科学测定,它的血液中红细胞、血红蛋白的含量等指标,比一般的家畜牛要高50%—100%。

它们生活在海拔3500至6000米的高山谷地。海拔4000多米的库木库里沙漠,成了它们最好的家园,因为它们白天可以到低海拔的地方吃草,到沙子泉中喝水,而夜晚则可隐蔽在沙丘的谷地中。

它们剽悍,凶猛异常。

牦牛群还在往上走,身影虽然模糊,但它们确是野牦牛,这已毫无疑问。

"野牦牛每天都是这样——早晚从沙漠中出来,到山下吃草、喝水?"天初问。

我说:"当然!"

"这不太麻烦了?"

"野生动物——所有的动物都一样——以食为天。但有个前提,这个前提是什么?想想看。"小戎肯定是看到了天初那副思索的神情,激发了兴趣,给他出了题目。

"安全第一。总不能为了吃到食物把命丢掉吧？我说得对吗？可它是这样雄壮,谁敢惹它？不想好了？"

"有意思。别忘了,这里还有雪豹、狼。"

"爷爷写的《追踪雪豹》我读过。雪豹是独行客,体重只有它的十分之一,一对一,雪豹根本不是它的对手……狼,狼能成群,机智又凶狠的狼群肯定是野牦牛的最大敌人!"

"那么你想明白野牦牛为什么要隐蔽到沙漠中了吧？"

"对呀,对呀!狼没有蹄子,在沙山上一踩就陷下去了。那天我在青海湖边爬沙山时,爬两步滑一下,总也使不上劲,怎么也走不快。失去了速度,也就失去了攻击力量!野牦牛真聪明!"天初兴高采烈。

大家都为他热烈地鼓掌。

"追吧!起码可以追到离它近一点的地方!"小张说。

我当然非常想看得更清楚点,虽然已是第六次来青藏高原,但是能近距离地看到野牦牛的地方只有阿尔金山。为进入阿尔金山做了那么多年的梦,但是我深知野牦牛的凶猛、野性的狂烈。好几位朋友都向我说过遭遇野牦牛的惊险,它敢于向考察队的越野车挑战,挥角砍车,低头抵住车身,像坦克车一样意欲掀翻对手……

再说,天初都知道沙漠的秉性,越野车若是陷在沙漠中……

"好好看吧!阿尔金山自然保护区有六七千头野牦牛哩!还是尽情欣赏高原动物王国的壮美!这里是观赏高原野兽类的最佳地点,很难再有别的地方可与之媲美了。把探险沙漠、沙子泉、鲸鱼湖留到明天吧!"

遗憾也是期待,期待将激起更加强烈的向往。

喜马拉雅雄麝

如果不是亲眼所见,我怎么也想象不到西藏有那样美丽的森林,怎么也难以相信在林立雪山、浩荡冰川下,屹立着巍巍的巨树群。

我在大自然中跋涉了几十年,在六十多岁时,对珠穆朗玛峰、雅鲁藏布江大峡谷……世界屋脊奇异风光的向往真是与日俱增、刻骨铭心。

西藏有美丽惊人的森林

2000年我们去考察三江源,第一次去西藏,在由青海澜沧江源的囊谦,翻越魔鬼峡,到达西藏的类乌齐县时,经历种种的困苦之后,迎面扑来的苍绿的森林,激得我们瞠目结舌、欣喜若狂。

绿色的世界,扫荡了印象中沉积的荒凉,西藏原来并不遥远,西藏是那样美丽。她是我国主要林区之一啊!我在印象的误区中待得太久,需要去实际认识……

森林毕竟是陆地上的重要生态系统。

2002年8月,我们第二次去西藏。像我们这样天南地北的跋涉者,已习惯了每次临行前的平和。但那天夜里我难以入睡,且又常常醒来。李老师总是叮嘱:"别太激动,路上不轻松。我也要快点入睡。"

从成都乘飞机至拉萨的那天,晴空万里。只有稀疏的云花,东一朵西一朵地在湛蓝的天空中飘着。

从舷窗外突然俯瞰到横断山脉的逶迤,我们犹如启蒙的孩子,对文字的一撇一捺所蕴含的神奇都惊喜异常——是的,我们穿行于横断山脉已有四五年之多,今天却是从高天看到她的奔腾、她的激情、她的沉思……

刚到拉萨的晚上,同行的老马已被高原反应反到躺在床上,晚饭也没吃。拉萨的海拔已是三千五六百米了。

第二天,我们就与同行的朋友们各奔东西,去寻找心中的向往。

我和李老师租了部车去林芝。林芝在藏语中意为"太阳的宝座",有"小江南"之称。那里有全国单位面积蓄积量最高的茂密的森林。

从拉萨出发,沿着山谷中的藏川公路前行。路旁的田间,人们正在收割青稞,油菜也近成熟。小片的湿地上开满了各色艳丽的小花,几只水鸟忽上忽下地飞旋……

车向高山攀爬,直到海拔5013米的米拉山口。这里是分水岭,有条小河向西注入拉萨河,过了山口是尼洋河东流,注入雅鲁藏布江。我们的车,也就一直追随着尼洋河。

到达在河谷中的林芝县八一镇时,已是傍晚。林业局的朋友老李热情地介绍了情况:

林芝有26多万公顷的森林,蓄积量有八九亿立方米,生活着熊猴、毛冠鹿、金钱豹、云豹、黑熊、孟加拉虎、角羚、蟒……不光是喧嚣的动物世界,也是多彩的植物世界。

当我说要去看他介绍的保存得最好的森林时,他说,现在正值雨季,通往墨脱、察隅的路都断了。看到我满脸的失望,他说:

"明天去古柏树群吧。这可是全国独一无二的生命群体,你在其他任何地方都看不到的最美的、最壮观的群落。看了后,你肯定有新的认识、新的感悟。"

虽然我感到有些失落,但在野外考察,"一切皆有可能"。

林芝是座河谷城市,比之藏东也是河谷城市的昌都,较为平坦。街道整洁,商店林立,一派欣欣向荣的景象。

"真是好地方!森林使这里空气中的含氧量比同海拔地区的高了许多。"

李老师由衷的赞扬,使我想起前两年在青藏高原的日日夜夜。虽然我俩对缺氧的反应不强烈,但一旦走快了,拍照片时蹲下、站起还是头重脚轻的,因而立了条规矩:拍照前先看站立处,一定不能在陡险处,防止头晕摔倒发生意外。

一夜睡得酣适,根本忘却了这儿是青藏高原。

巍巍巨柏

天刚大亮,老李就来了——这是昨晚向他提出的要求。选择这样早出发,我有着小算盘。车行不远,就到巨柏自然保护区了。

山上一片葱茏,早霞映得树冠闪光流彩,云丝从林海中袅袅升起。鸟的嘹亮歌声此起彼落,一浪高过一浪……

远处的雪山披上了一条艳红纱巾,格外雄伟、壮丽。

我和李老师站在山下,陶醉在这青藏高原的诗一般的早晨。老李在一旁注视着我们的神情,没有向前领路。

在倾听鸟们的演奏时,我已将森林扫描了一遍,发现了一些高耸于林海之上的塔形树冠。目测,它们应有四五十米高,我心头微微一震……

我指给李老师看:"那大概就是巨柏,看样子总有40多米高。"

"啊!也是望天树了!"

是的,在云南西双版纳,凌踞于树冠之上的是望天树。望天树是热带雨林的标志树种,最高者可长到七八十米高,我们在那里见到的也只有四五十米高。

"这个群落很庞大,是我们从来没见过的。注意那些塔形的树冠。"

"我得多拍点照片。"

热带雨林的特点是树种多,100平方米,可以有六七十种树木。但要找到100棵同一树种的,很难。

青藏高原和热带雨林的生存环境是迥异的!

巨柏的神奇,已深深地激动着我们。

老李刚想开口,我连忙笑着说:"昨晚已约定好了,你别剥夺我们发现的快乐!"

"对,对,对,一定忍住。你们不问,我不说。"

从林相看,这片森林是针阔混交林,我认得出的阔叶树主要是栎树类的。青冈栎就很显眼。柏树是常绿阔叶树。针叶树主要是松、云杉、冷杉之类。

既然有了目标,我也就无心循着石级小道曲折前行,而是由丛莽中直奔巨柏了。

迎面宏伟矗立的巨柏,迫得我连连向后退了几步——

树干用"粗壮"已不足以形容,简直像是一座塔矗立在面前。胸径最少有4米之多,一干通天,树干泛着玛瑙般的光彩。

我又退后几步,才看到它郁郁葱葱的树冠、塔形的顶端。

震撼力还在于这些巨柏成群,三四棵、五六棵连片的比比皆是,多庞大的群落!

松柏在中华文化中有着特殊的含义,历来被誉为任风霜雨雪、岁月蹉跎而能永葆生命常青之树,启迪着人们对生命智慧的认识。人们历来对其敬仰、珍爱。它已成为很多名胜——历史遗产中一道不可缺少的风景。

我在泰山岱庙中见过古柏,在四川西昌的邛海见到过标明为汉柏、唐柏的大树。可它们都是树干如铁,遒劲沧桑,没有如此粗大、伟岸……

不,这种震撼力还来自……

左前方隐约有杂乱的窸窣声,激得我连忙悄悄向那里接近。林下的植物虽不像热带雨林中那样繁盛,不像亚热带森林中的藤蔓植物那样攀攀扯扯,但灌木丛杂草还是让人磕磕绊绊的。

山鼠展开了凌厉的攻击

嗨!有只白色的动物在灌木丛中闪了一下,一点儿不错,似是一只野雉。是的,雪白的羽毛、高耸得如马尾般的蓝色的尾羽,闪着金属般的光芒……

对,是白马鸡,你看橘红色头上两边耸立的耳羽,多像马的耳朵。

白马鸡羽毛华丽,体格矫健,体重总有2000多克,是我国的特产动物。它的珍贵、稀有,我是早就知道的,但在西部走了这么多年,还是第一次见到这些银色的精灵。

有只黑褐色的动物,正在向它发动攻击。

它不是黄鼠狼或蜜狗,身材要比它们短得多。黑褐色的体毛,尖尖的嘴边抖动着长长的胡须,两颗门牙戳在尖嘴外,雪亮闪光,犹如利斧。是只老鼠模样的家伙,滴溜溜转着小眼珠盯着美味早餐。

白马鸡早已耸起颈羽,昂头紧身,挺着尖硬的长喙,警惕地盯着那家伙。

那只老鼠模样的家伙——若真的是老鼠,那也该是只大山鼠,我在黄山考察时曾亲眼见到白腹巨鼠偷袭白鹇的场面——闪电般地跃起,向白马鸡腹部袭来。

白马鸡根本没有挪动身子,只是将长脖子稍一扭动,举起尖喙就啄。

奇怪,白马鸡怎么是这副形态?像是半蹲着身子。叫它马鸡,当然是因为它牛高马大。

难道是腿部已经受伤?

这使它处于非常被动的地位。

那山鼠灵巧地一闪,躲开了。可就在躲闪之时,它已敏捷地扭转了身子,落到白马鸡的身后,连个顿都未打,又向猎物攻来。

白马鸡虽然是半蹲半伏的别扭相,倒像是已经料到这招,未敢挪窝,却早已转过身来,用尖喙等待着来敌。

它的腿,伤得很重?动也不能动?

山鼠见一计不成,又绕到猎物的身后,仍是要从后边展开攻击。

白马鸡又早已转过身来。

不对呀,若是腿伤严重,它无法如此灵活地转动呀!

那山鼠干脆在白马鸡的前面立起两只后腿,举起前两肢,张牙舞爪地向猎物扑去。白马鸡刚要迎击,它已缩回身子。

白马鸡刚收回武器,山鼠又发起攻击。

白马鸡刚有动作,山鼠又缩回了。

这家伙,简直像是个优秀的拳击手,一个劲地以各种动作挑衅、撩拨、引诱对手出击,同时用灵活的躲闪安全撤退。

这一招奏效了,白马鸡对来敌的种种攻击不再理睬了。

我想:坏了,那山鼠要痛下杀手了。

白马鸡刺出温柔一剑

山鼠又做了两次佯攻后,在陡然闪开的同时,却像箭一般从地上射出,直取猎物的下盘。

白马鸡似是慌了手脚,但尖喙已迅雷不及掩耳地向敌人头部凿下……

吓得山鼠一摇身子,翻转,就地打了几个滚,才悻悻脱身。

如此三番,看得我眼花缭乱——真的,难以相信的是半蹲半伏、腿部不便的白马鸡身下却像是装了一个轴,能任意做360度的转动。

是伪装,还是它的特殊战术?

那个山鼠也太笨了,眼看推磨战术屡屡失败,还不赶快改变策略!这个蠢东西,开头就该专攻下盘。壮年的白马鸡牛高马大,还在乎这一套?

狼就很聪明,总是寻找猎物的弱点,瞅准后,死死揪住不放,发动致命的一击。

白马鸡,你怎么这样粗心大意,一开始就受伤了?

如果不是受伤了,你为什么不用有力的腿、爪子?

我见过斗鸡,两只公鸡不仅用喙相啄,还用双腿和锐利的爪子。它们常常腾起,用双爪蹬踏对方,就像是跆拳道高手,再以尖喙相啄,跳来跃去,直打得尘土飞扬,天昏地暗。

难道因为它是母鸡,基因中就缺少雄鸡的阳刚、飞跃腾挪的本事?

我的家乡用"三斤半的老母鸡,出门就给逮着了"来形容人的蠢!

不对。那年在云南的怒江大峡谷的一个怒族寨子的后面,我就目睹了几只鸡围攻一条眼镜蛇的战斗。眼镜蛇是巨剧蛇。蛇想猎鸡,鸡也想食蛇。眼镜蛇占着明显的优势,两只公鸡都败下阵来。最后还是一只母鸡给了它致命的一击。

白马鸡因为身长,不利于长距离飞行,必要时只做短距离的飞行。它在丛林中完全是靠一双强健的腿,以疾行、奔走取得生存的权利。

你这样强有力的武器为何不用呀?真的是受了重伤?即使你用这副姿势迷惑敌人,现在也该拿出真家伙了!

我正想着,战场陡然起了变化:

那山鼠又绕到白马鸡的身后,但距离远了。是准备放弃猎物?

白马鸡呢?是被伤痛困扰,还是转晕了头?它根本没有转过身子……

机会来了,那山鼠骤然行动,闪电般跃起……

坏了,它要从空中展开致命的一击了。

就在它到达猎物上空时,只见白马鸡先是像害怕似的,缩了缩脖子。

不好,山鼠张开大嘴,尖牙闪光,往下俯冲……

正当我要冲出时,只见一道虹影射向山鼠白白的腹部。

那山鼠惨叫一声,扭头就跑,鲜血像雨点般落下。

哈哈!英雄的白马鸡、机智的白马鸡,你先是使敌人疲劳,再逼得敌人另行出招。你从它发起攻击的距离,已判定了它将要使用的招数。接着你又用假动作迷惑,直到对手将柔软的肚子全然暴露,你才以迅雷不及掩耳之势给以致命的一击……

我还没高兴够,更离奇的场面出现了:

只见白马鸡咯咯两声,微展翅膀……

哈哈!一群活蹦乱跳的小鸡走出来了!

难怪它面对强敌如何攻击就是不挪窝——它要保护孩子们。

想必是在发现敌人的瞬间,它已张开保护伞,将孩子们拢到身边!

我怎么就没有想到它那半蹲半伏的架势是为了保护小鸡们呢?

那山鼠不就是一直企图攻破保护伞吗?

护崽的母性动物,总是有着超常的智慧、超常的勇敢!

我高兴得忘情地跳起来了。

白马鸡向我看了一眼,没有惊慌失措,只是咯咯两声。

妙!在它身后拥着五六只小鸡哩!对呀,它每年五六月产卵,新生儿已经出壳了。瞧瞧,它每迈一步都是那样矜持,充满了自豪。

它有理由自豪——它只要在地上啄一口,孩子们立即蜂拥而上,手脚快的,已抢先啄走了小虫。它正领着孩子们觅食哩!

一位朋友向我说过,白马鸡与众不同的是,雏鸡时吃荤,长大后吃素。

我蹑手蹑脚地跟随着它们,没多长时间,就发现有只小白马鸡的身架显然要大一些——从不和弟兄们去抢妈妈寻到的食物,一个劲地用红红的爪子,在草根上扒,还翻开小石头——哈哈,它叼起了一条小虫,是蚯蚓,还是多脚虫?

那虫不断扭动着身躯,搅得它有些手足无措。正在这时,妈妈向它一摇头,它也就一甩,将长虫扔到地下,再用尖硬的长喙连连啄之,长虫不动了。它吃到了美味,欣喜地跑到妈妈的身边。妈妈张开翅膀在它身上拍了拍——是鼓励,还是嘉奖?

妈妈领着孩子们潜入了灌木丛……

"什么好事把我甩了?"

李老师神不知鬼不觉地来到我身后。

"我哪知道能碰到这样精彩的场面呢?"

于是我简单地说了刚才发生的鸡鼠大战,她拔脚就要去追。

"白马鸡肯定早已走了。"

"循着血迹能找到山鼠吧?"

"你还没给老鼠烦够?"

我家虽在市中心的5楼,但城市里的老鼠也与时俱进,能顺着墙角爬到楼上,穿堂入室,又能缘着电线,把家里搅得一塌糊涂。

最可恶的是它的牙长得快,因而经常要磨牙。在无法进入冰箱获取食物时,它竟然蹿到书架上撒气、磨牙。穷文人看重的就是书啊!于是我们想出很多办法和它作战,但胜利的时候并不多,它有足够的智慧、狡猾……我们受够了它的糟蹋。但它也有生存的权利呀!

李老师笑了:"那就赶快回去吧!"

"你忘了,不就是因为鸟类和一些兽类在早晨有一次活动高潮,我们才赶早来?巨柏没长腿,跑不了。看样子这个群落不小,再往山上走走……"

对于我们说来,这些林下的路还不算太难走,但裤脚还是全都被打湿了。每看到一棵巨柏,李老师就记了下来。胸径多在1米之上。

我却另有所求。不久,我现右前方的山坡上,依稀是塔形树冠,这是柏树明显的特征。走到那边一看,果然是柏树。

树不高,只有20多米,胸径在1米之内,树冠翠绿一片。

看我那样专注地打量它,李老师说:

"它最少是巨柏的三四十代的子孙。你看,那边还有更粗更大的。"

我的心中多了一些感悟,继续往上攀爬。

林间间杂着悬钩子、蔷薇、野桃、红桦……白的、红的、紫色的野花开得很灿烂。急匆匆爬行的昆虫,飞来飞去的蝴蝶……繁荣的生物们,正忙碌着一天的生活。

"你在找什么?"

"你找大树,我专找小树啊!"

她愣了一会儿之后,似是恍然大悟:

"对呀!是该找幼树……"

正说着,她的眼珠子不动了,愣怔、惊恐,像是发现了怪物。

她将手往下一压。

我还未回过神来,她就随手在我背上一按……俩人都匍匐到地下。

是谁遭到伏袭?

她指着2点钟的方向,对我耳语:"看那边……"

小灌木挤得密密麻麻,有几朵浅黄的花朵上映了一个个圆圆的斑点,挺出了长长的花蕊……很艳,很美。

"野百合,也有人叫它'豹子花',真是难得一见。"

"你扯哪儿去了?往豹子花右前方看。"

是呀,看再美的野花,也用不着如此紧张呀!可我瞅了半天,甚至将那里划成了几片,逐片搜索,还是什么异常也没发现……

"真笨!还是远视眼哩。从豹子花的根部往前找,有三四米吧,有棵小树。对,顺着茬子指的方向,斑点、褐黄的身上。看到了吧?好几个斑点哩!"

我心里一凛,迅速测了一下风向。还好,它在上风。

李老师眼尖,这么多年来的野外考察中,常常是她先发现情况。

真的,确有只野兽伏在那里,保护色将它与周围的植物混淆,又有杂物的遮掩,只是肚子的微微起伏,才暴露了它是个活物……看清了,树隙中露出的刚鬣的胡须有所提示……

是金钱豹? 不像。金钱豹的毛衣的黄色还要重一些,体型也应较大。

是云豹? 从体型看倒是很有些相似。可毛色有些不太对,头也不大……或许是树荫的作用?

我知道,这里生活着藏豺、黑熊、野猪、金钱豹、云豹。也就是说,虽然是在西藏高原,在森林中碰到这些猛兽是一点也不意外的。

那家伙微微地动了下身子,好像换了伏地的姿势。是为了使自己更舒服一些,还是另有所图?

从刚鬣的胡须判断,可能性最大的是猫科动物。

猞猁? 它没有竖起的又尖又长的耳朵……

在野外,除了跟随考察队,我们从不带采集标本的工具和自卫的武器,而且对这一区域的野生动物的情况从来没有经历过。最安全的办法,是趁它还未发现我们时,赶快撤离吧……

这样的好机会就轻易放掉? 在野外多年,对机遇可遇而不可求深有体会。

依据多年的经验,对大型猛兽,我并不太畏惧。一是现在太稀少了;二是它们动静大,可以早早避开,即使不期而遇,也可依靠树干和它们周旋。最可怕的是毒虫、蛇、蜂,让你防不胜防;再就是小动物,看来不起眼,但它们敢于大白天活动,总是有着特殊的武器、狩猎的本领,否则怎么生存? ……

嗖的一声响,那伏着的野兽已像箭射出。

左前方一只灰褐色的野兽侧身打了个滚,就势惊慌逃窜。

是只山猫。

灵巧地躲过一劫的是兔子。

山猫一击未中,腾地跃起,在空中扭转了身子,骤然拦住了兔子。

眼看无法逃脱,兔子立起身子,伸出掏土挖洞的利爪,直扑山猫面门。

山猫只得护住头脸。就在这一瞬间,兔子已冲破拦截,越过山猫,直向林间的空地跑去。

聪明,兔子的看家本领是奔跑,只要到达空地或林子稀疏的地方,基本上也就到安全区了。

然而山猫敏捷地掉头,再追,只两个腾跳又将兔子拦住……

糟了,兔子难逃厄运了。

可兔子向小树后面一躲,山猫差点摔个大跟头。

嗨,多聪明的家伙!兔子就利用前腿短、后腿长的优势,利用灌木的树干和山猫玩起了推磨式的捉迷藏。

真是狡兔!生死存亡的时刻,它必须使出浑身解数。山猫也绝不放弃这顿美味的早餐。

山猫急得上蹿下跳,树林里响起了枝叶扑打的哗哗声……

咔嚓一声,虽然闷闷的,并不很响亮,山猫还是迅即向那边瞅了一眼,连个愣子都未打,迅即逃离了战场。

兔子还愣在那里,不知它是否又在使诈……

我们正在惊奇时,就感到有只野兽奔来了。

兔子已一溜烟向空地奔去。

喜马拉雅雄麝的跳跃

狩猎者现身了!

是黑熊,放开四爪,一纵一纵地追着兔子,圆滚滚的屁股头子一颠一颠的,惊起另一处树叶哗啦啦的响声和蹄子快速敲地声。

黑熊扭头向响声追去,显然是发现了更肥美的猎物。眼下已是8月底,它正需要大量的食物贮存脂肪冬眠,度过万木萧疏的漫漫冬季。

啊！是只大型的食草动物……

岩羊？雌岩羊头上也无角,但岩羊生活在高山裸石区,特别喜欢陡峭的山崖。

斑羚？体毛的颜色不对。

毛冠鹿？体型倒是差不多,毛衣的颜色也有些像,但森林中的光彩效应常常将野兽的颜色幻化……

它跃出灌木丛中的瞬间,褐色的体毛闪着银色的光辉——

嘿！是麝！

"喜马拉雅麝！"我抑制着站起来的冲动。

"只有它才有这样闪光的银灰色漂亮毛衣。"

"真的？香獐？"李老师高兴得声音都变了调。当地老乡称麝为"香獐"。

还是只雄性的,两颗雪亮的獠牙,像是两把短剑。雄性麝的肚脐与肛门之间生长着香囊。

麝香是名贵的中药,具有活血化瘀的功效,是治疗心血管疾病的特效药。麝香常能使人起死回生,这给它带来了灭顶之灾,人们想尽办法狂捕滥杀,以致它成了濒危动物。

大别山也是麝的重要栖息地,生活着原麝和林麝。前年,我们在大别山腹地走了好几天,连麝的影子都没见到。

黑熊又蹿到上坡,迎头拦住了麝。

麝只能斜向冲出。它是丛林中弱小的动物,生性胆怯、机警,每天只在早晚出来觅食,其他时间都严密地隐蔽在藏身处。即使它武装了两根"短剑",真的碰到大型食肉动物也毫无抵抗的力量。今天怎么会碰上这个傻大黑粗的魔王？

从战场错综复杂的情况来看,山猫和兔子的恶战引来了黑熊,兔子的莽撞惊了正在吃早餐的麝。

雄麝若是就地躲起来,正追着兔子的黑熊未必能发现它。可它在惊慌之中稀里糊涂地暴露了自己。

在野生动物世界,凶猛的野兽如果对猎物一击不中,它就要在追击中迫使对方犯错误。猎物的错误,就是它的机会。这个错误可能是第一次犯的,却是最后一次。

现在,雄麝已被黑熊逼到绝境——

一个微凹的山坡,麝的身后是高高的石壁,没有了退路,最要命的是这个石壁微凹,左右的空地不大,还长满了杂树、杂草。

黑熊就堵在前面,丑陋的长嘴两边,泛着唾沫或是馋涎?

它并不急于痛下杀手,是要喘口气——在激烈的追击和反追击中,肥胖的一方总是要消耗更多的能量——还是像个钓鱼者,知道鱼已在钩上,却不急于提竿,只是享受着成功的喜悦?

感觉李老师正要立身,我猛然按住了她。

"不去救救麝?它可是国家一级保护动物。黑熊才是二级哩。多可爱的精灵!"

是的,我们只要现身,麝就有逃跑的机会。

"黑熊会拼命的。就凭我们俩?"

很现实,很功利,其实最正确。大自然,野生动物世界,自有自己的法则。正是这种神圣的法则,维持了野生动物世界的平衡、繁荣。人的狂妄干预,只会弄巧成拙。

黑熊没有玩猫捉老鼠的把戏,倒是一副非常悠闲的架势。

猎物近在咫尺,只要它愿意,向前两步,伸掌一击,麝的脑壳就要开花,不死也会被打得极度脑震荡。

若是麝从旁突围呢？黑熊只要挪挪身子,麝也会被撞翻在地。

雄麝瞪着惊恐的大眼,紧紧地盯着黑熊:是惊恐,还是麻木?

它那挺出的两把雪亮的"短剑",面对庞大的黑熊显得多么软弱、微不足道!

我感到李老师拉住我胳膊的手愈攥愈紧,额头沁着汗水。

我也为麝的命运担心,也紧张得想冲出去。

我还没看清楚是怎样动作的,黑熊的脚上像是装了冰刀,而山坡像是冰面——这个家伙竟然如此轻盈——毫无声息地向麝冲去……

就在黑熊正要挥掌之时,麝像位神勇的跑障碍的选手,"腾"的一声跳起——

好家伙!它从黑熊头顶越过,一直落到三四米开外。

黑熊先是一惊,连一点反应都没有,接着是懊恼地迅速转身,向雄麝追去……

瞬息之间,战场陡然起了变化。

真是一切皆有可能。我怎么忘了麝是动物中的跳高冠军呢?

有位养獐场的场长告诉我,建场时,为了节省材料,围墙高度只有一米五六,麝却越墙而逃了。后来他亲眼看到麝立定腾跳时竟然可达近 2 米,这才不得不将围墙加高。

生命创造了无限的神奇。生存的本领千变万化,每个生命都有着奇异的生存本领。

大自然还要上演多少的神奇?

李老师的手松开了,用一连串的"啊,啊,啊"来抒发着感叹、惊喜。

人们对熊有着各种误解,常将"笨熊""傻大黑粗"强加给它。其实它在猎食时,那智慧、那敏捷,是令人匪夷所思的。

喜马拉雅雄麝的绝技

　　黑熊从懊丧中清醒,瞪着血红的眼睛,迸射出熊熊的怒火,没一会儿就追上了雄麝。逃生者和猎杀者之间的距离越来越小。

　　黑熊不断缩短着距离,杀气腾腾。那架势,只要有可能,它会伸手将猎物抓住撕碎,绝不会给对手留下半点的机会!

　　李老师又紧紧攥着我的胳膊。麝这次大概又难逃厄运了。

　　雄麝只是看着前面,选择着拼命逃跑的路线,头也不敢回一下。

　　我看到黑熊在奔跑中,身子微微向后矬去……坏了,它要痛下杀手了……

　　是的,黑熊突然跃起——只要够着雄麝,往下一压,就也会叫对手粉身碎骨。它的体重可有两三百斤,再加上助跑的冲力……而麝呢,体重只是黑熊的四五分之一啊。

　　借用一句"说时迟,那时快",眼看黑熊就要抓住雄麝,雄麝却骤然跳起,跳得高高的……

　　傻瓜,瞎了眼! 前面是粗壮的树枝。

　　再优秀的跨栏冠军也跨不过去啊! 你怎么能犯这样的低级错误?

　　就算你有跨栏的天赋,又能毫发无损地穿过密密的枝叶,还要落下后不致跌断了腿,完完全全、安安稳稳地落下——时间差也会使你成为黑熊的掌下之鬼啊……

　　你已用特殊的才能逃过了一劫,现在却要落得这样的下场!

　　我惊得目瞪口呆。李老师屏气息声。

　　还未等我们看清楚,雄麝已跳到树上。冲力使它晃了几晃,但它最终没有摔下,而是神奇地站到了横枝上。

　　奇迹再一次出现了。

真的,千真万确。它实实在在地站在碗口粗的树枝上。尽管肚腹迅疾地鼓动,它还是向前挪了挪,调整了位置,使自己更为自在,居然还瞅着黑熊,那意思像是在说:上来吧!咱们再玩玩!

天哪,我猛然想起了多年前跟随胡锦矗教授考察途中,他说,在有蹄类动物中,只有麝具有上树的本领。

猪会飞?鸟会拉锯?鱼能骑车?

它有着硬蹄啊!

今天,在西藏高原上,在世界屋脊的美丽森林中,大自然教育了我。在奥妙无穷的大自然中,真的是一切皆有可能……

真是煮熟的鸭子飞了,黑熊气急败坏。但它不甘心,也没有做徒劳的跳跃——它肥硕的身子绝对跳不到那样高。

它来到雄麝站立的树下,毫不犹豫地站了起来,举起前腿,妄图把雄麝拉下来。

雄麝岿然不动,连正眼都不瞧它。

黑熊双脚一蹬,跳起来了,但还是够不着。

嘿!它想表演单杠哩!你以为你是全能冠军?

它只要能抓住横枝,我相信那横枝绝对会咔嚓一声断掉。就是不断,它只要用力一摇,雄麝也绝对会像桃子一样落下。

它又一收身子,再度跳起,眼看就要抓住横枝了,却又落下。

它再跳,再落下,再跳……可就差那么一点,最多也就只差一两厘米吧,总是可望而不可即。

就这一两厘米的距离,隔开了两种命运,引得黑熊不断跳起……

就在黑熊再度跳起时,雄麝腹下射出一股尿,击得黑熊满脸尿花四溅……

凭感觉,我手疾眼快,一把捂住李老师的嘴,硬是将那咯咯的笑声闷在她喉咙中……

真有你的,雄麝!

若是准确性再高一点,直射黑熊眼睛,那该多好!

黑熊气急败坏,又是摇头,又是抹脸,哇哇大叫。

它放下前肢跑了起来,没跑几步,转身再跑。就像一只小狗,总是为了咬到自己的尾巴打圈子。

雄麝似是在欣赏这憨拙的表演,并非很得意自己的导演,却无比轻松自在。

黑熊终于放弃了徒劳的跳动——它虽然能用后腿站立,但那毕竟是"做作"。别扭!

它放下前肢,看了看树上的猎物,瞅了瞅粗粗的树干——

是的,这时我也看清了,是棵青冈栎,胸径最少有八九十厘米,粗粗壮壮。

原以为黑熊要走了,它却走到树下,立起身子抱住了树干。它伸出锐利的爪子,抓住,开始上树了。

它绝不放弃啊!

好像是直到这时,我才想起熊会爬树,喜欢在树上搭起简陋的窝,凌风嬉戏。我曾在云南、川西见过它搭在树上的窝,起初还误以为是硕大的鸟巢。

这个季节的黑熊太肥胖了,黑熊爬树时显得无比笨拙,但它毕竟是在一步步向上挪着!

雄麝,你还不赶快跳下逃命?只是傻愣着干吗?它只要爬到树上,用脚随便颠颠那树枝,摔不死你,也会摔得你"满地找牙"。

雄麝并不惊慌,只是若无其事地瞅着黑熊。

黑熊也时不时用血红的眼瞥一下雄麝,意思很明白:看你还能往哪儿逃!

是被雄麝看毛了,还是发现了什么奥妙?黑熊改变了方向,尽量往雄麝视角的盲区转。

啊！雄麝有些不安了！

你还不赶快逃命，竟往树干这边走了两步，勾着长脖子瞅黑熊干吗？

可它就是不走，好像那横枝上有什么绊了它的腿。要么就是太高了，它不敢跳。

黑熊鼓足了劲头往上爬，眼看就要到达树干上生出横枝的树丫了。

雄麝还没有跳，只是向树梢走了几步——别看是硬蹄子，走得还挺稳当哩！看样子这绝不是它第一次上树。

这真是急心疯碰到了慢郎中。

但黑熊的前肢刚抓住树丫时，雄麝一蹬树枝，飞身而下，银灰色的光芒一闪，已落到地下。它放开四蹄，扯起一道银色的闪电……

只是眨眼的工夫，它已在七八十米外的高坡上。这家伙居然还站住，回头向黑熊望了一眼，充满了得意、挑衅！

黑熊是上到树丫上了，但树枝上已空空如也。它只看了看下方……

看不出黑熊是沮丧，还是愤怒，它坐到树丫处，还索性将后背舒舒服服地靠到树干上，一副绅士休闲的派头……

我感到身上凉凉的。李老师不禁打了个冷战。肯定是我们的内衣已经湿透。西藏高原上已秋意阑珊了。

此时不走，还等何时？

我拉起仍然沉浸在刚才的激动中的李老师，悄悄而又快速地向下走去。

神奇的生物圈

一般说来，黑熊不主动向人进攻。但饥饿、捕猎失败后的猛兽，是特别具有攻击性的。

走到我认为是安全区的地方，我才稍稍松了口气。野外考察的经验，使我们一旦发现野兽，总是先试风向，总是让自己处于下风处，避免它们嗅到人的气味。就说黑熊吧,它的视觉不好,俗称"熊瞎子",但它嗅觉灵敏。大自然总是十分公允的,给你这样的长处,那另外的地方就要稍稍欠缺一点。

"我们为它急得心都蹦到嗓子眼了,没想到雄麝却是这样聪明、机智!"

"你明白它的战术了?"

"就你聪明?你不是也急得浑身冒汗吗?要是黑熊在爬树时它就跳下来逃了,黑熊肯定也立即下树再追。

"黑熊也聪明,躲到树干这边,不让雄麝看到它的行动。它没想到,它总要露头吧,只要一露头,这就是绝好的机会。雄麝就是在等待这个机会。黑熊看不到它,它可以看到黑熊。它算准了,黑熊到了树丫,即使发现它逃走,也不可能像猫在树上那样头朝下一冲而落,那样的高度,黑熊也不敢往下跳……"

"黑熊可有摔墩的爱好啊!"

"摔墩?什么摔墩?"

"在东北林区,我听一位伐木工说过,熊常常玩从树墩上往下摔的把戏。说是为了减肥,越摔越结实哩!"

"从那样高的地方掉下来,就算它皮厚、肉多,不摔个断腿折胳膊才怪哩!还有它自身的重量哩!"

"黑熊是聪明反被聪明误啊!"

"喂喂,喂喂,你看——"

"嗨,真是棵小巨柏哩!"

说它小,也有七八米高了,柏叶油绿,枝上泛着暗红色,生气勃勃。

"找到了,找到了巨柏的小树了!就是为了找到它,让我们才看到了精彩的故事,好像是谁有意安排的……"

"大自然本身就是最富天才的导演,她导出的哪部戏剧不精彩?只不过繁华的都市使人麻木、漠视,看不到,感觉不到。"

"有道理。这各种不同年龄段的巨柏,上演的就是一部生命史诗。这部史诗是这个历经几千年,现在依然繁荣昌盛的巨柏群的生命之歌。"

"谁在作诗啊?可把我急坏了。真以为你们给老熊、豹子背去了哩!出了事,我负得了责任?"

是老李找来了。我们连连道歉。

听了我们简略的介绍,老李说:"难怪你昨晚就跟我约法三章哩。可你们也太胆大了。这几年保护工作卓有成效,野生动物多起来了,很容易出事。出了事我可负不了责任。"

从高处俯瞰巨柏群,视野开阔。在密密的林海中,巨柏显得尤为出类拔萃,使整个森林具有了另一种气质,我心里也多了层感受。

观察的结果,还是进山不久的那片巨柏最好,在不大的范围内,聚集了十几棵巨树,组成了一个群落,标志了那里有着一个特殊的生境。

首先是找到了那棵最为伟岸的柏树,它立身在山坡上,如一座宝塔巍巍然矗立在蓝天下,树冠如云、如盖,树荫的面积少说也有六七百平方米。

从侧面看,它在2米多高处分成了三大枝,但不岔开,倒像是比肩向上。

目测它的高度应在40米之上。

我问老李,老李说:"你终于开口问了。"

"你这家伙,这样小气,到现在还记得。"

他笑了:"有人测量过了,是50米。"

我和它拥抱,正感到1.82米身材的双臂太短时,一股柏香沁入心扉,顺着汩汩的血流,在周身流淌……神圣、敬畏之情油然而生……那芳香是大自然千万年来精气的酝酿、凝结,它带来了远古的气息……

李老师却将耳朵贴在树干上,是倾听生命的脉搏?

老李说:"它的胸径是5.08米,树龄当在2300年至2600年之间。为了保护,未敢用生命锥探测。"

那么它的胸围就是 15 米之多将近 16 米了,是需要八九头十个人才能环抱的！是真正的巨柏王！

如果说得形象些,巨柏是座塔。不妨假设现在有辆重型卡车要通过,那么只需给它开个三四米宽的门,它就可以宽宽敞敞长驱直入了！重型卡车车宽也就 3 米左右吧！

只有十多步之远,有一棵稍小的巨柏,树高是 43 米,胸径近 3 米。据老李说,树龄也应在 2000 年左右。

不多远处,立在稍平的坡上的巨柏,树高也在 40 米之上。老李说胸径有两米七八。

巨柏在不大的范围内,竟然有十几棵之多。

还有人计算过,这里平均每公顷木材蓄积量达到了六百七八十立方米,最高产量竟然达到了 1000 立方米。

多么惊人的数字！

在这个不大的范围内,巍然屹立着如此多的巨柏啊！

我走过热带雨林、亚热带森林、温带森林、北方的针叶林,却从未见过如此顶天立地、震撼人心的树木群落。

若以这个群落为单位,它的生产能量,绝对超过了热带雨林,但为什么很少为人所知呢？因为它生长在雪山林立、冰川浩荡的西藏高原,生长在人们印象中遥远、荒凉的认识误区中。

这是大自然的神奇造化,是大自然赠给人类的最瑰丽的珍宝！

我想起了 2 年前从藏东的类乌齐去昌都的途中,翻越海拔 4669 米的珠角拉山垭口时,下山公路迂回盘绕,画出弯弯的曲线,如一幅跌宕起伏的风景,直达山谷中的森林。在山谷的转弯处,柏树群非常引人注目。

朋友将车停下,说这是中法科学家共同发现的生于 1500 年前的唐朝柏,是至今依然鲜活的柏树群,不可不看。

不信吗？树干上全都编了号哩！

上到山上，确有几棵大柏树，胸径应有1米，树高当在二十八九米。

然而，一路之隔，山下的山坡上，编号为"35"的，胸径最多只有五六十厘米，树高仅10米出点头，树的枝干极尽了岁月的沧桑——应属侏儒！

老李说："柏树属裸子植物门，虽然人们经常将松、柏连在一起，但柏树是常绿乔木或灌木。你看，它叶子小，紧紧贴在枝上，种子很小，一个果中有好几粒。我国有柏树9属，44种和7个亚种，著名的有台湾扁柏、圆柏、刺柏、福建柏，是优良的用材，园林绿化树种。

"我没见过珠角拉山那边的唐柏，当然说不出它是哪种柏。

"这里的柏，俗称'巨柏'，其实是雅鲁藏布江柏木。林芝就在雅鲁藏布江的中游嘛。

"藏族同胞崇敬自然，热爱自然，对柏树尤为喜爱。它伟岸高耸，愈经岁月的风霜，愈是通体散发着沁人的芳香。这棵巨柏王已被尊为'神树'了。看到了吧，树上扎满了彩带哩！巨柏群是人们心目中的圣地。"

他的话，在我心头激起巨大的波澜——

所有的生命都是一个整体，构成了生物圈，相依相存。

我突然明白昨晚在听了老李对巨柏群的介绍之后，为何决定今天早起——源于内心的冲动与寻觅。

我看到了形成森林的各种树种、林下的灌木、草地，经历了山鼠与白马鸡、兔子与山猫、黑熊与雄麝之间竞争生存的权利……正是这一切组成了繁荣昌盛、欣欣向荣的生物圈。巨柏成了这个生物圈的标志。生物圈也保护了巨柏。当然，还有水、热和土壤……

我突然彻悟了在云南西双版纳时那位朋友的话："我绝不能说出那棵真正铁树王的所在地。"

——他说读过我写的《铁树王》，但他见到了一棵比我记叙的更高大、历史更悠久、现在依然生气勃勃地生长着的铁树王。他说,即使是对我这位终身为保护大自然奔走的人,也不能说明它的地点。因为担心我不经意中说出,被怀有各种目的人知道后,他们会穷思竭虑想出办法,将它移到哪个园哪个馆。那无疑是对它的残杀!它之所以能生于斯,几千年不衰,就是依赖于那个生物圈,失去了那个生物圈的护佑,也就失去了根本——"一方水土养一方人"啊!

阳光突然射进了森林,金色的阳光照到巨柏的树干上……

啊!树干上闪耀着琥珀色的光,光彩照人的闪耀,犹如电光石火撞击了我的心灵,开启智慧。

巨柏焕发出了青春的色彩,洋溢着青春的色彩。

原来刚进山时巨柏震撼我心灵的就是这青春色彩的洋溢!

也是2年前,我去朝拜神圣的梅里雪山,在去明永冰川的澜沧江边,也见到了几棵雄伟的、胸径有1米多的柏树,树干的色彩给我留下异常深刻的印象。

一般说来,千年之上的古树,总是残枝如戟,古朴遒劲。

饱经沧桑是美!

然而,巨柏虽然历经2000多年的岁月,经受风霜雨雪的洗礼,却没看到树上有一处断枝,反而陶冶得通体发光,闪耀着青春的色彩。

永葆青春也是美!

我更爱永葆青春的美!

2010年2月7日

蘑菇圆舞曲

虽然心急火燎，但我仍然不愿放弃朝拜天山主峰。我们多次和天山相伴，未能见到天山至高无上的尊容，见识她孕育的神秘的生物世界，岂不是说不过去，也太亏了？再说，那里也是雪豹的故乡，说不定还有好运等着我们哩！后来，我们是多么庆幸这个决定啊。

今年我和李老师从北线攀登帕米尔高原，由于在祁连山流连的时间长了，同时又接到去年在塔什库尔干结识的牧民朋友的信，说是已发现了我们想见的最为神秘的朋友，催促我们尽快赶到帕米尔高原。时间紧迫，原想在库车倾听古龟兹国留传的民歌——那是很多音乐人毕生的向往——可我们的车只是一闪而过。

托木尔峰国家级自然保护区坐落在阿克苏市辖区内。阿克苏在塔克拉玛干大沙漠的西北边缘，地处库尔勒、喀什之间，是古丝绸之路上一座很美的城市。

托木尔峰是天山山脉的最高峰，海拔7443.8米。托木尔峰自然保护区在吉尔吉斯斯坦、哈萨克斯坦和我国的交界处，区内海拔6000米以上的高峰有15座；东西长105千米，南北宽28千米。那是九霄中最为壮观的冰雪世界，冰川浩荡、雪峰林立。

保护区派来的向导是个矮胖子，腆起的大肚子就像个沙丘。我心里不禁想：他能爬山？

仙果蟠桃

车到温宿县郊外,空气中顿时弥漫起浓浓的醉人的果香,诱得司机开不动车了。

8月,正是南疆瓜果醇香的季节。

好大一片桃园!总有几十亩,树上挂满了金黄色的蟠桃,个头很大,色泽鲜艳。与一般的白桃、黄桃、水蜜桃的形状迥异,它是扁形的,犹如一个盘子,或许这就是称它为"蟠桃"的原因。可它为何要长成盘形?

生命形态的神奇变化,常常使人们想到很多生命的哲理。

"同志,到园子来尝尝吧!"

正在采桃的果园主人热情邀请。李老师早已到了桃园。我奇怪她总是看着桃子却不下手。"太美了,美得像是艺术品,像是假的。看,桃子是金色的,溢满了蜂蜜般的黄澄澄,果蒂的四周还泛着红的色彩。真不忍心摘下。"

果园的女主人豪爽地一伸手摘下,送给了她:"亲口尝了,才知道真正的味!拣熟的摘。"

果皮很薄,手一撕开,蜜黄的果肉上立即溢出蜜珠。

"真比蜜还甜,比蜜还要香!"

赞不绝口的美誉响彻了桃园。

蟠桃进入我的视野,始于少年时期读《西游记》,蟠桃神奇的长寿作用、孙大圣尝蟠桃的快乐、王母娘娘用蟠桃宴请众仙的豪华……总之,蟠桃留给我的是无限的神奇。

真的,吃了蟠桃,才揣摩出写《西游记》的吴承恩,为何能将蟠桃写得那样神奇——他肯定是吃过从西域来的真正的蟠桃。

其实,在古代神话中,蟠桃是仙桃,据说它3000年才开花,3000年才结果,寓意长寿,或者这就是送桃祝寿,或又称"寿桃"的原因。

可是,另一个疑问又冒出来了:无论是电视剧《西游记》还是京剧《大闹天宫》中的蟠桃,是我们常见的圆形的桃子,是导演失误,还是凡是桃子都可称作"蟠桃"?

它还怪在明明是植物,却用了虫字旁。其实,"蟠"是一种如蚯蚓的小虫。那么,可否理解为像蟠那样盘曲的桃子?

女主人不断送来桃子。我们大快朵颐,又忍不住说着孙大圣大闹王母娘娘的蟠桃会的趣事。桃园主人一边乐呵呵地采桃、装箱,一边像老朋友般与我们攀谈。

果园的主人是一对中年夫妇,来自四川的达州,在这里承包了20亩果园。春来冬去,夫妇俩跋涉于新疆和四川之间,几年的辛勤终于迎来了今年的丰收,乐得脸上开了花:"今年回家能盖新房子了,儿子的学费也不愁了。"

听得我们心里也溢满了幸福感。

向导说,这儿几年前还是荒凉的戈壁滩,那边的核桃林也是的。先是栽种杨树,筑起防风防沙的护林带,才能种果树……现在这儿已是万亩果园了。

我们在南疆走了2年,几乎每个县都有自己的富有特色的果园:若羌、且末的大红枣,于田、皮山的红石榴,伽师的蓝莓,莎车的巴旦木,库尔勒的香梨……更别说处处都有的甜瓜和葡萄了。

南疆昼夜温差大,为各种水果制造醇香糖分提供了得天独厚的条件,这就是梨、桃、枣、杏、石榴品质好的根本原因——这是自然优越的生物圈。离开了这个生物圈,它们虽然还叫着梨呀桃的,但是已经变味了。然而在戈壁上开荒种果树,却艰难得多!

付钱时可费了周折,主人说什么也不收。"哪有到果园吃桃子要给钱的规矩?我们这里是不卖桃子的,它早就被果品公司包销了。"

还是李老师有办法,将钱放到果园边他们住的棚子里了。

离开果园不久,车就向北驶入荒漠,绵延的天山横在蓝天之下。时而能远眺托木尔峰,她如一位披着银铠的天神,矗立在云霄中,凌踞于万山之上,被无数的雪山簇拥。

雪白、山红、水红

离开了主干道,径直向天山奔去。天空瓦蓝,雪山银光迸射,淡淡的红光弥漫,墨绿的云杉林下,青葱的草地、星星点点的湖泊……这里的一切都洋溢着西部高山的经典美色。

刚进山口,一条赤红的小溪迎面奔来,在阳光下是那样鲜红。胖向导一定是看到我惊喜的神色,得意地说:"更美的在前面!"

一列绵延起伏的红色山峦炫目,其上是林立的雪峰、蓝莹莹的天宇、飘忽的白云——银的、蓝的、白的,色块垒积成厚重的壮美无比的雕塑!看得我们静静地伫立在那里,抑制着沸腾的热血。

那年,我们在库车大峡谷,突然进入两旁全是红彤彤的山岩的路段,山岩如城如堡、如楼如阁、如虎如龙——魔幻至极!大自然就是这样创造着美!

是的,谁说山体不能是五彩的、红色的、银灰的、褐色的?山塬总是焕发出神秘的魅力。

"还能是火焰山?"

向导笑了:"那是盐矿,正在开采。"

"这里也有红盐?"李老师在青海的囊谦参观过红盐场。

向导说:"不是,是岩盐矿,都是白色的,像大石块。你们没看到红山外面有的地蒙了层盐霜?托木尔峰自然保护区内矿藏丰富。"

后来,我们终于看到了采出的矿盐,块状,如水晶一般闪亮、透光,这就是人们常称奇的"水晶盐"。

赤红的小溪早已留在身后。爬山了,路也盘旋起来,又有一条小河相迎,可水是灰白的,它应来自冰川,冰川的融水才带有石屑、石粉。

路虽崎岖,但一弯一重景色,倒也不觉颠簸难耐。

到目的地了,几幢房子立在山崖上。

下了车,我们就急忙做着登山的准备。向导说用不着这样紧张,走不了多远。

当时,我忽略了这话的含义。

登山的路,其实是沿着一条湍急的山溪向上,路很陡,多是巨石。向导一再告诫我们小心,说别看山溪不宽,但很深,水流又急,河中都是大石。去年一头小牛犊掉下去,立即给水冲到下面,喏,就是到那个弯子处才被大石挡住。牛被救上来后,遍体鳞伤——是被石头撞的。

脚还没有走热,前面却没路了,山溪隐到黑黑的陡峭巨崖之中。向导站住了。

"走呀!"我催促。

"往哪儿走?"

"托木尔峰呀!"

"托木尔峰?在这里看不到托木尔峰。远着、高着哩!谁也没有登上过托木尔峰。登山队也没登上过。她是处女峰。"

"山脚下也去不了?"

"保护区面积大,地形非常复杂。1977年和1978年,中国科学院综合科学考察队来考察,有整整一个团的兵力做后勤,也没能登上托木尔峰。她比珠穆朗玛峰还要神秘!"

"那我们到这里……"我语涩。

"这儿是托木尔峰自然保护区的一个管理站。看你们那样急切的心情,到不了托木尔峰,总算是到了它的保护区吧。其实,她只能远眺,无法接近。高贵的人都是这样。"

我的疏忽……只能很无奈。

但我想，既然已经到了保护区，当然要走走看看，说不定能窥到雪豹的蛛丝马迹，或许有意外的收获。再说，远处一片草场正在阳光下熠熠生辉。眼下 8 月，是高山花卉最为艳丽的时候。

向导很不情愿，总是说路太陡险了，猛兽如熊呀狼的这时都下到海拔低的地方，他要负责我们的安全。

他的话无疑是动员令，我们千里迢迢跑到这里，不就是要拜访在这里生活的山野朋友吗？

我寻到了一条小"路"，又跳又蹦又爬，翻过几块大崖就往上攀去。李老师从来是最忠实的伴侣，紧跟上来。看到向导还站在那里不动，我说：

"你回去吧。我们一会儿就回来！"

他却紧走了几步来追。

一只兔子飞蹿，像是在被谁追击。山腰掠过黑鹰巨大的翅膀，斜刺里冲来。眼看兔子正隐蔽到草丛中，它也只好一抬身子升高了……

根本没有路，看来连保护站的人也很少到这边。我们只能在乱石中走走停停。好在那片绿得耀眼的草地在召唤。

刚爬到一堵巨崖，刚看到草地就在下方，一阵咯咯咯的声音传来。

我反身抓紧李老师的手，把她拽了上来，又连忙示意向导停在原处。

雄壮的咯咯声又起，连连响着，像是在呼唤。

"是什么？"

"不会是大家伙。"

妙，四五只小家伙由草丛中跑出，往发出咯咯叫的声音的地方奔去。似是蒲公英的花丛中，伸出了一个头来，羽毛的边缘有黑色的纵纹……

"是鸟？"李老师问。

雪鸡所爱

等到看清了,我不禁小声惊呼:

"雪鸡!"

"雪鸡?属国家二级保护动物的雪鸡!"

"错不了。注意看!"

小鸡们已争先恐后奔到爸爸那边,抢着它嘴边一个圆圆的、白色的东西,很像个乒乓球。在玩耍?不对,它们连连啄食……奇怪,原以为是老鸡找到了美味小虫。

雪鸡很美,它比家鸡的体形要圆,背羽棕褐色,羽缘曲线上有花纹点缀,身上大块的白斑像雪莲花绽放。

它是我国特有的珍禽,由于民间传说它是治疗妇科病、小儿惊风等的特效药——据说,它翅翼腋窝里长着的五六根倒茬小毛,烤焦后冲服,治小儿惊风药到病除——被偷猎者无情猎杀,这些年来成了稀有的物种。

在西部走了10多年,我们还是第一次这样近距离地和它相遇。

"喂,出了什么事?"那声音大得像是炸雷,震得耳底响。

眨眼间,老鸡带着它的孩子们蹿入了灌木丛,只剩枝枝草草在晃动……

恨得我提起脚来就想把胖向导踹下去——

向导正猴急地往崖上爬,可他肚子太大了,总是把他腆下去……

"你以为你是帕瓦罗蒂,世界顶级的男高音?你把表演的舞台找错了吧?"

"喊了几声,你们都不拉我一把。"他还挺委屈的哩!

不错,我确实感到他在往崖上爬,可有闲工夫去管吗?

一听说是雪鸡,他也悔得连连拍打着脸颊:

"我也没见过这宝贝呀!可惜,可惜!"

扶着他跳下,我就快步走到雪鸡们刚才出现的地方,眼睛瞅着地面。

"想找它们的窝?妄想,小鸡们都出来了。"

蓝花葱上有它啄食的残痕,还有珠芽蓼、蒲公英都被啄食过。刨起的泥土中,有个块茎状的,嗨!是蕨麻!那年我们在青海玉树那边,朋友们用蕨麻熬粥,称它是地参,说是大补。蕨麻嚼起来绵绵的,淀粉中有股甘香的药味。

但草地上还有好几种植物我不认识。然而气未消,我还不想问向导。

"你们是在了解雪鸡的食性?"

他想主动,何不给他个机会?

"这是多枝黄耆,那是鹅观草……它吃的可都是好东西,中医都拿来当药用,要不,它能那样金贵?……"他像是恍然大悟,"你们想找虫草?"

"扯哪儿去了?"

李老师有了兴趣:"你说的是现在卖几万元一斤的冬虫夏草?"

"对呀!上山挖虫草的人,最喜欢先找雪鸡扒拉过的地方。它特爱吃虫草——这也使它的身价飞涨——有特殊功能找到虫草。所以嘛,它扒拉过、刨过的地方附近,肯定能找到虫草。"

这家伙肚子里也不全是花油(脂肪)。

草地在保护区内,没有羊群、牛群的侵扰,洋溢着天然的、纯朴的、野性的风采。

桃红的、金黄的马先蒿总是喜欢扎堆,形成厚厚的色块,将报春花的淡紫、点地梅的洁白、红景天的鲜红、虎耳草的柠檬黄烘托得格外灿烂、辉煌。

蜂嘤嘤地飞,蝴蝶翩翩起舞……飞来飞去的各色昆虫,将天地渲染得有声有色,散发着沁人的馨香。

"嗨!你看到什么好景象?"

李老师的一声招呼,将我从魔幻世界的陶醉中唤醒。我摇了摇头,双手在脸颊上用力搓动,才大步向雪鸡召唤它孩子的地方走去。

我拣起小鸡们啄食过的残渣,反反复复端详,我的惊奇不亚于哥伦布发现了新大陆:居然是蘑菇!

肯定是蘑菇!草丛中还有小半个白色的,难怪远远看去像是乒乓球。

"雪鸡最爱吃蘑菇呀!"

向导的话,使我突然嘲笑起自己。是的,很多蘑菇是人类孜孜以求的美味,那为什么它们不能成为这些山野朋友的美味?

我突然想起在卧龙"五一棚"考察大熊猫时的一件趣事。那天考察途中吃干粮时,一只小松鼠总是来要吃的,给了它半块饼干,它就匆忙跑走了,眨眼工夫又来了。我说这家伙太贪。胡锦矗教授说:"你冤枉它了。"

为了给它平反,胡教授终于找到了松鼠栖居的巢——一棵大铁杉树干上的洞,那里不仅有它刚运回的饼干,还有橡实、榛子、松子,竟然有着好几个已经晾干的蘑菇……简直是个粮仓啊!

"它是储粮过冬嘛!"

是的,起初人类不就是向动物朋友学习生存之道吗?说不定正是它们教会人类在大自然中哪些是可吃的哩!

"你看看,快看!"

李老师双手捧了一堆蘑菇送到了我的面前,白的、黄的、肉色的……

这一发现,带来了一串串的惊喜。真的,这里那里都有着蘑菇,就在几步远的地方,有个像蒲烛的蘑菇立在草丛中。

"很像羊肚菌呀,怎么有些黑呀?"

李老师也发现了。我们在湖北的石首、四川的青川,都采到过羊肚菌,那色泽和象牙相似,蜂窝般的造型简直是艺术品。特别是在青川的那次——追踪扭角羚的途中,向导用山里人发明的特殊的办法,将馒头烤得黄灿灿、酥脆喷香,加上烤好的羊肚菌,鲜美得眉毛都在跳舞。

在乌头、桔梗、针茅、紫鸢尾兰形成的草丛中,这里那里都长出了花褶伞、马勃菌、牛肝菌、鸡枞……还有种白色的像马勃菌,似乎就是雪鸡吃的,我叫不出名字,向导说:"鸟们最喜欢吃它,名字就叫'小鸟蘑菇'。"

我对蘑菇世界的兴趣,说得俗一点是因为"好吃",时髦的说法是"美食"。儿时,一个雨后的傍晚,我在塘边柳树上看到许多蘑菇,它的带有灰色的菌盖像撑起的小伞,于是我采回来了。妈妈用它炖豆腐,那种鲜美至今还留在唇齿边。

以后吃过种种做法的蘑菇,特别是云南、贵州有些地方的老乡,将它和辣椒一起炒,那真是糟蹋了纯洁的蘑菇。我至今依然认为蘑菇必须用豆腐炖才能充分激发其鲜美。

后来,我对蘑菇世界的兴趣是来自它的特殊本领。如果说大自然能化腐朽为神奇,首推就是蘑菇。

一位林业学家曾对我说过,在原始森林中,自然的规律是老树枯倒,新苗茁壮。如果没有谁来消化倒地的枯木和年年落下的树枝、树叶,森林岂不成了垃圾场?新树还能长出?靠谁来完成这新陈代谢呢?蘑菇!

蘑菇属真菌,它将木质素消化,再幻化出千姿百态的蘑菇——供人类和动物享用、应用。

正是这种化腐朽为神奇的魅力,使我产生浓厚的兴趣。1983年,在对皖南牯牛降自然保护区进行综合考察的队伍中,有位老马是研究蘑菇的,我跟他请教了很多关于蘑菇的知识。有一次,在大雨滂沱中,我孤身一人走了几小时,去探查蘑菇世界的神秘,才写出了《金色的网伞世界》。

阳光下,远处的山坡上四五个似是蘑菇的物体,惊得我如发现了天外来客……

天外来客蘑菇王

是玉石,还是蘑菇?珍奇的和田玉不就出产在它的对面——塔克拉玛干大沙漠南面的昆仑山吗?

"别只顾采蘑菇了。"我拉起李老师就向那边跑去。

"等等我。"向导叫着,沙丘样的肚子实在是登山时的障碍。

到了眼前,我们都惊呆了。

"乖乖,这样大,比斗笠都大!"

确实不是玉石,一点不错,是蘑菇。但它确如白玉般晶莹。

这个我认识:白马勃。

但我又不敢肯定。我在青海的孟达采到过,在石河子的沙漠中的沙窝子里采到过,可它们顶多只有这里的几十分之一大!

"马勃,马勃!"

向导大叫大嚷,不知哪儿来的力气,蹿上去就把那个最大的采了下来,双手抱起。嗨,你看他那架势——

抱起的白马勃,居然被他放到了沙丘般的肚皮上——他胳膊短,提不了,抱不起——谁说装满花油的大肚子净是累赘没用场?

想想看吧,矮胖子的肚子上搁了个大蘑菇!那蘑菇菌盖直顶着他的下巴,顶得他笑得开了花的胖脸都变了形,雪白的蘑菇、通红的脸、使劲瞪大的小小的眼……

嗨!别说,还真有几分像弥勒佛哩!

"它的直径最少有三四十厘米!快放下,沉吧?还要爬山哩!"李老师是厚道人。

可他就是乐呵呵、笑嘻嘻地抱着。

看势态,李老师也跃跃欲试要去采他几个。

"算了吧,留着它们在这里生儿育女吧!给后来人留着这道特殊的风景吧!"我说。

那天在巴州,小王向我说,在天鹅故乡巴音布鲁克,现在连蘑菇都贵到100多元一斤,天价!因为都听说那里蘑菇特鲜美,谁去了都去采,直到再也难以见到。能把蘑菇采绝了种,也算一大"奇景"吧。而那年我们在那边看天鹅时,顺手就拾了一小盆。

是的,我从来没见过这样大的蘑菇,应该可以称王了。记得在丽江老君山追踪滇金丝猴时,曾见过一棵有大号菜碟那么大的红菇。现在纪录被刷新了。

李老师问:"这样大的马勃还能吃?"

"大概不能吃了。嫩马勃的味道有点像鲍鱼菌。"

李老师对向导说:"累不累?还不快放下,又不能吃!"

胖向导说:"这你就不懂了,它是不能吃了,倒更金贵了。现在没法打开给你看,它里面装的全是孢子粉。这个粉是止血、消炎的特效药哩。拿瓶子装了,急时能救人哩!那年我亲眼见的,村里宰羊人一刀砍了手,血喷得老高的,就是拿这种粉子撒上,立马血就止了。"

蘑菇并非都是美味,它和其他物种一样丰富多样,对人类说来有利有弊。含有剧毒的蘑菇并不是少数。报上也经常有误食毒蘑菇致命的报道。在殖民时代,南美的殖民者贪求蘑菇的美味,但又害怕有毒,因而残酷地设置了试蘑菇的黑奴,由他们先试吃。其实,在历史的早期,吃蘑菇也具有"拼死吃河豚"的意味。

有的蘑菇虽然不能食用,但药用价值很高。

至今,在世界上一些偏远地区的部落中,聚会时,头领还要用一种蘑菇专门招待部族中人——食后会产生幻觉,似飘飘欲仙,大哭或大笑不止……

看着这片神奇的草地,越看越觉得其中似乎隐藏着某种玄机。这种奇怪的感觉涌上心头,怎么也挥之不去。

我快步向高处攀登,估计已到了中央地带时,选择了高处,俯瞰……

那玄机正在招手。

充满玄机的蘑菇圈

我向李老师招手:"看那片,紫苑花开得特别艳的……"

李老师的眼光一会儿从这里转到那里,一会儿又凝神沉思。

"再看看,形状,草地的形状。"

"嗯……像是圆圈子。是的,墨绿的草围起的圆圈子。嗨,还真能像'麦田圈'的传说,有蘑菇圈?不是草圈……"她激动得语无伦次了。

"不就在你眼前吗?"

"你还记得那年在南非,在飞机上看到田野上有一个个大圆圈,奇怪极了。后来你也说过……"

她在揭短了。后来考察农庄时,看到长臂水管围着圆心转,为菜地洒水,那庄稼田块就是圆形的,我俩相视大笑,嘲笑妄自猜测。

我拉起她猛地跳下,往那边跑去。

这个圈子像是正圆形,直径有五六十米。圈子是由特别茂盛的草和蘑菇围成的。草不仅长得高,而且油绿油绿的,生机勃勃。蘑菇像是牵手排队,圈线有宽有窄,蘑菇又多又大。

起初,就是油绿的草围成圈吸引了我的眼球,圈线上的花无论是黄的、蓝的、红的,都特别艳丽,犹如大地编织的巨大的花环。看到那草丛中星星点点的蘑菇,才发现了蕴藏的玄机。

花环、蘑菇圈在飘荡,在飞旋……如彩霞溢满山谷……

这个猜想被证实了。继续观察,发现这些蘑菇圈的形状不尽相同:左上方的一个像是幼儿园小朋友画出来的,凸出一块,凹进一角;右下方的竟然像是个马蹄形,更怪的是有一块像带子,似是有股彩色的山溪流过……

蘑菇原本就是童话王国中的主角,形象千姿百态,在魔幻的世界中充满了天真、神秘。毫无疑问,它们引发了奇思异想……

"哎,别傻想了,我们好像见过这种蘑菇圈,只是没有艳丽的高山花卉、碧绿的草衬托,才不像这里的触目惊心,美得魔幻。"李老师说。

"在哪儿?给个提示。"

"那年我们从黄河源的玛多去玉树的路上,还记得吧?过一处草原时,路边有很多孩子端着满盆的蘑菇卖。"

"不错。"

"我就是在那儿看到的,在牦牛帐篷那边,有段距离,当时就觉得奇怪……"

"我也想起了……好像在呼伦贝尔草原也见到过,只是当时的心思不在这方面。"

"那你说说看,这个蘑菇圈是人为的,还是真的童话世界?"

我扑哧笑出了声,真有她的!

其实,我正在想这自然造化的神奇力量。

我虽然不是生物学家,虽然这种蘑菇圈罕见,但绝不是仅有的。这就说明它有规律,有规律就有形成规律的原因。

蘑菇圈中还隐隐约约有另一种现象,使它好像是个车轮——因为似是有着一根根辐条……

从我认识的看,这段圈子上长的是种白菇。它明显有条来自圈心的射线,似是从圈心往外射去,线条正是由白菇组成的……

蘑菇化腐朽为神奇的力量,来自它的菌丝能将木质素等有机物分解,化成营养吸收。

有种可能,就是这种蘑菇的菌丝有着辐射的习性——向外扩张领地,繁衍后代。

生物学家说过,一切生物的至高无上的目的,即是复制自己的DNA——创造新的生命。

我将这一发现指给李老师看,她说:"真的,还真有一条条辐射出来的线呢!它们也像一些草本植物,每年都有枯荣?"

"对。冬天,菌核就藏到地下冬眠了,待来年春天气候适宜时再长。"

"草怎么也长得特别好呢?还能是也有伴生的特点?"

"还记得我们在云南去古驿站其期的路上见到的水冬瓜树林吗?"

"还拍了照片哩!就在秃杉林靠河边的那片,都长得直溜溜的,总有20多米高,胸径倒是不大,只有八九厘米……"

"对,对!独龙族的老乡特别喜欢在营地上先栽种它,两三年后再种庄稼,说是水冬瓜的根像黄豆根,有固氮的功能,能使土地肥沃……"

"也就是真菌的作用。菌核死了,化成了营养,草吸收了,长得能不好?草本植物的枯萎又给蘑菇带来了营养。这就是这个生物圈中蘑菇与草、花相互转化,一荣俱荣,一损俱损的相互关系……"

"那……它们怎么到这儿就不再往前走,倒是形成了圆圈呢?"

"你以为我是植物学家?我只是在瞎猜,可别被忽悠了。说不出原因,反而说明这正是它的神奇、奥妙之处。"

"真菌世界的奥妙多着哩!作为名贵中药的肉苁蓉、锁阳,就是在大戈壁和红柳结下了不解之缘,采药人总是到红柳树根处寻找它们的踪影。天麻和蜜环菌的亲密更是人们津津乐道的事。"

"还记得我们在西藏红拉山寻找滇金丝猴时遇到采松茸的人,在云南德钦夜晚探访松茸交易市场的浪漫?松茸就是只产在针叶树和阔叶树混交林中的……"

"听你这么一说,还真长了学问哩!"难怪很长时间没听到向导的动静。

我们在草地边的林子中还看到了金黄的鸡油菌,奇妙的是有一种长得像荷叶的蘑菇。向导说,它的味道鲜美极了,像大树杜鹃花的花盘——二十多朵小花形成了花盘——那样,几十个菌体抱在一起,一采就是一大蓬,好几斤哩。弄得向导很为难,放了大马勃不甘心,丢了鲜美的蘑菇舍不得……好像成语"顾此失彼"就是为他创造的。

记得曾见过一则报道,说是日本某地建立了一座蘑菇公园,培育了各种观赏蘑菇,还有蘑菇的各种制品。但它总归是人为的,无论怎样也无法和天然的相比。若是能请一些菌类专家来考察、设计,建立一个天然的蘑菇童话王国,那将会吸引多少游客?肯定会成为一处生态道德教育基地。

是冰山来客?

下到石坎子,李老师看着草地上的印痕不走了——

几条动物的抓爬痕非常戳眼,地像是被犁过的一般。

是哪位朋友的杰作?

野猪?它是杂食性的,草、蘑菇一概不拒;但它是有蹄类的,地上没有蹄印。可以排除有蹄类的可能。

确是野兽的足迹,就在抓爬痕的松土旁边,不清晰,且凌乱。但有残缺的、模糊的掌痕,还有两个似是而非的印迹……

是狼?熊?狐狸?

"熊!黑熊、棕熊这里都有。这掌就是熊掌。快撤吧,碰到它们麻烦大。又凶又狠,一巴掌能把脑壳子拍炸。离保护站很远了。"向导脸色都变了。

就算是熊吧,大白天的也用不着这样慌张,何况我心里已有着隐隐的感觉。为了证实,我赶忙问李老师:"那年在福建梅花山国家级自然保护区,见到过这样的抓爬痕,好好想想看。"

"对,是像见过。是照片,华南虎爬挂的照片。真有些像哩。"

我高兴得几乎要跳起来。

"雪豹！太可能是它留下的。都是猫科动物。"

"你想见雪豹想疯了。怎么可能呢？雪豹是食肉动物，它跑到这草甸子干吗？还能是换换胃口，吃草吃蘑菇？快撤，我们三个人绝不是老熊的对手；就算是你说的雪豹，我们也不是对手！"

脸涨得通红的向导居然放下了一直抱着的宝贝大马勃，一副就要跑的架势。

"连这宝贝也不要了？别急，听我说完再跑也来得及。我问你，托木尔峰地区有老虎、金钱豹吗？"

向导瞪着小眼睛："没金钱豹。虽没老虎，倒是听说过。多少年前，总有百把年吧，一个外国探险家在新疆考察，说是塔里木河的胡杨林中，老虎比狼都多，可新疆虎早已绝种了。"

于是我告诉他，我们在福建参加过对华南虎的考察。华南虎喜欢在山上的哨口用爪子在树干上抓爬，撒尿，考察队虽没亲眼见到老虎，可拍了不少老虎抓爬后留下的爬挂的照片。

动物学家说，这是华南虎标志领地的习性，是警告同类不要侵犯，当然也是召唤异性的信息，还说猫科动物都有这样的习性。

照片上的爬挂和这地下的痕迹很像，既然这里没有老虎、金钱豹，那不是雪豹是谁呢？

向导眨巴着小眼睛："雪豹吃草吃蘑菇？"

我笑了："这可是个小秘密。不能跟你讲，一讲就不灵了。"

"别故意装深刻了。那你把它撒的尿找出来。"

这不是刁难吗？可倒是提醒了我，我真寻找起来，也真的有了收获：

在一块黑崖上，有一片油样的痕迹。我凑到近前，先是用手招来气味，闻闻，没有结果，干脆俯下身子趴到那上面深深吸了几次……嗨，还真有些野兽的腥臊哩。

我要向导也去闻,他认认真真嗅了几次,不说话了。

说实话,这不像是尿渍,尿液不可能是油状物。但我参加过对麝的考察,对黑麂的考察。这两位山野朋友,都有把肛门附近分泌出的一种油状物的液体擦在树干上的习性——标志自己的领地,留下招引异性的信息。

但我没有把握雪豹是否也有这种分泌腺,或者是有这种习性。

至于雪豹是不是吃草吃蘑菇,确实倒不是故弄玄虚。多年前,我在深圳动物园碰到一位朋友,他曾研究过雪豹的人工繁殖。在那之前,世界上只有两三个国家的动物园成功地进行了雪豹人工繁殖。但那位朋友的研究一直进展不大,后来还是听牧民说,雪豹在野外是食植物的,那是营养的需要,于是他改变饲料构成,加入了草,终于成功。

发现的喜悦,激得我马上沿着爬挂的踪迹去追寻雪豹,然而没走多远,就再也找不到雪豹留下的痕迹了。再说,以我们三人和现有的装备,也不可能再深入高耸的雪山。

但至少可以证实在托木尔峰有雪豹,这已足够了。

更重要的是,一个崭新的故事将在这儿上演了!

探险中的机遇往往是可遇而不可求的。

蘑菇圆舞曲

心灵响起了圆舞曲,欢快、热烈,我和李老师悄悄地向蘑菇圈走去……蓝月亮当空,山色朦胧金黄,草地上篝火噼啪作响,萤火虫闪烁着灯笼,虫儿们唱起嘹亮的歌曲。在繁花似锦的草地上。啊!红衣、白裙的蘑菇仙女们撑着圆伞手拉着手,翩翩起舞……

啊!蘑菇圈鲜活了,她们乘坐在旋转木马上,花环围绕,旋律忽而舒缓,忽而激越欢快,忽而如山溪蜿蜒,火树银花飞溅……赞颂着生命的美丽。

恍惚中,红衣小仙女拉起李老师,李老师拉起我,融入圆舞曲中……

神奇的河源

水是生命的源泉。江河之源是民族之源、文化之源。

经过一年的准备,我们定于7月再去朝拜三江源,然后由青海沿着金沙江进入横断山脉,直达云南玉龙雪山、高黎贡山。

书房里简直成了百货站:400筒胶卷、各种电池、录像磁带、登山鞋、睡袋、羽绒服、常用药品、照相机、摄像机……李老师按清单读,我将它们一件件装袋。最后过磅,天哪,竟然有80多千克。这样的行装对于我们说来,负担太沉重了。于是决心"减肥"。但如所有的"减肥"一样,成效不大,因为以去年的经验,似乎哪样也少不了……

我们怀着极其兴奋的心情,踏上了朝圣之路。

风云突变

从西宁机场出来,见到了举着牌子接站的小王。他一见我们带了这么多的行李,很惊讶。李老师说这是去年来探路的经验,除了帐篷未带,其他野外生存的装备只要想到的都带了。

小王30多岁,中等身材,办事很干练。听了李老师的话,他又将我们上下打量了一番,像是在审视行李和人之间的关系。

在进城的车上,小王说,现在正是雨季,通往三江源的道路太差,经常有塌方、滑坡、泥石流,有的路段还正在维修……这位小王是朋友介绍的,只在电话里联系过几次。这是头次见面。

我以为他是在尽介绍的义务,因而只是以微笑回答。

但他又滔滔不绝地说起,那里是海拔4500米到5000米的地方,空气稀薄,是生命禁区。从外地来的人,很难适应高原反应。某电视台摄制组几个棒小伙子,在巴颜喀拉山口,有人鼻血如喷泉涌出,吓得立即下山。另一摄制组在黄河源,车陷进沼泽地出不来,差点出了人命……我仍然面带微笑点点头,算是答谢他的好意。

他一脸茫迷,对我眨巴眨巴眼,似乎是下了决心:你们俩吃得消吗?

李老师说:"去年来时,我们特意在海拔4000多米的日月山爬山、考察、拍摄,前后有两三个小时,基本上没什么反应。在贵州爬梵净山时,8000级台阶,都说我们上不去,硬是要来了滑竿。可我们还是一步步走上去了。向导比我们小儿子还要小,是个刚毕业的大学生,他都走垮了。

"我比刘老师还早到一刻钟哩!"

他的眼瞪得已成核桃了。车中陷入沉默。路边成排的行道树,预示着我们已快进城了。他突然深深地叹了口气:"唉!车太紧张了,北京去三江源的考察队还没回来,要了一个车队。你们要去三江源,没车可不行啊!"

这声叹息,激得我全身一凛:"怎么?车有问题?"

他连忙说:"别急,别急,住下来再商量。"

何止于急呢?我像一下掉进了冰窖。为了这次探险,准备了整整一年啊!主要是千方百计解决交通工具问题。没车辆,确实寸步难行!

为解决车辆问题,朋友们出谋划策给了很多主意。一位好友给青海的某部门主管写了一封信,希望他能帮助解决。不久,好消息传来,说是没问题,来吧!于是,我赶紧将探险计划寄了过去。得到确认后,连忙进行其他各项准备工作,连睡袋也是朋友帮助定制的(因我身材长)。青海的朋友指定了小王和我具体联系。

一星期前订机票时我与小王联系,他说一切都已安排妥当。直到昨天在电话中,小王还是很热情地说,在机场等我。怎么还未超过24小时,就发生了这样大的变化?如果昨天有情况,我们还是可以延期的。

我的连珠炮似的诘问,小王当然招架不了,也无法回答。心急火燎,也只有等见到那位主管的朋友再说了。

住下之后,小王却一直不提和那位朋友见面的事,太奇怪了。我提出去拜访,小张解释,领导很忙,汇报后,再定见面的时间。

第二天,我和李老师在焦急中等待,但直到晚上也毫无消息。不巧得很,朋友老郑也出差在外,我们连了解一点情况都无从下手。

显然,是车辆没有落实,那位朋友在回避。其实,他如能将真实情况告知,也没有什么事,因为他对我们不需尽任何义务。

晚上,去年送我们去孟达的司机小石来了。相见的欢乐,扫荡了郁闷一天的心情。我们主要是向他了解将跋涉的路途,以及租车的情况,等等。

小石在叙事方面有着特殊的才能,在娓娓相谈中,回忆了他从黄河、澜沧江、长江——三江源,然后折回玉村,到四川的石渠,进入横断山脉,沿着金沙江,到云南中部……一路的奇闻趣事,将牟尼沟、佐钦寺、康巴汉子……一路风尘,一路五光十色,都展现在我们面前。

这更激起了我对探险的渴望。想起目前进退维谷的处境,真是焦急万分。

我向他打听租车的情况。他说:"有旅游公司,但这条路线太艰难,充满危险,没有优秀的司机和车况好的车,谁也不敢跑。而且费用高,明码标价是4元1千米,还要加回程时放空费(每千米2元)、司机的住宿费停车费等等,数字相当惊人……"

夜里,给儿子打了个电话,要他再准备几万元,等我们需要时立即电汇。

小王那边没有任何消息,我的手机一直开着。电话、传呼都联系不上……

在焦急中坚持。

长江源：一年365天中竟有350天的风雪

早上起来,仍无小王的消息。我们决定去中国科学院西北高原生物研究所。

苏教授很年轻,30多岁,刚见面时还有些许腼腆,但谈到他的专业时,语言生动有趣。

他介绍了高原动物在适应干旱、贫瘠环境时的特殊本领,特别是在抗缺氧方面的生理特征。他主要研究鼠类,高原草场上居然生活着鼠兔、鼢鼠、黄鼠、跳鼠、田鼠、麝鼠……这么一个庞大的家族。

正是过度放牧使草场退化,引发了鼠害的暴发。如果草长高了,不少鼠类就无法进入草场。而鼠害又加速了沙漠化的进程。长期使用化学药物灭鼠,非但使鼠类有了抗药性,残留药物更是污染了环境,生态更趋恶化,畜牧业遭到了沉重的打击。鼠类还是很多疾病和鼠疫的传播者。

他的研究方向,是在总体经济发展框架中用生态学的方法控制鼠类。首先是改变畜牧业的经营方式,划出一部分牧场种植高产牧草,减少牛羊对草场的践踏,逐渐建设或恢复良好的生态。

西部地区生态脆弱,一旦遭到破坏,需很长时间才能恢复,有些时候破坏甚至是毁灭性的……

在标本室内,看到那么多的鼠类标本,真是触目惊心!

乍见黄教授,那副温厚儒雅的形象,使你绝对难以想到他是三江源探险者。他谈到的三江源的种种神奇,又绝对是在书本中难以找到的：

巴颜喀拉山北麓,有座各姿各雅山,海拔4800米的山下有口泉眼;泉水漫溢,形成大片沼泽;沼泽溢水细流,形成大河。这就是黄河的最初水流。也有一说是三口泉眼。

昆仑山和唐古拉山的深处，有40多座海拔6000米以上的大雪山，有几百条浩荡的冰川，冰塔瑰丽，冰舌晶莹。其中海拔6621米的各拉丹东雪山的融水，形成了沱沱河，它是长江源头。气象资料显示，沱沱河沿边多年平均降雪期从8月16日开始，直到第二年的8月1日才结束，长达350天。一年365天中，只有15天是无雪的天气。那真是一个冰雪的童话世界，比南北极的降雪期还要长，是第三极地的奇观。

　　大风也是其特点之一。沱沱河沿每年有100多天刮八级以上的大风，飞沙走石，遮天蔽日，更有沙暴滚滚。

　　这样极端恶劣的环境，却是野生动物王国。几百只成群的藏羚羊、野驴、黄羊，围着我们的帐篷转。在野外考察时，常能和棕熊不期而遇。

　　沱沱河渔产丰富，用饭盒都可捞到鱼。

　　你无法不感叹生命的壮美、生命的顽强、生命的伟大！

　　但短短的10多年时间，那里的生态竟有了巨大的变化！10多年间，气温上升了0.8摄氏度，地下冻土溶解层加深，地下水位下降。尤其是过度放牧，使植被严重退化。那里原只有几户人家，猛然之间增加到了几百户。脆弱的生态负承不了重荷。沱沱河水每年都在减少，现在只有二十世纪七八十年代三分之一的流量。

　　非法采金的、采水晶的，对植被的破坏是毁灭性的。

　　偷猎藏羚羊的事件屡屡发生，偷猎者有良好的装备，常常是一次要猎杀几百只藏羚羊！

　　黄教授低沉的语调，犹如沉雷，强烈地震撼着我的心灵，在我心头久久回荡。后来，我们在青藏高原每迈一步，都回荡着这种震撼。直到今天，它仍如警钟时时在我心头响起，激励着我为保护地球而奋斗。

柳暗花明

　　小王像是失踪了，没有任何消息。李老师建议与北京的朋友联系一次，我想没这个必要了。

青海的朋友负责着相当大的一个单位,如不是碰到难以预料的困难,目前这种状况,大约也不是他愿意见到的。不和我们见面,也可想而知了。

我们抓紧时间跑了几家大的旅行社,情况正如小石所说。是打道回府,还是一往无前？难道就这样使一年的时间白费？何况每年的计划都安排得很紧。结论是,无论怎样也要成行。

李老师和我互相安慰,消除在心头涌动的烦躁、焦急,并决定明天做出最后的决定。

晚上小石来了,另一位朋友小何也来了。他们再次详细地介绍了我们所选路线的种种情况,可是对我们目前的困境都没什么好的办法,却给了我们信心,坚定了我们一往无前的决心。因为在交谈中,我着重了解了可能碰到的最危险、最困难的情况,心里多少有点底。

夜里10点多钟,小王突然来电话了。

他说:"车子有了着落,但建议我们改变路线:从黄河源至通天河、玉树,然后回到西宁。"

"那三江源呢？"

"看样子,只能去黄河源了。这个季节开车进入各拉丹东太危险了。万一碰到车抛锚,那就死定了。"

"原计划的从青海去四川呢？"

"看样子是不可能了。"

这个建议实际上只比取消这次计划稍微好一点。

我当然不能同意,但说得很婉转,并希望他把真实情况告诉我。他当然无法说。最后,我告诉他,我们已去了几家旅行社,不准备再等下去了,如果他对旅行社比较了解,可向我们推荐一家可信的。

小王连忙说:"别急,别急,我再向领导汇报。"

11点钟,小王又来电话,说是还有个方案:"各拉丹东是绝对去不了了,但车可把你们送到囊谦,再请那里的朋友送你们去澜沧江源,从囊谦至西藏,由昌都进入横断山脉,直至云南丽江。"

"西藏那边怎么办?"

"我们领导正在和那边的朋友联系。"

"我们等你的消息。"

朝拜三江源,再进入横断山脉,这是我多年的梦想。

莽莽昆仑由西向东奔驰,可到了藏、川、滇竟然矗立起数座南北向的大山,这是古南大陆向北推进与古北大陆板块碰撞造成的。造山运动使喜马拉雅山上升,云贵高原上升,以至造成了复杂而多样的地形,构筑了无数的隔离带,成了两大陆生物交汇地带,成了众多古生物的避难所,产生了各种变异物种或新种。

横断山脉是最为神秘的区域,长江、怒江、澜沧江诞生于青藏高原,却成长于横断山脉。在世界上,它是生物多样性的关键地区之一,养育了十多个少数民族,繁育了灿烂的、丰富多彩的多民族文化。

如果说只去三江源朝拜中华民族的母亲河,而未能去横断山脉探索,那就是只见一斑不见全豹。

我们原计划是先去三江源,再到玉树,由玉树到四川的石渠,进入横断山脉,沿金沙江至云南的丽江。这个计划得到了小王领导的确认。

放下电话后,我和李老师揣摩起小王的电话,突然感到有些对不起那位领导,太使他为难了。

小王突然来了,在这样晚的时候……他几次要开口,但始终没有把话说出来,气氛太沉闷。

还是轻松些比较好,我就说起这几年的探险生活:为了探寻华南虎的踪迹,滂沱大雨中攀登油婆记;大雪天追踪"野人"时,从山上跌了下来;为猴王照相,两次受到袭击;在川西攀崖时,毒蛇从手背上游过……

"刘老师,你们俩总有50多岁了吧?"

"哈哈!真得感谢你,我们都60多岁了!"李老师给逗乐了。

他瞪大了眼睛看着我们,天真得像我们家的小二子。

"难以置信,探险使你们永远年轻,你们是真的探险家。在机场接你们时,那行李就说明不是来旅游的,我明白了。刘老师,别急,等我的消息吧!"

早饭后,在去旅行社的路上,手机响了:"刘老师,你在哪里?……改从西藏进入横断山脉,好不好?"是小王的声音。

"你说得详细一点。"

"这里的车把你们送到黄河源、玉树、囊谦就回来,你们从那里到西藏,再由他们送你们去云南的德钦。"

他见我沉吟不语,忙说:"抱歉,抱歉。忘了说,我们领导已找了西藏的朋友,那边的问题不大。"

这倒也是一条好的路线,只是要舍弃川藏边界上的金沙江上游。但到了德钦后,又可以见到金沙江了。有得就有失嘛!

"什么时候能等到确切的消息呢?"

"可能就是上午。刘老师,你们别去旅行社了,我们要对你们的安全负责。回旅馆等吧!"

这个鬼机灵!他怎么知道我们正在去旅行社的路上?

我开始信任他了。回来的路上,我向李老师简要转述了小王的电话。虽然有点柳暗花明,但李老师担心到囊谦的时间太紧,更担心到了囊谦后,后面的路程和衔接。

在探险生涯中,我从来是定下目标后,只要基本清楚前面没有不可逾越的障碍,就立即行动。探险途中,经常会遇到突发的情况,若是顾虑太多,将会寸步难行,实际上也不可能考虑得很周全。

多一些波折，就多了有趣的情节，故事才可能生动起来。

刚回到住处，手机就响起了："刘老师，西藏那边有好消息，他们知道你是著名的作家，欢迎你去采访，将到囊谦去接你们。这边的车子也准备好了。郑师傅和小丁10点半就到。你们准备吧！"

"谢谢！非常感谢！"

"刘老师，应该感谢你们。你们热爱自然，为保护自然呐喊，使我知道了'事业'和'精神'的真正含义。我还有会，不能来送你们了。领导一再表示歉意，让你们在西宁多待了两天……祝你们一路顺风！作品出来后，可得送我一本啊！"

我们立即去商场购买干粮。都说高原反应非常痛苦，都说玛多只有海拔4300米，但很怪，怪在经常在高原行车的师傅到那里都头痛难忍。为防备万一，我们毫不犹豫地买了一架简单的制氧机，以备不时之需。

高原猎鼠

车出西宁，沿着湟水前行。河面虽不宽阔，但时而激流滚滚，水色赤黄，两岸杨柳依依，也是高原地区难得的景象。青稞正在黄熟，穗头饱满欲胀。黄灿灿的油菜花，使河谷地带闪耀着强烈的色彩。

湟水发源于青海，虽然流到甘肃就归入黄河，但这个地区是青海的政治、经济、文化中心。两岸土地肥美，是重要的农作区。历史上的丝绸之路曾一度南迁经由湟水，现今这里还遗存着众多古迹。

日月山上的文成公主碑亭，记录了唐代和吐蕃友好的历史，演绎出众多美丽的神话传说。

郑师傅是位大汉，40来岁，不善言谈。向导小丁更是沉默寡言。但出了日月山垭口，郑师傅将车停下了，说："日月山西边的水，全都是在内陆流淌，只有东边的水才能泄到湟水，由黄河入海。它是分水岭。再向前面，都是大山挨着大山,草原、湖泊、成群的牛羊,你很难再看到林木苍翠,庄稼繁荣。这里也是农作区和牧区的分界线。

"文学史上曾有'西出阳关无故人'的名句。这里也有民谚'过了日月山,两眼泪不干',道尽大漠荒原旅人带给的辛酸。"

我感谢他的好意。很多师傅常年在外行车——行万里路,阅历丰富、知识渊博,确实让我高兴;虽然相识时间很短,但起码他知道我们是干什么的,不会对我们的一些要求感到意外。

好的师傅就是好的向导,常能使我们在探险中有意外的收获。

天很蓝,像是玻璃穹隆。白云如雪,闪着光芒,在天际透着动感。山塬却是灰褐色的,单调得毫无表情。然而山间草场上的红花绿草,却洋溢着悦目的色彩……

经过一草原小镇时,路牌上是"倒淌河"。这是青藏公路上颇有名气的小镇,它是去格尔木或玉树的岔路口。郑师傅并没有停下车。我正犹豫着是否请他停车时,车却拐向了草地,在河边停下了。

宋代大诗人苏轼用特有的浪漫主义情怀,以"谁道人生无再少?门前流水尚能西,休将白发唱黄鸡"(《浣溪沙》)歌唱生命之树常青!他可能没有想到,就在青海高原,真的有条"流水尚能西"的倒流河。

我们刚下车,就听到了嘈杂的吱吱声。几只鼠形的动物,正直立起身子,露出灰白色的肚皮,站在洞口,小眼珠子滴溜溜地在我们身上转悠,似是大声抗议。好家伙,总有五六只。我猛跑了几步,它们立即放下前腿缩进洞中。看清了,原来是高原鼠兔。

满目的鼠洞,使草地百孔千疮。想起苏教授对鼠害的描述,真是触目惊心!

水流不大,从东向西流去,在草地上蜿蜒,有的河段只有涓涓细流了。但水清澈,滋润出这块肥美的草地。从宽阔的河床看来,它曾有过丰水期。

我问郑师傅。他说,四五年前这水流不小,但如今一年比一年少了。草地比过去稀矮——牛羊太多了。

我奇怪并没看到庞大的羊群。他说现在都去山里的夏季牧场了,这里是留着做冬窝子的。

不远处,有一个肩背编织袋子的人在瞅着地面、坡坎,踟蹰缓步。

"那是猎鼠的!"郑师傅说。

"猎"字使我茫然。

"猎鼠,也能说是灭鼠。草原鼠害严重。黄鼠、跳鼠、鼠兔与牛羊争食,还都喜欢打洞,从地下吃草根。前几年用灭鼠药,可老鼠越灭越多。老鹰、雕,这些猛禽吃了毒死的老鼠,中毒。猛禽少了,鼠也就更多了。听说科学家们正在研究办法。这个人是专猎鼢鼠的,说是鼢鼠的骨骼可代替虎骨,泡酒,治风湿症。"

苏教授说过高原鼢鼠对草场的破坏力最大。我大步向猎鼠人走去。

那人见到我们,抬起黧黑的面孔,只是笑笑。

我取过他的编织带,沉甸甸的,打开一看,好家伙,已有二三十只了,每只都有半斤多重。

猎鼠人只顾向前搜索。我和很多猎人建立了友谊,深知他们的性格,因而既未贸然提出问题,跟随时也保持着一定的距离。

他突然弯下腰,将一块石头搬起,用手从地下提了提一根钢钎,随即放下,拿起小锄,挖了起来。不一会儿,他提起钢钎,取下了穿着的一只已死了的鼢鼠。

狩猎的技巧看似很简单,但凭经验,我知道其中一定藏有奥妙!

他环顾左右,向山坡上走去,在一摊很显眼的黑土边仔细观察。我知道那是鼢鼠掘出的土。鼢鼠掘出的土覆盖了草原,形成黑土滩。黑土滩上寸草不生。由于植被被破坏,杂草猛长。

"你是在找它的主洞?"

他点了点头。终于选定了地点,他将一绳套机关送进洞中,从上面插下钢钎,又找来一块小面盆大的石块,将它一面撑起。鼢鼠从洞中经过,触动机关,石头一倒,将钢钎压下,钢钎穿中猎物……

猎人的技巧,在于判断主洞的位置、机关放置的地方……

这是一种经济、实惠、有效的灭鼠方法!猎人总是合理利用猎捕对象的习性,他们是研究动物行为学的最好专家!

我敬了一支烟,就跟他攀谈了起来。他说这种狩猎太辛苦了,每天要在这高原上巡查,猎物死的时间太长,就不能要了。有时一天能捕五六十只,收获还可以。但他又为牧场遭到的破坏揪心。再是出售困难,要跑到西宁去卖,路途太远,花费也大。

他说:"看样子,你也是个有心人。有兴趣可跟着去上面看看,那里还下了套子。"

"也是对付鼢鼠的?"

"不,是旱獭!那家伙个头大,好几斤重一个,对草场破坏凶。冬季旱獭的皮毛值钱。"

我看了看表,今天还要赶到玛多。

他见我面有难色,很理解地说:"昨天无意中发现了一只旱獭洞。我一说你就明白了,套子下在洞口,只要它出洞,就能触动机关,然后被套住。这样不伤皮毛,卖的价格高。"

"看出门道了?"郑师傅笑眯眯地问。

"行行出状元。看似简单,学问可深哩!"

李老师在那边拍摄高原花卉,这时也急急忙忙赶过来了。

在山坡上驻足远眺倒淌河,没多远,它就消失在山谷中了。我知道,40多千米后它就注入了青海湖。

地理学家说,历史上,青海湖流入黄河出海。只是青藏高原抬升,原名赤岭的日月山隆起,河流流向由向东改为向西,造就了倒淌河,青海湖也成了内陆湖。

去年在青海湖时,我曾特意去了倒淌河的入湖处。一片沼泽地中,长着茂密的薹草、菖蒲……

我在那里寻觅了很久。

向导等得不耐烦了,问我在找什么。我未见到流水——想象中倒淌河与青海湖汇聚时,那相拥相激的壮阔、欢乐的场景。或许就是在斑头雁浮游、鱼鸥扇着雪白的翅膀上下翻飞中,倒淌河走完了最后的路程,融入更为浩瀚的生命群体中吧?

今天看到了倒淌河尚存的消瘦的身躯,目睹了生态的恶化、鼠类的猖獗,酸涩涌上心头。

倒淌河,你会干涸吗?你会消失吗?你这生命之源也会凋零吗?……

夜宿玛多

车在高原大漠中行驶,山峦连绵不绝,黄褐色、灰褐色涨得我两眼酸涩,旅途显得漫长而悠远。

蓝色的天际突然现出皑皑雪山。

前面红色的、青色的山崖使我眼睛一亮。我们都像从昏睡中惊醒。

郑师傅说,那是花石峡,是去果洛州的岔路口。

到达花石峡已是傍晚。镇子不小,商店林立。来往车辆多,尘土飞扬,灰蒙蒙的一片,彻底扫荡了我想在此停留的愿望。

草原的夜色很美,车内也洋溢着轻松的情调。但不多久,就进入了正在修路的路段。车一会儿冲到沟底,一会儿喘着粗气爬坡。从后面反卷来的尘土,使车灯更加昏黄、摇曳。沟沟坎坎如窗外的群山绵绵不绝,我们就像在波涛汹涌的大海上航行。谁也不想再说话了,只是紧紧抓住扶手。

窗外银光闪亮。啊,月色清澈,波光粼粼!啊,银湖!

是的,尘土太浓,以致谁也未敢摇下车窗。真是辜负了湖光月影。

我还是摇下车窗,尘土呛人。我想尽可能地多看几眼草原湖色。

以此判断,我们已进入黄河源的玛多县了。玛多素有"千湖之县"的美称。之后,数着窗外时时闪起的湖光水色,就成了我们排解郁闷的良方。

我曾在滂沱大雨中翻越二郎山,那种惊险,至今还历历在目,它给人兴奋,给人惊喜。但在这美丽的千湖之县,却连车窗也不能摇下,人像是装在罐头之中。这是大自然对人类的惩罚,谁叫你破坏了生态?

我也想起了在新疆喀纳斯湖的遭遇。那么美丽的自然保护区,却因过度开发,进湖的唯一道路和两旁植物被破坏,路面上浮土有两三寸深,只要车辆经过,灰尘如妖龙般卷起,车前一片混沌!

如果草原沙化,岂不也是那可怕的景象?

在尘土迷蒙中,前面升起一片光晕。

"玛多到了!"郑师傅深深地出了一口气。

原计划在傍晚时赶到玛多,可一看手表,已近午夜12点了,可见路途的艰难!

路也平坦起来,镇上街道两旁全是饭店和商店,总有三四十米长。郑师傅担心住宿,说还是先赶到县里吧。

车向右拐,四五千米后到达县城。县城在一高地上。郑师傅将车直接开进了一个大院子。我们费了很大的劲,才将服务员找到。

将行李拿到房间,郑师傅招呼我们再上车,回到路边小镇上吃饭,因为县城的饭馆都已关门。

招待所房间内最大的特点,是在这盛夏时节,中间有个正冒着火焰的大炉。因不习惯炉缝中溢出的硫化物味,我只得赶快打开窗户,再把炉中的黑煤往外捡。郑师傅说夜晚很冷,告诫我不能把炉子灭了。我看床上的棉被很厚,为了防备万一,又将羽绒服取出。

都说玛多这地方怪,高原反应特别强烈,常年在高原行车的师傅都尽量不住这里。因为要去黄河源,出于无奈,郑师傅也是很勉强同意住下。

已是凌晨1点多了。想起这是雨季,想起小王所说的黄河源的沼泽地,我披了羽绒服在院子里散步。寒气袭人,幽幽的天穹,真似一顶无边无际的蒙古包,繁星闪烁。再看银河,北斗七星都像移了位似的,这当然是所处纬度的不同造成的。可惜,有院墙和房屋阻挡,欣赏不到草原夜色了。

我告诉李老师天气晴好,她很高兴。在这次艰苦探险中,车和天气一直是我们担心的事。我问她感觉如何,她笑了,说,好像没什么特殊反应。

为防不测,我还是取出了制氧机,放在桌子上。在昏暗的灯光下读完说明书,确信明白了操作程序,再查看炉火,确实已无煤,这才躺下……

我突然醒来,看表,才2多。再睡,又惊醒。似乎李老师也有动静。一问,果然她也醒了两次,说是还未感到头疼,只是觉得气短。又问要不要吸氧,她说不用。

记得去年在青海湖海拔3800米的湖边,剧烈活动时,呼吸困难,头发涨,但夜里可是一觉到天亮。当然,这里已是海拔4300米了!

我索性坐起,点了一支烟。她说,还是争取多睡一会儿吧,明天的路程海拔更高,肯定艰苦。

夜很静,没有虫鸣,连风的拂动都没有。倾听久了,草原上似乎传来了微微的气息,是黄河的低吟,还是大地的脉动?……

再次醒来,窗外已露晨曦。李老师也醒了:"也没传说的那么可怕嘛!只是感到头有些涨,睡得不踏实。"

我们都很兴奋。玛多之夜,是一次重大的考验。青藏高原平均海拔在4500米左右,如果过不了高原反应这一关,虽然不会半途而废,但前程将更加艰险。

我劝李老师多躺一会儿,因为郑师傅比较辛苦。我们在车上可以休息,他却一直处于紧张状态。朋友们都说过,黄河源的路很难走。

7点多,郑师傅也起来了。

郑师傅说要找个向导,他从未去过黄河源,而且很多地方是没有公路的。好像这时才想起同行的还有向导小丁。小丁说,他不知道路。其实西宁的朋友已请玛多县的一位局长帮忙,我将这位局长的名字说了,请他们打听一下住址。小丁仍未挪步子。

郑师傅说上车吧。街道很窄,只转了个弯就到了县政府,但无人,这才想起今天是星期天。

我说还是找个人问一下吧。郑师傅却开起车就走,边走边向两边看,在一排似是宿舍区的地方停下了,从车窗大声问一正站在门口刷牙的人。那人说了地方,他就又将车开动。好在县城不大,三转两转就到了城外,那里也有着几排房子。几经周折,花费了40多分钟,才知道了局长的住处。其实,只要在招待所问一下,最少可节省20分钟。开车的司机都有怪癖,只相信手中的方向盘,很少愿意问路。

局长家的院子中有条大黑狗,看那样子很像藏獒。李老师最怕狗,直往我身后躲。本该小丁尽责时,他却已退到院门外。那狗只是瞪着犀利的眼光盯着我们,却一声不吭。

俗话说咬人的狗不叫唤。它看得我心里直发毛。我当然知道藏獒的凶猛,20年前在川西松潘草原时,就听说过它的种种故事,有些还编进了《大熊猫传奇》。

但我已无退路,只好硬着头皮往前闯。那狗却调整了站立的姿势,喉管里响起深厚的低吼,抬起尾巴……这是警告,接下来就该是攻击。

我还在考虑如何应付它的第一次攻击时,门响了,走出了局长的夫人。

我连忙问局长在家吗,局长夫人向狗使了个眼色,它立即耷拉下尾巴,转身向旁边走去。

谢天谢地!这样严寒的早晨,我却全身冒汗。黑狗,感谢你那一声低吼!它警告了我,也使局长夫人及时开门出来。

小丁的表现,使我一路上都不愿和他说话。

向导是局长的司机。在等他时,我才有了机会巡视周围。玛多县城为草原所簇拥,只有三四条主要的街巷,在县城和周围似乎没看到一棵绿树,可能是高寒使树木无法生长。右边一座寺院在阳光下金碧辉煌,依山雄踞,与县城相比显得庄严而庞大。

县城边有高墙矗立,门口挂着"看守所"的牌子。这是很触发思绪的地方。

"玛多"藏语是黄河边的意思。历史上它是进藏途中重要的地方。据说为迎接文成公主进藏,松赞干布在玛多扎下帐篷。历史记载,玛多县城的建立,是中华人民共和国成立之后的事。其实,县城距黄河还有一段路程,玛多应是这里的总称。这里原是一片肥美的草原。

黄河源之一:畅饮鄂陵湖

向导说:"你们的运气特好,前几天一直是大雨,有三辆车陷在沼泽地里,昨天才拖回来。今天遇到这样的大晴天,是你们有福有缘!"

去黄河源——走向多年的梦想。我们是虔诚的信徒,那种朝圣的激情、兴奋,在血液中澎湃!

出了县城,车在广阔的草原上行驶——实际上是高原盆地,群山连绵环绕,雪山林立。

地图上标有一条至鄂陵湖、扎陵湖的公路,其实那只是车轮在草原上碾出的印辙。但这种颠簸如在轻波微浪上,有着一种惬意。

左前方出现一片工地。向导说那里正在修建水电站,是黄河第一电站。

在世界十大河流中,中国占有三条:长江、黄河、澜沧江(流出国境后称为湄公河)。黄河排行世界第五,它流经9个省、自治区,汇集了40多条主要支流和1000多条川溪,全长5464千米。

向导问是否要绕过去看看。我说今天的路程够长的了!

由于施工,车在坑坑洼洼中摇摆,植被遭到严重的破坏。

车行2个多小时后,逐渐进入水凼、漫水的草滩,连路影子也消失了。向导只是用手一指右前方的山,郑师傅也就驾车径直往那个方向奔去。

真是难为了郑师傅,一会儿冲进小沟,一会儿陷进沙滩,比昨天的夜路还要惊险。好在国产的越野车禁得住摔打。

忽见青光撩眼,青蓝青蓝,整个一方天空,晶莹耀目,无限诱惑。

啊,鄂陵湖!

车未停稳,我已跳了下去,跟跟跄跄地向青蓝的水晶世界奔去。

扑啦啦的击水声——斑头雁、野鸭、鱼鸥、鸬鹚突然惊起,在湖面划出如诗的水纹,漫天飞去!

突然后衣被人抓住:"使不得!湖深,水冰寒,不能下湖!"原来是向导。

我索性将手从衣袖中抽出,仍往湖水扑去。即使是溺水,能躺在她的怀抱里,那也是幸福的……

可是,撞上了李老师。她已神不知鬼不觉地抢到我的前面。

"还有长江源、澜沧江在等着我们!找个浅一点的地方下去。"

真是知夫莫若妻了。

可我对这湖水,向往得太久、太久!

激情,是创造的灵魂!

我按捺住汹涌的脉动,走到湖边,缓缓地跪下,将身体匍匐。先是一阵狂饮,再慢慢地品味:啊,真甜!一股沁入骨髓的甘甜在五脏六腑中回荡,回应着我对她的渴望……

李老师正在掬水而饮,那副专注、虔诚……神圣、庄严。

鄂陵湖辽阔、悠远。蓝天无际、深邃。雪白的云、巍峨的山,互相辉映,创造出多姿多彩的风景。这大约就是人们所向往的仙境吧!

湖水坦坦荡荡,天宇浮云,山也是那样舒缓地连绵,雄壮而不峥嵘,它们肃静沉思,诠释着宇宙万物的哲学。就在这宁静中,蕴藏着、积蓄着创世的力量、锦绣的世界、鲜活腾跃的生命!

鄂陵湖的面积约有610平方千米,南北窄,东西长。我们是从偏东的最北角进入。在青藏高原跋涉时,常能碰到一些难以理解的事:几百平方米,甚至几十平方米的水域,被称为"海子";而大面积的水域,则被唤作"湖"。就连青海也要缀上"湖"字,我曾试图做过释疑,但又总觉得还是难以说清。

向导指了指东边水草茂密处:"湖水从那里流出,才叫黄河!"

黄河沿着山脚蜿蜒,融入草原中。

我拔脚就往那边走。向导说:"望山跑死马,远着哩!"

"你们不想往源头走?"

"回程时再去吧。是水草地,车一陷进去,我们五个人很难把它抬出来。"

我默默地向水口处注视了很长时间,才折转身来,沿着湖边缓缓而行。

路旁有一唯留断垣残壁的小屋,似是地图上标的"渔场"。向导说渔场早就没了。过去湖里鱼多,打了几年,越来越少。高寒地带,鱼生长缓慢,当然经不住大量捕捞。

从地图上看,我们应沿着左边的湖岸行进,才能到达扎陵湖。

向导告诫郑师傅:前面有两处河沟较深,不知现在情况怎样,还是慢点较好。

我们想信步走走,请郑师傅在前边等。

岸边植物茂盛,鸢尾花、龙胆花、绿绒蒿、野菊花开得轰轰烈烈,五彩缤纷。高山花卉,特别娇艳。一只黑色黄斑蝴蝶,在花丛中翩飞。

正走着,李老师突然惊呼:"看,快看湖面!"

刚才还平静如镜的鄂陵湖,骤然之间有了多种颜色的水花,如冬日冰花盛开,像是多个湖泊融在一起,水中的云更是幻化得光怪陆离。

乍起的微风,在这里那里拂动,犹如巨笔挥洒出万千图像。在高原艳阳——强烈的紫外线映照下,现出了魔幻般的光彩辉映……最为令人叫绝的,是浮在湖中的各色水鸟这时都披上了光彩新装,放射出另样的光辉。

我是在巢湖边长大的,还从未见过如此斑斓的湖光山色!

黄河源之二:遭到鸥鸟发射导弹

车在一条大沟边等着,旁有100多平方米的水泊。沟有四五米宽,水的流速不快,看样子似乎可涉水过去,可车怎么办呢?

难道上天只让我们到达此地?

我站在那里思索着各种方案,问向导:"还有别的路吗?"

"要绕回去,再绕到另一条路上。"

"绕多远?"

"也就二三十千米吧!可那边的路我不熟,听说都是沼泽地。"

郑师傅见我坐到地下正在脱鞋脱袜,忙说:"刘老师,你别急,我来看看。"他上下审视了一番,问向导,"这沟是原来就有的,还是今年才挖的?"

"好像不是新挖的。"

"有车轮印子!"李老师有了新发现。确有半个车轮印未被雨冲掉,但在乱石中很不显眼。

郑师傅仔细看了后,说:"两边坡不陡,可以冲过去。不愿坐车的就摸着石头过沟吧!"

说得我和李老师都笑起来,毫不犹豫地上了车。

郑师傅加大了油门,呼的一声冲进沟里。水花四溅,挡风玻璃前疾雨如箭,只感到车一颠……

哈哈,过来了!车正平稳地在湖岸上滑行……

"你们二老是真的探险家!"郑师傅反而向我们竖起了大拇指。真是不好意思。

沟那边的小丁、向导正在脱鞋脱袜。

我问郑师傅凭什么下的决心,他说:"我已说了呀,总不能让你们半途而废吧!"停了停又说,"湖岸土沙石多,坚硬,不易陷进去。我看了,水不深,再说越野车,底盘高。"

向导他们正在"摸着石头过沟"时,水泊里腾起几只鸟,黑头,翅膀如黑缎,只有腹部雪白,是我从未见过的一种。羽色黑得透出无限的灵秀,体型优美异常。是不是燕鸥、贼鸥,我没把握。

不知何故,它们尖锐地叫着,纷纷向过沟的人飞去,且时时做俯冲状。

俯冲时,它们将两翅往后一紧,如箭飞射。待到过沟的两人扬起手臂哄赶,它们立即抬高脖子,如直升机那般在空中停留——居然能像捕鱼能手小翠鸟一样——绒绒的飞羽飘动,潇洒至极!

鸥鸟在危险时,以呼叫召集同伴。现在鸥群的进攻真是可怕的,不仅居高临下一啄,且在上升时对准目标喷射又臭又腥的粪液,就像发射空对地导弹。因此他们一边要小心翼翼地蹚水,一边要驱赶鸥鸟,狼狈不堪。

鸟也有情?

它们就是这样一会儿俯冲,一会儿利用能在空中停留的特殊技能发射臭弹,那真是弹无虚发。不一会儿,那两人一头一脸都是白花花的一片。

简直把我们看呆了……

还是李老师反应快,大呼小叫,帮着驱赶正怒火燃烧的勇士们。

可它们对我们这种虚张声势不理不睬,只是紧紧盯着他们两人上下

237

翻飞。

眼下已过了繁殖期,这不可能是维护巢区的行动。难道这个水泊中食物丰富,它们是驱赶来犯之敌？再搜索水泊,真的,没有发现其他的鸟类。

这两个倒霉蛋！

他们终于摆脱了鸟的围攻。那一身又腥又臭的味儿,刺得郑师傅皱紧了眉头："快去洗洗！"

还用说？小丁已走到鄂陵湖边,刚掬水时,谁说了一句："别把这湖好水污染了,这是黄河源！"

小丁缩回手,茫然地看着我们。

就为这,我原谅了他,帮他找了一个孤立的小水凼。

回到驻地后,我见他用了几盆水洗头,又是擦香皂,又是用洗头膏……可是后面几天,一路上车里都不时弥漫起腥臭味。

沿着山脚走了一段,左前方出现一个小湖,有几百平方千米,水色泛白。车行到它与鄂陵湖相隔的堤上,小湖上扑棱棱飞起一群野鸭,只转了个圈子,又落到了湖面,它们总是喜欢大惊小怪。远处一群黑颈鹤就很有修养,悠闲地漫步,长颈如桅,身如浮船,或梳理羽毛,或将头插入翅中假寐……

这里是水鸟的天堂。

寺院的金顶在蓝天中闪闪发光。寺院外有四五排整齐的玛尼堆,每排有1米多高,二三十米长。这是信徒们留石堆砌的,每块石上都写有彩色的六字箴言。这是今天我们在黄河源看到的唯一有居民的地方。

原以为一直向前去扎陵湖,谁知车却离开了鄂陵湖,向山上开去。山坡上绿草如茵。

"旱獭！"

真的,一只金黄色的旱獭直立在洞口,捧起两只前肢在胸前,露出浅黄色的肚皮,是好奇还是警惕？泛着黄晕的眼珠只是盯着车子。

正在观看旱獭的滑稽相,李老师急叫停车。

她跳下去就对着山坡按动快门——五六只原羚正奔起,草丛中时时现出它们金黄色的身子、头上的犄角。这群精灵未下到山谷,而是斜向沿着山坡跑了一段路就停下,齐刷刷地扭转头对着我们。

李老师拔脚要去追。

向导说:"前几年来这里时,原羚、野驴就在草坡上吃草,根本不理睬车来车往,这几年少多了。李老师,你追不到它们的,它们跑得可快了。这里可是海拔四千七八百米了。"

黄河源之三:牛头碑

我请师傅将车顾自开上去,我和李老师慢慢徒步爬山。一是想完成一种心愿,以示虔诚!既然是朝拜神圣的殿堂,哪有坐车之理哩?二是想拍摄到野驴、原羚。

我一再劝李老师放慢脚步,可四五十米之后,心跳加快,喘气粗重,头也有点木木的,心里却洋溢着喜悦、自豪。我们相搀相扶,走走停停……

终于,一座巨大的石碑矗立在面前——著名的牛头碑——碑顶塑有巨大的牛头,两边犄角雄壮、威武,碑面有题词"黄河源头"。碑上记载了这是上海造船厂在此立的。

我揣测着那位雕塑家的构思——两只犄角,是寓意两湖为源头?

再仔细揣摩这座巨碑,它还表达了一种只可意会却难以言传的意味,尤其它是上海造船厂建立的。

放眼望去,两边多云的蓝天下,一个白色的大湖汪洋在山下,那应是扎陵湖了。向导说过,鄂陵湖水为蓝色,扎陵湖水为白色,蓝白相互辉映。

扎陵湖面积 520 多平方千米,和鄂陵湖相反,它东西长,南北窄,如一聚宝盆。两湖之间有一长长的山谷和巴颜郎玛山。

"黄河之水天上来"是大诗人李白的浪漫抒怀。古籍中曾将黄河记载为河水、洮河、中国河。

历史上对这条大河的探索从未止歇。《博物志》说黄河"源出星宿,初出甚清,带赤色,后以诸羌之水注之而浊"。

公元1280年元代探寻河源的专使认为星宿海是黄河之源,且有详细的描述:"有泉百余泓,或泉或潦,水沮洳散涣,方可七八十里,且泥淖溺,不胜人迹,弗可逼观。履高山下瞰,灿若列星……"到了清代,对河源的认识已接近事实。

20世纪50年代的考察,却又因将扎陵湖和鄂陵湖张冠李戴而引起争论。直到1978年,国家再次组织考察,才最后确认卡日曲是黄河源。

卡日曲发源于巴颜喀拉山北麓的雪山冰川融水。卡日曲藏语意为"红铜色的河"。它沿途接纳百川汇成星宿海。河流继续向东,在一广袤的盆地,形成扎陵、鄂陵两个大湖。

黄教授曾做过精彩的描述:黄河从西南角进入扎陵湖,晴日站在高处,浑黄的河水在清澈的湖中如一条飘带,形成特殊的蔚为壮观的景色。湖满则溢,漫出山谷,形成大片沼泽。沼泽地如魔术师一般,将沮水重组成九股川溪流向鄂陵湖……

我们极目望去,却仍难以看到扎陵湖上的奇观。鄂陵湖上的小岛却历历在目。小何曾说过,那岛上有一群白唇鹿。白唇鹿是国家一级保护动物。冬季那些精灵从冰面出走,访问外部的世界,夏季游水,寻找食物,但从不迁出小岛。

右前方的山下,无边无际的沼泽地中小溪、水泊如繁星闪耀,那似乎就是扎陵湖走进鄂陵湖的足迹……

黄河以自己的脚步,绘出了万千气象,谱写出壮美的诗篇!

千万年来,人们歌颂着黄河,赞美着黄河!

黄河在中国人的心目中,有着特殊的崇高、神圣的地位!

大河,是生命之河、文化之河、色彩之河……

黄河是中华民族的摇篮。在黄河流域已发现了2000多处原始村落的遗址。游牧于黄河中游黄土高原的黄帝族、炎帝族、蚩尤族,是新石器时期的三大部族。黄帝联合炎帝攻杀蚩尤之后,部族逐渐融合。他们一起垦殖黄河沿岸肥美的土地。

与古巴比伦、古埃及、古印度并称世界四大文明古国的中国,殷商时期的灿烂的文化正是在黄河的摇篮中繁荣起来的。而其时,世界上其他大多数地区,人类还处在原始社会中。

黄河完全有理由自豪!自殷至北宋的2500年之间,一直是中国的政治、经济、文化中心。

在她的岸边的古长安是秦汉至隋唐13个朝代的首都,时间跨度达1100多年。洛阳也是13个朝代的首都。这份荣耀,在世界史上也是罕见的。

历史的波澜在思绪中激扬,这是与黄河的历史对话。在立于牛头山上的眺望中与自然的对话,时而如涓涓细流,时而如大湖悠远,时而如滔滔流水,时而如野花怒放的草原……

我想,朝拜三江源,实际是一场对话,是对自然的敬畏、对生命的敬畏!

我和李老师整了整衣冠,肃穆地面向黄河源头站立着,在鞠躬三拜时,泪水盈满了眼眶。

我们下山时,见那群原羚又回到了老地方。让李老师拍尽兴了,它们才慢慢地往山谷走去。

忽见李老师摇摇晃晃,脚下就是陡崖,吓得我紧走两步扶住了她。

"怎么站起来就发晕?"

"我也是。海拔毕竟有四千七八百米嘛!"

"那你怎么不早说?"

"说了头就不晕?"

"哈哈……"

因为转换了角度,一群牦牛在对面山沟中显现出来。似乎直到这时,我才想起沿途并未见到庞大的羊群。

郑师傅特意挑了一处湖滩浅缓处,休息、吃干粮。我却赶紧赤脚走到湖水中。啊!水真凉,不禁打了个激灵。但彻骨的冰凉中,皮肤对青蓝的水自有特殊的感受,这是圣水啊!

李老师只顾在水中捡石头,说是有鱼在啄腿,不多时,竟然掬起一条小鱼,慌忙走到岸上给郑师傅他们看……

黄河源之四:从鄂陵湖流出的水才叫黄河

郑师傅将车开往黄河从鄂陵湖走出、迈开万里奔腾第一步的水口。

不久,车陷进沼泽。他火急慌忙地倒车。只见泥星、水珠飞溅,马达轰轰地响着,可车就是不动。

看我们跳下了车,向导和小丁也下来了。四个人喊着号子用力,总算将车推出。

我们徒步向河口走去。水草渐渐丰茂,挺水植物掩盖了沼泽地的危险。我要李老师在我身后,保持一定的距离。

走了有30多分钟,听到身后向导发出的警告声。我请李老师停下,自个儿再向前走。

"真的走不进,就别勉强。可不能丢下我一个人啊!"李老师知道拦不住我。

"哪能哩!"

水草渐深,脚下时时有小沟、小坑。人一走动,草上的各种小虫直往脸上扑。正在躲让之际,脚下踩空,我跌进了一个小水凼,泥水淹到大腿,费了一番周折才上来了。

我找到一稍高处,向河口眺望——还有着一段很长的距离。在一马平川的湖滩上,对距离的判断常有差误。这一看,倒也有收获——发现靠湖的一边有个小沙丘。我决定往小沙丘处走。

站在沙丘上,视野宽了许多:前面如芦苇般的挺水植物密不透风,还有大片的水沼。事实上没有必要的装备,是无法到达河口的。

突然,传来一片水鸟的嘈杂声,接着是飞起声。白色的、灰色的庞大鸟群,忽东忽西、忽上忽下地飘飞,遮天蔽日,在水草的映衬下构成了一幅幅美轮美奂的画卷……

我明白了:河口的鱼类丰富,才召来群鸟云集。

极目搜寻,如雪的鸟群覆盖着河滩……终于看到了青蓝的水涌出,形成了黄河!

黄河乳名应是蓝河。她刚诞生时,是这样蔚蓝、清澈、明亮,婴儿般地纯真、率直! 长河、大湖、雪白的鸟群、蓝天……谱写着壮美的诗篇。

回程时,郑师傅为了让我们多领略风情,不循原路,信马由缰地驾着车……

短疏的草地上,突然出现了一个个如铜钱般的印迹。几百平方米的"铜钱地"的景象,令人吃惊——一个个圆圆的铜钱大小的湿印遍布,湿印中间有明显的眼眼(如铜钱中的眼孔)。难道这里也如海滩,有底栖小动物?

下车查看,未见到沙中有沙蟹之类的小动物,却听到了这里那里响起微微噗的一声——地开窍,涌出一珠泉水,沙土地上立即出现圆圆的湿印……原来是地下涌泉创造出的大地奇观。

雪山冰川的融水,就是这样潜流涌出地面! 难怪常听到泉水为河源之说。

几只原羚在左前方百米处奔跑,扬起淡淡的沙尘。我们搜寻着野驴、鹿的身影,却毫无收获。

倒是各种老鼠愈来愈多,它们肆无忌惮地跑来跑去。草很短,稀疏,长得干巴巴的,在沙地上显得无精打采。

有种鼠长了副兔子的嘴脸,看来它就是鼠兔了,与黄鼠、跳鼠、鼢鼠相比,它特别多。我和李老师开始分头计数。好家伙,在100米的距离内,竟然看到了十一只草原鼠!

车停下了,这里那里都是鼠洞。10平方米大小的面积,竟然有十三个鼠洞!

苏教授谈到鼠害时,那种满腔的忧虑浮现在面前,那些警句响在耳边。

去朝拜三江源的路上未暇顾及畜群,这时却是非常注意了。令我们心中不安的是:只看到两群羊,每群一百多只,没见到牛群。

"风吹草低见牛羊"的景象哪里去了?

玛多——黄河源肥美的牧场那里去了?

连我们这样的外行人也能看出草原的退化、沙化是如此严重!

向导说,二十世纪七八十年代,玛多在全国富得小有名气——牛羊多,那时这片草地上随时随处都可见到畜群。只几年的工夫,过度的放牧已使这里的草场无法载畜,只有将牛羊赶到深山里。现在的玛多成了贫困县!

后来,我读到了一篇警世的文章,现录下其中两段:

根据青海省气象局近40年来的气象资料分析,青藏高原平均每10年温度升高0.16℃,比过去世界100年平均气温仅上升0.7℃高出不少。专家分析,预计到21世纪末,青藏高原将比20世纪的平均气温上升近3℃。

黄河源玛多县的遭遇就是一个很好的例子。1988~1996年9年间,黄河源头水量比正常年份减少23.3%。1997年出现断流。全县4000多个湖泊已有2000个干涸。据1998年统计,退化草地面积为70%,沙化面积占全县草地面积35%。退化、沙化面积每年还以20%的速度在扩张。鼠害面积已占全县草地面积65%。

这些数字用"触目惊心"已显得分量不够!
这是中华民族的摇篮黄河源的生态现状!
难怪在今天的行程中,在这辽阔的草原上,竟然没有见到一顶帐篷!
黄河源的壮美和生态的恶化,在我们心头形成了巨大的反差……
我们还有多大的承受力,接受大自然的惩罚?!
醒来吧,人们!

寻找巴旦姆

巴旦姆——是位美丽的姑娘？

我第一次从维吾尔族朋友口中听到这个名字时，想象着这一定是位美丽的姑娘。因为他的眼神中闪耀着向往、钦羡、甜蜜……

巴旦姆——或许是一首美妙的歌？

因为他是用维吾尔语说的，充满了乐感。又说巴旦姆生活在南疆，维吾尔族著名古典音乐《十二木卡姆》的故乡不就是南疆吗？

我一直无缘与巴旦姆相识，心里也就多了一层挂念，甚至常常不自觉地学着维吾尔语念叨着"巴旦姆、巴旦姆……"

风沙中与巴旦姆失之交臂

在拜访山之源的计划中，2004年，我们横穿中国，从南线走进帕米尔高原。8月，从柴达木盆地的茫崖，翻越阿尔金山到若羌。原定路线是沿着塔克拉玛干大沙漠与昆仑山之间的走廊行进。由于修路，我们绕道塔克拉玛干大沙漠到和田。到达喀什后，有一天，我突然心血来潮，向朋友问起巴旦姆。他说："你不是刚经过英吉沙吗？"

见我一脸的茫然，他很惊讶："巴旦姆就在英吉沙呀！"

我真是懊恼不迭。

想起来了，那天从和田出发不久，大风卷起沙尘，天地顿时混沌。沙流像蛇一样在路上游动,车内也弥漫起呛人的尘土。到达叶城时已是下午 2 点多,我匆匆忙忙吃了饭又赶路。

这次换了部破旧的吉普车。开车的师傅是位维吾尔族小兄弟,开得很猛。我非常担心出事故,请他开慢点。他回了句话,似乎是说风虽然小了,但谁知道沙尘暴会不会更狂妄?赶路要紧。

车开得飞快,我和君早都紧紧地抓住可以抓的扶手。是的,看到了一面大标语牌,上面有各种小刀的图案——英吉沙以制刀闻名,盛产各式锋利、名贵的刀具。君早想下车去看看,喊了几声,小师傅也未停车。哪有可能去寻找巴旦姆哩?!即使是在路上,车也不多,行人稀少,妇女们都用头巾裹起头,行色匆匆。

只能将遗憾留在南疆的风沙中。

2005 年 7 月,我和李老师从北线走进帕米尔高原。先是沿着河西走廊、祁连山,直达敦煌,再由敦煌到罗布泊、库尔勒,然后经过轮台、库车、阿克苏。在探索了和田河、叶尔羌河、阿克苏河三河交汇处——从此才有了奔腾于塔克拉玛干大沙漠中的神奇的塔里木河——之后,我们又到了喀什。

我决定无论是上帕米尔高原之前、之后,这次一定要去寻找巴旦姆。但考察行程安排得很紧。

机会终于来了,朋友在电话中说去帕米尔高原的路有一段被水冲坏,要我们等两天再走。去年我们已走过一次,对一路的艰难深有体会,哪敢轻易冒险?何况这次是李老师和我同行。

我说要去英吉沙。

朋友问:"什么事?"

我说:"找巴旦姆。"

朋友说:"……我来安排……"先是一阵刺耳的吱吱声,接着就断线了。

一晚上都未能和这位朋友联系上,只能揣着个闷葫芦了……

早上,租了部车就往英吉沙赶。只70多千米的路程,眼看快到了,李老师急着催我和那位朋友联系,问清去找谁。等我打开手机,却发现屏幕是黑的。糟糕,没电了……

巴旦姆是美丽的姑娘?

说着,已到县城。满街都是瓜果的馨香、熙熙攘攘的人群。

看到一位穿着花裙子的维吾尔族姑娘往这边瞅,我下了车,正想向她打听哪里有公用电话时,她却先开口了:"你是从喀什来的刘老师?"

神了! 巧了!

她长得很美,苗条的身材,长长的睫毛,弯弯的蛾眉,高耸的鼻梁,黑葡萄般的眼睛在白净的脸膛上灵光闪烁……

难道她就是……

我的打量,使她的脸上突然飞起一朵红云:"是来找巴旦姆的?"

我清醒了,连忙说:"你就是……"

她莞尔一笑:"去坐我的车吧。汽车到不了那里。你的朋友要我带你们去找巴旦姆。"

幸亏我没有脱口就说"你就是巴旦姆"。

"还能有比你更漂亮的姑娘?"

她的笑容里溢满了幸福。

"啊,啊,肯定有比我更美丽的。我叫阿娜尔古丽,领你们去,还有些路哩!"

只十多步,就到了一辆驴车前:这是一辆很普通的、维吾尔族老乡日常使用的驴车,没有篷,只在车架上铺了板。但我总觉得它很特殊,因为是她带来的? 抑或是修长匀称的驴身,黑的、淡黄的、黄褐色的毛衣……很自然地使人想起国画大师黄胄笔下的毛驴?

"请李老师、刘老师上车吧。"

李老师笑得眉毛、眼睛都挤到一起：

"谢谢。我正想坐'驴的'哩。那年在吐鲁番坐出租'驴的'游葡萄园的乐趣，随时都想再温习温习。好聪明的姑娘！"

她似乎看出我担心那小毛驴驮不了三个人，特别是我这个1.82米的大汉，说："没事。它力气不小哩！"

等我终于坐到车上，她用掌轻轻拍了拍驴，车就轻轻地跑起来了，驴蹄在柏油路面上敲出很有韵律的节奏。清风拂面，惬意极了！

"你怎么认出是我们？"李老师终于想起释疑。

"太好认了。你的朋友介绍了你们的特征，特别在野外探险，你俩总是形影不离，苦难同当，走过那么多的地方，听说还去过北极圈……脸上都写着哩！这才叫爱情。你们还背着摄影包！"

说得李老师一把抱住了她，大概是感动得找不到更好的语言，只是不断重复"真聪明，真美丽"。

七八月的南疆是最美丽的，每片绿洲都散发着生命的芬芳。

车很快转进乡间小路，在白杨林带的小道上行驶，从葡萄架的走廊中穿过，瓜田弥漫着香甜，渠水潺潺地流淌……她不断向熟人问候的声音，充满了诗韵。

葡萄架下的大嫂送了她几大串葡萄，那胭脂一般的红艳，使李老师不忍心吃上一口。

瓜田中的小伙子给她送来了瓜。

果园里的大爷给她送来了喷香的蟠桃。

不一会儿，我们的车就一路飘香了。她的人缘真好。

在林带中曲曲折折之后，终于到了一片林子前，她停了车："你们要找的巴旦姆，就在这里！"

这不是果园吗？一片墨绿。树多在七八米高，树冠稠密，结满了果。那果是青色的，但已染有淡淡的黄晕，显然不是苹果、梨、李、核桃之类……

树叶虽然狭小，却很似桃叶。果更像桃，但没桃大，且形状是扁的……

大约是我专注、疑虑的神情使她很得意："春天开的花，跟杏花一样，像片胭脂云，可花朵比杏花大。"

然而，它没有杏的金黄的色彩！尽管生命以形态的千变万化来赞颂生命的丰富多彩，可也没听说过有扁杏呀。

"它就是巴旦姆，又叫'扁桃'，学名叫'巴旦杏'，植物分类上属桃属。"

理性的、感性的思绪，顿时在心中翻涌：巴旦姆既不是美丽的姑娘，更不是一曲令人神魂颠倒的乐曲。它是一种植物的果实……

它叫杏，又似桃……像与不像之中总是蕴藏着神秘，创造出另一种美。

阿娜尔古丽当然看到了我那复杂得只有沉默的神情，感悟之中，滔滔不绝地介绍起她所从事的事业："巴旦杏是沿着丝绸之路从古波斯传入新疆的，已有1000多年的种植历史。唐朝的《酉阳杂俎》中就有记载：'偏桃，出波斯国，波斯国呼为婆淡。'刘老师，摘一个尝尝吧！"

既然有她的盼咐，也就避免了"瓜田李下"之嫌。我走进园里摘了一个，咬了一口果肉，嚼着嚼着，那满嘴的苦涩……难道奥妙就在这苦涩中？可可豆也是苦的呀，就是苦不堪言的可可粉制成了香甜的巧克力……

她笑得眉毛都打颤颤，银铃一般地欢乐："快吐掉！果肉不能吃，快吐掉！"

她不动声色地导演了一场喜剧，这个调皮的丫头！

"还是那本《酉阳杂俎》上说的，'其肉苦涩，不可啖。核中仁甘甜'。李时珍的《本草纲目》也说：'巴旦杏，出回回旧地，今关西诸土亦有。树如杏而叶差小，实亦尖小而肉薄。其核如梅核，壳薄而仁甘美。'也有人把巴旦杏说成芭榄。叫婆淡也好，叫芭榄也好，其实都是古波斯语的音译。我们维吾尔语就叫它巴旦姆。"

李老师对我一笑,意味深长。望文生义不可取,更何况我是听音生义呢?

我并没有暗暗叫声"惭愧",倒是有着另一种感悟……

神奇的巴旦姆

阿娜尔古丽已从树上摘下了巴旦姆:"尝尝杏仁的味!离成熟期还有些日子,不过味道还是尝得出来的。"

记得儿时也贪嘴,吃了果肉后常拿石头砸杏核,小小的杏仁还有些苦味。于是赶紧在地下找石块。

"不用,不用。"

只见她将杏用劲一捏,核就出来了,再用力一捏核,嘿,一粒饱满、丰实的淡咖啡色的仁就躺在核中。她递给了李老师。

我也如法炮制。真的,它没难为我,杏仁很快到了嘴里。

"真的,有股说不出的香味,酥脆爽口,甜甜的,口舌生津哩!"

"巴旦姆最神秘、最宝贵的都藏在仁子里。它含有50%以上的植物油、将近30%的蛋白质。最珍贵的是含有多种人体不可缺少的微量元素,和一种特殊的维生素B。这种维生素B具有神奇的抗衰老、增强免疫力的效果……"

"阿娜尔古丽!"

她优雅地回过头去:"阿甫老爹,赶集去了?"

一位银髯飘拂、戴了顶花圆帽的老人,一骗腿儿,下了驴,稳稳实实地站住,笑着说:"又在研究你的巴旦姆了?按你说的办法剪枝、管理,今年挂的果真多,又要丰收了。是从哪里请来的师傅?"

"是远方来的客人,我正想说到你哩!"

"说到我?"

"两位老师,猜猜看,老爹高寿?"

从设问看来,他的实际年龄应该比外貌要大。李老师试探着说:"寿星快八十岁了吧?"

"哈哈哈哈!"

一老一少笑得非常灿烂。

老人一手抚胸,微微躬身:"谢谢,谢谢!"

"九十八啦!在我们这里不算最高的寿星。九十岁的不稀罕,有十多位哩!还有一百零六岁的老奶奶。长寿的秘密就在这巴旦姆。我们维吾尔族人最喜欢吃哩,体弱多病的,就靠它来强身健体。常说一日啖十颗,百病祛除!有时间带你们去村子里走走看看。"

我们只有惊奇的份儿了。就说骑驴吧,要求骑者有较高的技术,因为它不像骑马那样有鞍可倚,稍不留神,或是驴一受惊,很容易被颠下驴背。可这位老爹刚才下驴时神清气定。他说起话来调门不高,但声音很有张力,底气很足。真是让我开了眼界。

"我们维医给人治病,开的方子中,多数要放上巴旦姆。"

阿娜尔古丽很兴奋:"老爹说得很对。我做过调查,在乌鲁木齐、喀什、和田的维医医院中,治疗高血压、神经衰弱、气管炎的处方中都有巴旦姆。西方国家还从巴旦姆中提取有效成分,配合治疗糖尿病、儿童癫痫。现在,全世界糖尿病的发病率正在迅速增加,可我们这边的村子里,就没有一个人得糖尿病的。你说神奇不神奇?"

藏医、维医、苗医……都有各自的神通,那是源于他们对大自然,特别是对生物圈的认识、感悟。我们常说"一方水土养一方人",也就是这个道理。在同一个地理生物圈中的人,总是与其共同生活的环境——自然的、动植物的,甚至是所有的生命体——有着千丝万缕的关系,相互扶持,才能创造繁荣。

哲人说治病的药就在自己的身上。有人对漆树过敏,生漆疮,西药很难奏效,但山民们挖了漆树根来烧水洗疮,立竿见影。在云南西双版纳时,我看到过见血封喉树,过去猎人就是将其树汁涂在箭上,制作毒箭,用于战争,用以猎野兽,其实它的解药也在这种树上。

生物世界就是如此奇妙……

"阿娜尔古丽,别只顾着研究巴旦姆,思考着治糖尿病,冷淡了小伙子。巴旦姆成熟了就该收获。"

"老爹,不会的。"

老人一骗腿儿,骑上毛驴走了,留下轻快的蹄击声……

我忽有所悟:"阿娜尔古丽,你是研究巴旦姆药用价值……"

她的脸上溢满了幸福,溢满了欢乐,非常感人:

"我学的是果树栽培。选育优良品种,提高产量,防治病虫害……是我的职责。巴旦姆的神奇让我想了很多,要真的能找出预防、治疗糖尿病的办法,那该多有意思!巴旦姆最适应干旱地区,日照时间长,太阳神给了它更多的能量,昼夜温差大,给它创造了制造糖分的好条件。在新疆,种植巴旦姆的地方很多,可为什么这里的巴旦姆品质特别好呢?是土壤、水热条件……生物圈中哪些对它产生影响……"

她陷入了沉思,展现了另一种美。

"领我们去看你的种植园。"李老师兴趣盎然。

我突然童心大发:"阿娜尔古丽,你也猜猜,我有多大年纪?"

她并没有重新审视我的面孔,脱口说:"也不过就是五十多岁哩!"

"哈哈!"我和李老师笑了,惊得果园中的鸟都飞起来了。

我学着阿甫老人的模样,一手抚胸,微微躬身:"谢谢!老顽童今年六十七岁。夫人李老师六十六岁。"

她瞪大了眼睛,一会儿恍然大悟道:"是山爷爷、水奶奶给了你们精气。

你们走了那么多的路,一天一个新的世界,还要去朝拜万山之祖帕米尔哩!你亲近大自然,大自然当然也亲近你!"

小驴车又载着我们在白杨筑起的林带小道上轻快地跑起来,徜徉在瓜果的馨香中。走了一段路,我发现她并没有指挥驴行动。是的,来时也没听到她吆喝一声,那驴就像装了自动导航仪,准确而流畅地奔驰在田间的小道上。

神了!我问阿娜尔古丽,她说:"2年前它过沟时把腿别断了,主人不想要了,我给它治好了腿。时间长了,它懂我心思,路也跑熟了,聪明着哩!

"去年,那边村子的蟠桃丰收了,又卖了好价钱,晚上一定要留我吃饭,硬是灌了我几杯酒,回去时就迷迷糊糊的⋯⋯冻醒了睁眼一看,满天的星星。我慌了,这在哪里呀?再一看,正是宿舍的门口哩!"

连小毛驴都这样神奇。她的故事真多。

种植园并不宏大,巴旦姆整齐列成一个个方阵。

我走了几遍,也没发现品种之间的差异,只是看到有的果大,有的果小,好像还有成熟期的不同。

再看说明牌,才知道巴旦杏是个大家族,有四五十个品种,几大系列。有硬壳的、软壳的,出油率高的、出油率低的⋯⋯每一个方阵,就是一个品种⋯⋯

阿娜尔古丽将我们领到一块方阵前,树上的果子有似曾相识的感觉:

"这就是我们现在推广的软壳甜巴旦杏品系,有纸皮巴旦、双仁巴旦、早熟巴旦⋯⋯是我们科研所几代人培育出来的。

"它适应性强,生长快,栽上后第二年就能挂果。维吾尔族老乡把果树看成银行。种好树,结好果,生活才会富起来。我们这里种质资源丰富,还有100多年前的树王哩!"

"树王?在哪里?"

树王具有特殊的意义,它是我们至今能看到的生于几百年、几千年之前,现在依然鲜活的生命,年轮中记载了历史长河中宇宙、天气、环境的变化,是一部百科全书。

"等会儿领你们去……"

她的手机响了,接了电话后说:"你们朋友来的,说明天就要出发上帕米尔高原,要你们赶快回去!"

真是十万火急,帕米尔高原毕竟是我们的目的地。我们临行前,她似是淡淡地问了句:"刘老师,你是不是把巴旦姆当成美丽的姑娘了?"

她满脸藏不住的狡黠,让我感到脸上发热……

"其实你也没有想错。我们维吾尔族人喜欢用美丽的花朵给女孩子们起名。'阿娜尔古丽'就是石榴花,艳艳的、红红的,像火烧云,形容姑娘的美丽。我娘给我取的。人和树、花都是生命。'阿娜尔'还有另一层意思,是说人的心灵纯真、敦厚、美。巴旦姆不正是这样吗?"

好一个善解人意、聪慧的姑娘,就像充满哲理的诗!

巴旦姆神奇,阿娜尔古丽不是也神奇?

巴旦姆是一首美妙的歌。

我们再次朝拜了万山之祖后,在一个深夜回到了喀什,途中车坏了,花了半天才修好。

我们出来已近2个月了,跋涉了几千千米,说旅途不劳顿,那也不真实,钱也快用完了。孙子在电话中总是说:"爷爷奶奶还不回来?不要我了?"

第二天一早我们就赶快去买票。此时正是新疆的旅游旺季,常是一票难求。果然,稍好的路线的航班都没有,只有绕道广州,再飞到合肥。但我还是留出了一天,选择了夜航。看到李老师惊奇,我说:

"不去见见巴旦姆的树王,岂不是太亏了?"

她笑了:

"你总是追求完美。"

"过程比结果更有意思。"

不巧的是那位朋友和阿娜尔古丽都出差在外。独自闯闯也不错嘛!

我们租了部车,就往莎车去。既然巴旦姆使我想到它是一首美妙的音乐,何不去拜访《十二木卡姆》的故乡呢?那里也是刀郎音乐的故乡。

在民族音乐中,我特别喜爱维吾尔族音乐。每当乐曲响起时,我的每个关节都会不自觉地应声而动,那可奏、可歌、可舞的旋律,洋溢着生命的欢乐、美丽。关牧村的一曲《吐鲁番的葡萄熟了》肯定不会只使我一个人如痴如醉。

西域音乐早在西汉时期就已沿着丝绸之路传到中原。唐朝官方音乐节目单中的十部经典音乐中,就有西域的《疏勒》《高昌》《龟兹》三部。

维吾尔族音乐丰富多彩,有人根据风格的不同将其分为南疆、北疆、东疆、刀郎色彩区。我们在库车时,就欣赏过龟兹可歌可舞的音乐,有热烈又活泼的魅力,在和田时,听过那充满乡土气息的短小的民歌。

到莎车了,我却请师傅直接将车开到叶尔羌河大桥头——我们和它有着一段特殊的感情。

桥很长,河面宽阔,流水缓缓,像是经过千山万壑、激流汹涌之后,放开了身心,舒适地流淌。

几天前,我们在帕米尔高原上,在皮士林沟、坎赞沟……追寻盘羊、岩羊、北山羊、雪豹的踪影。

在红其拉甫中巴边境看到雪山、冰川的融水汇成了小溪,回程时它一路伴随我们,一路不断壮阔,滋润了一片片小绿洲,绽放着生命之花……

它就是塔什库尔干河。

帕米尔高原的地点,大多是以山沟名字来命名的,大约是因为山塬太荒凉、太广袤了!

以后,我们又从塔什库尔干县城,顺着塔什库尔干河,进入了另一条山谷。在去班迪乡的途中,有一片野杏树,挂满了金红的果实。向导要我们一定要吃几颗,说是只要吃了这里的野杏,就不会闹水土不服、肚子疼。塔吉克族兄弟和维吾尔族兄弟一样,对杏情有独钟。

就是在这野杏树下,我们遇到了两位从广州骑着自行车来旅行的青年,说是要从这里去叶城到莎车。我赶快告诉他们,那也是我们原定的路线,但是我的朋友说前面的路被水冲坏了。两个小伙子说,没关系,自行车对路况的要求总是要灵活得多。我很艳羡……

在大桥上走了一段,看着塔什库尔干河更名为叶尔羌河,想到它流进塔克拉玛干大沙漠,在阿克苏的阿瓦提与和田河、阿克苏河相汇后,就失去原有的名字,更名为塔里木河,不禁思绪绵绵。这很像作为单独的生命个体,有着自己的性格、尊严,大家相融之后,虽然失却了"自我",但形成了更为壮阔的生命洪流。

回到县城后,我想最便捷的办法是先去阿曼尼莎汗纪念陵。其王后陵墓是典型的伊斯兰建筑风格,屹立着阿曼尼莎汗王后的塑像,这位绝世美貌的王后,正在弹奏着萨塔尔(乐器),将欢乐的音符播撒在天地……

她是一位诗人,更是一位天才的音乐家。是她将流行在民间的音乐搜集、整理、创造出举世闻名的《十二木卡姆》,将民间音乐推向了套曲发展的高峰。

微风吹来了弹奏乐的丝弦声。

循着音乐,我们走到了一处公园。人们在这里喝茶、休闲。

杨树浓荫下鲜花盛开的花坛旁,一位老人正在一边弹奏都塔尔(二弦琴),一边引吭高歌,节奏感很强。一个孩子拍着手鼓伴奏。

我身体的关节动起来了,问身旁的人:"他唱的是《十二木卡姆》?"

"是第十木卡姆。"

"表现的内容……"

他用眼示意——

是的,这里那里都已有翩翩起舞的人。

"意思是唱起来、跳起来——欢乐曲——他是用古维吾尔语唱的,我也听得不甚明了。好在音乐是灵魂中跳动的心声,只要用心听就能感受到。其实《十二木卡姆》是套曲,演唱者可以自己填词。"

"你经常来听?"

"天天来。每天都有人在这里唱,在这里跳舞。等一会儿还会有人来唱,相互比赛、相互交流。音乐已是我们生活的一部分,就像阳光、麦田、水、葡萄、巴旦姆一样,这是我们的生活环境,少了一样,我们就会感到不自在,不舒坦。用现在的词说,叫生态。我正在体会这种生态,想将这种生态理出头绪……"

听得我忽有所悟,豁然开朗。是的,本来只是感觉催动我来见识《十二木卡姆》,其实是在寻找一种朦胧的意识。阿娜尔古丽由巴旦姆、长寿村,扩展到了生存的环境、人与自然的和谐。

和谐还应包含精神层面的。《十二木卡姆》就是精神层面的财富。人在大生物圈中,不就是因为创造了文化而区别于其他的生命吗?精神和物质应该同是建设人与自然和谐的基础……

我紧紧地抓住了刚认识的朋友的手。他说,他在文化馆工作。我想,他研究的课题,应是当今社会科学的尖端课题。

他告诉我,演唱一遍《十二木卡姆》需要 20 多天。它包括了古典叙诵歌曲、民间叙事组歌、舞曲……

双胞胎小姐妹

我们心满意足地回到英吉沙。可到哪里才能找到巴旦姆树王呢?依稀记得阿娜尔古丽说,是在医院附近。

找到医院并不难,可问了几个人,要么说听不懂我说的话,要么说不知道。李老师总是能想出高招。

她找到了一位汉族的女医生。医生说,随便找个果园都有巴旦杏。她不明白树王是什么意思。李老师转而问医院里有巴旦姆果树吗,她要我们去找一位维吾尔族的老医生。

老医生说在后院。可后院在哪儿呢?医院科室很散,我们找了半天也未找到。

问来问去,找来找去,我们仍然一头雾水。

有两位维吾尔族小姑娘来了,长得很漂亮,都梳着满头的小辫子,都穿着红花裙子,七八岁年纪,像是双胞胎。那水灵、水灵的眼睛,在李老师的照相机上滴溜溜转。

她们说要领我们去找巴旦姆。我奇怪她们是怎么知道的,李老师说:"我们刚才问路时,她们就在旁边听。"

她们领我们到了一处围墙边,但院里是榆树。李老师又翻墙进去,说确实只有几棵榆树。

我说还是坐下歇一会儿吧,头都转晕了。

她们果然是一对双胞胎,小学二年级的学生。我问谁是姐姐,另一个指了指个子稍矮的。仔细一看,姐姐的鼻梁特高!

两位小姑娘小跑着走了。

没一会儿,两位小姑娘又跑来了,额头上沁着汗珠珠,说是就在这个院子的对面还有一个院子,长着巴旦姆,说完拉着李老师的手就走。

我们很感谢。不久,却发现是个死胡同,院门锁得紧紧的。

两位小姑娘又小跑着走了。

不一会儿高鼻梁的小姑娘跑回来了,用手指着身后:她的妹妹正拉着一位胖胖的大叔走来,说他是管这园子的。

我连忙上前说想进园子里看看巴旦姆。他说明天来吧,钥匙由另外一个人管着。

我只好将前因后果说了一遍,特别强调了今晚要赶飞机。老人感动了,用维吾尔语向那姑娘说了几句,妹妹又飞快地跑走了。

她领来一个小伙子。小伙子开了园门。

园子不大,只有100多平方米。七八棵巴旦杏树巍然屹立,树冠如一片绿云,主干粗壮,目测其胸径应有八九十厘米,枝遒劲、沧桑,然而挂满了果实。

老人说,这儿原是一座庄园。他很小的时候,这几棵树已很高大,他还常常溜进来,捡自熟落下的杏核吃。

这些树最少已有100多年的历史了。传说这几棵树上结的巴旦姆是神仙果,不仅延年益寿,还能治病。

他一边说着话,一边从地上捡起几颗自然熟落下的巴旦姆,只轻轻一掰,杏核就脱落了,再捏核,又大又饱满的杏仁已落在掌心。他送了一把给正在拍照的李老师。李老师又送给了跟着她拍照的双胞胎小姐妹。

小伙子也送了几颗杏仁给我。

"香吧!还有股甜甜的味。酥脆。含油高,可不腻。"

成熟了的巴旦姆果肉常常自己裂开。我也试着剥了两颗,那核确如硬纸一般。想来这就是"纸壳巴旦杏"的由来。

我说:"这些巴旦姆至今还活在这里,也算奇迹了!"

"你看,它们都被很多很多的房子围起来了。好几次都有人想砍树盖房子,医院的房子紧张啊,可大家还是把它们保护下来了。我们维吾尔族人最懂得树的重要,绿洲是我们的家园。树是绿洲的旗子、生命。没有树就没有绿洲。风沙会把绿洲埋了。

"树和我们相依为命。再说,研究所、四处的老乡,常来这里砍枝条回去嫁接,来取种子回去种。阿娜尔古丽说,这是种质基因库。院里就交给我负责保护了。"

我和老人紧紧地拥抱在一起。

老人和小伙子送了我们树王结的果实。我们只留了两颗,其余的全都送给两位小姑娘了。

李老师抱起小双胞胎,深情地吻着。

她却凑近李老师的耳朵,悄悄地说着:"你要告诉很多小朋友,很多很多人,我们这里有神奇的巴旦姆,请大家都来保护吧!"

李老师把照相机挂到了她的脖子上……

2010年1月31日

旱獭的尊严

为了瞻仰高山之王雪豹,今天要先去古仁沟寻"四大名旦"。古仁沟在东天山的腹地,那里雪峰林立,山套山,沟套沟,地形复杂,是高山野生动物乐园。天公又不作美,阴云密布。但我们的行程安排得很紧,也顾不得那么多了。

保护区的小王在向来访者介绍时,总是自豪地先介绍他们的"四大名旦"。

盘羊:全国八个亚种,巴音郭楞蒙古自治州(简称"巴州")就有天山亚种、罗布泊亚种等四个亚种,且数量多。

天鹅:巴音布鲁克是天鹅的故乡,在那里生活着几万只大天鹅、小天鹅等各种水禽。

藏羚羊:数量占全国的三分之一。前年,小王他们在且末的中昆仑山,一次看到过3000多只的母子群。

北山羊:有10万多只生活在高山区。

"四大名旦"中,盘羊、天鹅是国家二级保护动物,而藏羚羊、北山羊是国家一级保护动物。

雪豹是非常神秘的动物。青海、甘肃的祁连山,曾有雪豹栖息,而且数量并非异常稀少,我曾见过一份资料,一支两三人的猎队,在一条山沟中就猎杀了四只雪豹。我们去年在青海没找到它的踪迹;今年不久前在甘肃祁连山的北坡寻访六七天,也没有寻到雪豹的身影;现在又把希望寄托在天山。

难道雪豹竟无踪可寻?失败的经验给了我启示。在野外,追踪雪豹,首先应该寻找它的食物链,即所谓的"顺藤摸瓜"。想到雪豹主要的食物是岩羊、北山羊、盘羊,我问这季节巴州哪里这些动物较多,最易发现。

昨天在商量行程时,小王说,当然还是天山这边较多。前几天还听一个牧民说,在古仁沟那边见到了五六十只一群的北山羊。但因牧民们将畜群都赶到海拔较低的夏牧场,北山羊、盘羊只好往高山移动。

雪豹总是追随着食物北山羊、岩羊、盘羊的足迹。这位雪山之王的王者风度高贵,甚至儒雅,它不像老鼠、兔子成天为填饱肚子奔波,而是隔十天左右,才去捕猎一只野羊,大快朵颐之后,就去晒太阳、闲逛,享受着山色美景,纵跳陡崖,腾越险涧,享受着生活的快乐。

车向古仁沟驶去,李老师突然有了新发现:"这不是去天鹅故乡巴音布鲁克的路吗?"

小王说:"李老师记性真好,就是那年我陪你们去天鹅故乡的路。今天过了和静之后才拐进岔路。经过几年的建设,天鹅保护区已有了大的变化。只是由于畜群大量增加,草原不堪重负,有的地方已开始沙化了。"

"那里的草原是我见过的最肥美的草原啊!这才几年?"

"再好的草原也经不住遍地牛羊的啃食、践踏!这个你认识吧?"小王指了指路边五六米处的一片植物。

"是甘草吧?长得真不错。那年来时不是说都快绝迹了吗?"

"对呀。甘草在中药中的重要性,使得价格一直在涨,引得大批人进来乱采乱挖。保护措施一到位,也只几年,这不又繁荣了?关键是人对自然应该遵守规矩。所以我对刘老师说的生态道德一听就明白。"

车向古仁沟岔去,一条小河迎面滚滚而来。"沟"其实是条山谷,有的沟可蜿蜒几十千米,从陡峭的山崖看,相对高差总在五六百米。峡谷愈走愈窄。

在路边的山溪更加湍急,山坡上没有一棵树,只在山坡的低处才有些野草,铺出片片绿意。

虽然我、李老师、小王分片观察,可竟然没有见到一只动物。它们好像都知道我们要来,全躲得远远的,连畜群也没见到,更没有一个人影。

"我们还要往高山去,就那个雪峰,别急。"

越野车爬山也喘粗气啊!路很崎岖,弯弯曲曲,感觉跑了很长时间,回头一望,离下面的来路直线距离也只不过100多米。终于到达了岗头,极目四处眺望,仍然没有见到一只野羊。

"他明明说前几天还看到一群几十只的北山羊嘛!"

我很理解他的心情:"野物野性的,腿长在它身上,谁能管得了?没关系。"

"快来看这种花。"李老师总是很善解人意!

真的,在乱石缝中,几棵植物叶片是那样紫莹莹的,似是肉质的叶片形态很美,不是花,但比花更美。高山植物都有抗严寒、抗干旱的特殊本领。

再行,刚拐过一个山嘴,我发现对面的山崖上有情况。

"不像野羊,没角嘛!"

"狐狸?""狼?"我们纷纷猜测。半天,它毫无动作,只是将头高昂,眺望我们。

"是象形石?"

乌云已遮去雪山,一片雾蒙蒙的,山峦都似乎矮了一截。

观察了很长时间,小王才说:"肯定是狼,孤狼就是这德行。说不定还是哨狼在侦察,是呀,狼是最聪明的家伙……难怪野羊们全都躲了起来。走,往那边去说不定能找到野羊。刘老师说的,见到岩羊,就有可能找到雪豹的踪迹……"

小王话音还未落,右前方山坡上突然冒出缕缕青烟。

司机未等小王发话,猛踩油门,往那边奔去。

车内立即紧张起来,虽然在这样的石山上,在这季节,不可能有山火,但那股烟是不平常的信号。这里离公路太近了,不可能是夏牧场。难道是偷猎者?

没有路了。车一停,连司机也都下了车。小王简单分了任务,我和李老师就从另一方向往冒烟的山坡奔去。小王是搞自然保护的,职责使我们都紧张起来。

山很陡,没走多远,李老师的速度明显慢了下来,我也喘着粗气,估计海拔已是3000多米了。我示意她留在原地,但那袅袅升起的青烟就像是嘹亮的号角,我也只得放慢脚步等她。

快接近时,我们有意绕过一堵巨崖,隐蔽地向目标接近。

终于看清了——

这是山岭上的一块微凹的小盆地,面积有四五百平方米,长着稀疏的绿草,四面都是黑色的山崖巨石。

一个大汉正弯腰用一纸板扇火。是生火做饭?四处没有他的畜群呀。是行路客?牧民们都是带着干粮上路的。

奇怪,火一旺,他却赶紧撮土压上,烟就越发浓了。

"看见了?火堆在一洞口。"李老师说。

我拍了拍脑瓜:"是往里面灌烟,绝对不错。"

好像是为了印证,在火堆不远处,有两三处都飘起淡淡的烟。

可是,在洞口并没有张网,在那大汉的周围,也没发现一件可称作猎具的东西。他在玩"空手道"?和野兽玩"空手道"并不好玩,野物野性的,还各有生存之道,能不拼命一搏?连小虫给你一口,都会让你终生难忘!

"是偷猎?快告诉小王!"

"不急,估计他也应该看到了。"

哪位住客喜欢在这样荒凉的高山打洞穴居,且还有经济价值?

豪猪?这里没有它的分布。

鼠兔、黄鼠、跳鼠?不值得。是鼢鼠?对,有可能,它的经济价值高。在青海日月山下那边,我们曾遇见的专捕鼢鼠的猎人的情景,立即浮在眼前……鼢鼠不属于保护动物。这几年,由于草场退化,草原上鼠害猖狂,从牛羊口中争夺草料。

那大汉仔细看了看几处飘出青烟的地方,放下纸板快步走去,搬来一个个石块,将冒烟的几处洞口堵了起来,又跑回去,用力扇起,往洞里灌烟……

"喂,还有一个洞……"

"傻!别瞎操心,专心专意看他这个独角戏怎么演吧!"

等待是焦急的,但有耐心的人,总是能欣赏到戏剧的高潮……

李老师用胳膊肘碰了碰我,我装着没看见。其实我一直盯着从那个唯一未被石块堵住的洞口飘出的烟的形态——时淡时浓——它早就透露了洞里活物的动静。是的,现在似是有黑黑的嘴脸露出……那是它在侦察,可惜没有潜望镜,只能这样巧妙地窥探。

突一声……

一只金黄的胖乎乎的家伙蹿出了洞口。

"是它?"李老师很吃惊。

我也一愣,怎么没想到是它?

"不错,是旱獭。"

旱獭和老鼠一样,同属啮齿目,专食青草、草根,与牛羊争食,对草地的破坏极大。它不是营群性的穴居动物,常是一个家族几代或几个家族生活在同一区域,带有病菌,最可怕的是鼠疫。但它皮毛柔软厚密,是制裘的上等皮毛,经济价值高。这两种原因,使它成了牧民中业余猎手的重要目标。

怪,山谷里还是一片寂静。

如果说它刚出洞时还带有试探性的犹豫,那么这时考察已经结束,它决定迈开四肢,迅速逃离烟熏火燎的居所。

"快跑!"李老师急得喊出了口。

几乎同时,这里那里骤然响起了惊雷般的吆喝声、马蹄声。

岩后,三匹骏马风驰电掣奔出,骑士手执长长的套马竿一拥而上。他们玩的不是"空手道"!

那金黄色的野物,折转身子就往回跑……可是晚了,那个"扇"风点火的大汉正站在那里。

那金黄的野物斜向飞奔,圆滚滚的身子就像劲射的大球……

吆喝声连天,马蹄急敲。

那野物东奔西突,躲闪着长竿前端的套索。

包围圈愈来愈紧,就在有个套索已触到猎物脖颈时,它却一侧身子——就像短道速滑运动员过弯道一样,硬是从马蹄边擦过,从马肚下逃出……

眼看突围成功,在飞奔中,它滴溜溜转着黑黑的眼珠——是的,右前方是一堆嶙峋的山岩,应该有个藏身之所,只要跑过七八米的距离,它就能进入防空洞了……

但是——是转折词,也是命运的转折点,它还未跑出四五米,便瞥见人已站在岩石前面——

不知什么时候,那个"扇"风点火的大汉,好像神机妙算,早就料到了这招,神不知鬼不觉地担任了阻击。

这是一场力量悬殊、毫无悬念的围猎和反围猎的较量。四位猎人未必能使旱獭束手就擒,但他们有四根长长的套马竿,虽然马也是四条腿,但旱獭腿短,身长只有四五十厘米,体重也只有两三公斤,根本无法相比……

然而,全身披着金灿灿毛衣的精灵,还是毫不气馁地与对手周旋……

高头大马们喷着响鼻,齐刷刷地向猎物奔来……

旱獭反而镇静了下来,它立起身子,前肢抱胸——平时,它这种似是抱拳行礼左顾右盼的神态,憨态可掬、令人心动,这时却有了另一种庄严的味道,连那黑黑的鼻头都闪着灼人的光彩……它向自己刚从那里逃离的洞口望了一眼,又扫视了一遍这个它生活的小小山谷中的平地,骤然向冲来的骏马冲去。

它竭尽全力,将四只短腿蹬直,如子弹出膛般射出。

只听嘭的一声……

它一头撞向马儿刚腾起的左前腿。

那马腿的前冲力将它弹出,重重地跌落在几米开外。

突如其来的一击,惊得那马儿腾起两只前蹄,同时长啸一声,骑手立即被掀翻在地……

这一匪夷所思的变故,使猎人们勒住了缰绳,静静地立在那里。跌落在砾石上的,正是"扇"风点火、几次巧妙地截断猎物逃跑路线的大汉,他半天也未爬起……

天色骤然暗淡,大雨如注……

我和李老师悄悄地离开了隐蔽地,强按着翻腾汹涌的思绪,任凭雨点击打,向山下停车的地方慢慢走去。我想起了20多年前,于刚写完的在野生动物世界探险的长篇小说《呦呦鹿鸣》后所作的题词:

"在动物世界中,最强大的动物也有致命的弱点,最弱小的动物也有生存发展的特殊本领……无穷的奥秘,吸引了大批科学家献身于动物行为的研究事业。"

再版时,我一定要在"最弱小的动物也有生存发展的特殊本领"之后,加上"更有庄严的生命尊严"。

寻找香榧王

寻找的过程，充满了跌宕起伏的乐趣。

天阴沉着，淡白的云丝在山谷中盘绕。

山路并不太陡，路被盛开的各色野花挤得时断时续，也就需要格外仔细落脚，心情却特别温馨，充满渴望——我们正在层叠不穷的武夷山中寻找香榧王。据说在这片山野中生长着一棵巨大的香榧树，树龄已有400多年！且不说别的，仅仅是观瞻一下400多年前生于斯、400多年来长于斯的至今依然鲜活的生命，也会惊奇、感慨，引发出无限的历史沧桑感。

香榧的外表很像杉树，山民称它为"野杉"或"榧子"，是红豆杉科常绿乔木。在纷繁的绿色世界中，它如何能得到人类的特别眷顾呢？

走在前面的刘工正左顾右盼，踌躇不前。刘初钿已在武夷山中跋涉了数十年，是从事植物分类研究的。我正想发问，他已转身向山下走来："记错了，不在这边的山坡上。"这也难怪，广袤的错综复杂的武夷山的植物资源太丰富了。前天，我很羡慕他说起武夷山的植物来如数家珍，他却说，若是能清楚一半就非常好了。他以这种方式来赞叹这里植物世界的丰富。尽管如此，我们还是生出了失望。

又寻了几处山峦和密林，仍未发现香榧王的踪迹。天色已晚，细雨也飘了起来，只好返程。

工具车在山路上艰难地行驶，颠得人摇来晃去。突然，李老师喊起来：

"香榧王!"

车刚停,刘工就跳下了车,反身大步流星:"是这里!"

路左山坡上,挺立着几株墨绿的大树,树干粗壮挺拔,树冠如盖,特殊的线状披针形的叶形,已告诉我们它们确实是香榧。

我们一路小跑奔到它们面前。香榧树分成两个小群落,低处的有五六棵,左上方略高处有三四棵。兴奋得我们又是拍照片,又是去环抱。大者,我和李老师环抱不过来,胸径总在1米多;小者如我这样一米八几的大汉怎么勉强也圈不住,满身黛色的树干上还寄生着苔藓和蕨类。可是,刘工只漠然地站在一边,似沉思,又像是在琢磨什么。下一刻,他突然宣布:

"这是一个古香榧树群落,它的爷爷还在深山!"

愣怔的时间非常短暂,接着拔脚跟在刘工身后猛追。山石陡峭,硬石龇牙咧嘴地挡在前路,心里却有更大的喜悦在鼓涌,我的身手显得特别轻捷。

矗立在面前的这棵香榧王确有不凡的气概,独出巨石之旁,雄踞一方山崖,葱葱郁郁的树冠如云,活似一位天神凝目四方,守护山野。在它身后,茂密的森林像一队忠心耿耿的大军;身前开阔,像是在检阅起伏的峰峦。

那绿色的叶,显得特别深沉、丰富。唯有树下一丛芭蕉,泛着白色的耀眼的翠绿。刘工说它的胸径有一米五六,树高30多米,树龄当在400年左右。

"它是这片山峦、森林400多年的活的历史书,记载了气候、土壤、生物能量……种种的演变。"刘工说,"你们看,刚才你们看的下面的那些香榧,应是它的子孙。它和银杏有相同的称呼:'公孙树'。"他转到另一高处,要我们用望远镜看那叶背,说是有两条黄白色的气孔带。

山雨飘来,雨丝飘动,甩下的水滴又大又密……

我们问起"香"字的来源。刘工说:"它的果你们一定尝过,是因其果有种特殊的香味,市场上有香榧酥、加糖的香榧球、椒盐香榧。它属坚果类,头年开花,幼果呈绿色,呈紫褐色时就成熟了,含油量很高。你们安徽太平的香榧就很有名气,有棵300多年树龄的古香榧每年要结200多斤的香榧果,果香异常、难以名状……香榧木材纹理通直、硬、光滑,是造船造家具的优质木材。"

我们在雨中仰首注目,努力去读这部活的历史……

不久,我们到达了龙栖山国家级自然保护区。天公不作美,连日滂沱大雨。好不容易等到云去雾散,我们终于向最边远的管理所里山进发。车刚开出两三里路就出了麻烦,只好开回去修理,2小时后再出发。半路,却有人说到里山的路被雨水冲断,司机不愿走了,陪同的俞汉才工程师只是看着我不作声,他有些为难。我说:"走到哪儿算哪儿吧!"司机无奈,只好往前开。其实,这段林区公路路况非常差,有些路段全是如斗的大石裸露,颠得胃容物往外翻涌。然而,每到一处自然保护区,我总要想方设法去看望最边远的保护站。那里往往是最艰苦的荒僻之野,自然保护工作者需要极大的勇气和坚韧才能驻守。我应向他们表示崇敬。

耳边刚响起刺耳的刹车声,我的右额已狠狠地撞上了车壁,疼得浑身一颤,连忙下车一看:好家伙,塌方了。路只剩下三分之二,前轮已有三分之一在路外,下面断壁如削,山谷中一条小溪似带飘逸。刚好是个拐弯处,司机看不到前面的塌方。司机坐在地上半天回不过神来。我掏出了香烟,递给他一支,他摇摇手。

这时,老俞又是只用眼睛注视我,虽然头疼得火辣辣的,但我还是装出一副悠闲的吸烟状。刚好路旁有一株美枝子,满树红白相间的花朵熙熙攘攘,几只金蜂嘤嘤地飞起落下。李老师正端着照相机,精心地选择着角度拍摄。我很感激她的默契配合。

老俞见状,无奈地小声和司机说了几句。司机只得上车,将车倒回路上,继续向前。多年的探险生活经验告诉我:机会难得,挺过了危险,往往有意想不到的收获。车在路上蹦蹦跳跳、东摇西晃,使视野中的山川、森林时常变形,倒也是另一种乐趣。下山时,路似乎悬在幽幽深谷,令人心惊胆战,只有紧紧地抓住椅背。幸而,还是到达了里山管理所。有一处路确实被水冲断,但已修好。

辟了半个山崖,才建起了管理所孤零零的房子。山间平地金贵。近年来,龙栖山不断发现华南虎的踪迹,管理所护卫保护区的西北大门的任务更为繁重,时间已过正午,巡山的人才逐渐回来。突然得知,在不远处的杨梅坳有棵香榧王,在更远处还有两株古老的深山含笑。

又是一棵香榧王!

我担心山里的气候多变,现在正是阳光灿烂,顾不得吃饭,立即请俞工领我们去寻香榧王。

俞工领着我们登上了山坡。一片浓荫,擦亮了眼睛,近了,才发现是十多棵柳杉组成的群落,香榧王还隐居在深山中。

杨梅坳是一片红色的奇石异崖,是因此才得到这个美丽的名字?周围的森林虽然大多是次生林,但由于保护工作有成效,长势很好。我们在石缝中迂回蜿蜒,红嘴蓝鹊尖厉的哨声忽起,循声看去——

红嘴蓝鹊美丽的长尾离开的一片竹林,隐隐现出巨大的树冠、粗壮的树干,在望远镜中,透过茂密的竹林、树林,我才看到了那披形针叶组成的醒目的图案——香榧!香榧王藏身在林海中。李老师顾不得嶙峋的山石、藤藤蔓蔓的攀扯,跳着、蹿着,飞身往那边赶去。

我却爬到一块岩石上,静静立着,深情地行着注目礼……

深山中季节来得晚,虽是 4 月下旬,新绿尚未萌动,墨绿的树冠、错杂繁盛的枝杈、黛色的树干——香榧王深沉苍劲!俞工说,它每年开花结果,若是秋天来,那累累的果实会使你遐想无边!这棵香榧王已经保护区专家测定:胸径为 1.7 米,树高 20 米,1996 年时树龄是 450 年,而今年是 1999 年,它应是453岁了。它比武夷山的那棵香榧王还要粗壮,高度虽不及,但人间阅历更为长久。

其中的奥妙在哪里?

我们努力在它身上和周围寻求线索——

香榧王主干长到八九米处盘出了树鼓,像是经过了长时间的思考,突然决定分成四枝,犹如四位兄弟,各自发展。这是否因为它生活在密林中,身旁的各种阔叶树竞相和它争夺有限的空间,它拼命拔高,占据森林上空,追寻阳光的滋润?

也许吧?你看,它的枝杈与阔叶树交错,树冠的顶层也只在森林上空冒出了稀疏的冠羽。

武夷山那棵香榧王出世就不平凡,紧贴一方巨石脱颖而出!

为了给它摄影留念,着实费了一番周折——竹林、乔木簇拥着它,李老师只能上下求索,取最好的角度。

我们满身汗水地走出了杨梅坳,虽未见到红艳的杨梅,绿茸茸的青梅却挂满了枝头……

新的渴望油然而起,希冀着去寻访安徽黄山新明乡的那棵香榧王……

雪豹小兄妹

傍晚,从彩色的焉耆盆地回来,刚端起茶杯,小王的手机发出急促、清脆的铃声,大家一惊。

"桑格拉回来了,在野生动物救护中心等你哩,刘老师。"

消息来得太及时了。

明天一早我们就要赶往龟兹,否则又要失之交臂了。大家纷纷猜测他怎么去了救护站。

桑格拉是我和君早去年从南线走向帕米尔高原时结识的。那也是一个傍晚,我们正在青海省花土沟油田,和几位朋友商量着第二天去闪电谷——只要有一片乌云飘来,满山谷霎时电闪雷鸣,电光炫目,雷声震耳,就连空气中也弥漫着浓浓的焦煳味——突然接到来自新疆巴音郭楞蒙古自治州的电话。他说,他是保护区的桑格拉,已经到了若羌,要我们明天赶去与他会合,他将担任我们从若羌到和田的向导。我和君早这次行程的目的地毕竟是帕米尔高原,尽管探险闪电谷无比诱人,也只好放弃。

第二天我们从青海花土沟油田出发,经过石棉矿不久,就开始翻越阿尔金山,在新疆若羌县的一处枣园与他会合了。若羌的枣又大又红又甜。难忘的是在塔克拉玛干大沙漠,突然遇到了沙尘暴,像一面上杵天下挂地的没鼻子没脸、平平的断崖排山倒海向你压来,接着如沉入沙海,连桑格拉也猛然惊得傻了。好在也就那么一刹那,他恢复了镇静,将车头对准沙尘暴停下。只感到车子在跷头顿尾,如颠簸在峰谷浪尖上。幸而沙尘暴持续时间也不算太长,我们才躲过一劫。同患难的友谊是难忘的。前天电话中他说要去接我们,在机场看到的却是小王,他说桑格拉接到一个案子,刚下去了。我有点失落。

赶到野生动物救护站,却不见人。小王大喊两声,才见桑格拉从居民楼里出来。老朋友相见的欢乐驱除他满脸的倦色,他扑上来,和我紧紧地拥抱。我介绍了李老师之后,他就要我们快进屋。

"这不是胖子家吗？"小王说。

一进门,李老师惊呼:"雪豹!"

我的眼睛一定瞪得像铜铃,屏气息声站在那里。

一对年轻的夫妇,笑容可掬,一人抱着一只全身灰白的底色上布满了黑色环纹的雪豹迎接客人。两个小家伙乖巧地依偎在他们的怀里,好奇地注视着我们。

桑格拉憨憨地站在一旁,满脸是我熟悉的极富感染力的笑容——纯洁、坦诚、豪放、欣喜。我还读出了一丝欣赏。

是的,他完全应该欣赏亲自导演的戏剧所产生的欢乐。

我给了他一拳:"你这家伙……"

他只是嘿嘿地笑着:"嗨！刘老师,够朋友！"

主人热情地招呼我们坐。可谁又坐得住呢？李老师伸手就要从女主人手里抱小雪豹,可女主人说:"它才从车上下来,走了一整天的路,刚才还抖抖瑟瑟的。"

"没事。我有两个儿子,都是亲手带的。"

可她的手刚触到雪豹,小家伙就扭过头向女主人怀里拱。

"哈哈,还认生哩！"

小王说:"李老师,看看哪个是男生,哪个是女生？"

这个机灵的家伙！

李老师端量了半天，才说："胖子抱的是男生，他爱人抱的是女生。"

小王赶紧做了检查："不对，你说反了！"

"怎么可能？别考我了。那体格大一些的当然是男生。"

"我服了。再不敢班门弄斧了……乍一看，还真像是两只大花猫哩！"

"都是猫科动物嘛！"

桑格拉说："乌兰，快烧点奶茶吧。"

他伸手去抱女主人手里的小雪豹，小家伙到了他手上就往怀里偎。

"喂，你这家伙怎么厚此薄彼呀？"

李老师不乐意了。

"桑局长抱着它俩坐在车上整整一天了，刚回家换下了被它们弄了一身尿、粪的衣服才回来。"

浓浓的奶茶香中，桑格拉将雪豹兄妹的故事，渐渐展开了——

报　警

那天晚上，有个牧民来报告，说是在喀拉山，有人收了两只小雪豹。我问雪豹是怎么得到的，是谁收的……详情他一概不知，说的地点也只是个夏牧场。那里我曾去过。

雪豹是国家一级保护动物，又是濒危物种。巴州有分布，前几年发生过盗猎案，但这几年都没有人再见到雪豹。再说，这时的小雪豹最多也就只有一两个月大，根本不会捕食，全靠母雪豹哺育。

是偷猎？雪豹号称雪山之王、高山之王，凶猛矫健，几乎没有敌手；母性很强，母雪豹选择的产房，总是在异常陡险、一般人难以到达的山洞中，产崽后，除了在附近寻食，很少离开孩子。一般说来，若不是刻意偷猎，先猎杀了母雪豹，是不大可能得到小雪豹的……

情况紧急,我只能连夜往那边赶,迟一步,偷猎者可能还要狠下杀手,小雪豹也可能夭折。

我仗着走过这条路,和大乔两人轮换开车。没公路了,又走了几十里山路,第二天上午才到了喀拉山的夏牧场。

转了几个场,终于找到了,收小雪豹的原来是个叫德得和的牧民。

转了两条沟,爬到山梁上,银亮的雪山下,绿茵茵的山谷中,飘着一顶白色的蒙古包——远看真像是个蘑菇屋。三面都是高山,8月的蓝天下,皑皑白雪特别耀眼,没有森林,山坡上是羊群、牛群……这就是他家的夏牧场了。

进了他的蒙古包,一位大婶立即放下正给小雪豹喂牛奶的汤勺,热情地招呼我们,她看到我们那满身的风尘,立即端来了奶茶、馕。

蒙古人好客,我们也正饿得前胸贴后背。但还是乘她忙活时,检查了两只小雪豹。没有伤痕,但很瘦弱,蜷曲着身子,然而精神状态还好。我们边喝着奶茶,边和大婶拉着家常。可没说几句,大婶笑着说:"你们不是来走亲戚的,是为小雪豹来的吧?"

我笑了:"大婶真是爽快人,你们总不会想养育这两只小雪豹吧?"

她说,有两三百头牲畜哩。两个孩子都到更远的牧场去了。这里只有她和老伴,光是每天挤奶都忙得抬不起手臂;再说,他们只会侍弄牛羊,哪里会侍弄小豹子?正愁着呢!

"给我们带走吧!"大乔插了一杠子。

大婶脸上掠过一丝乌云,但仍带着笑容:

"你们还是去赶路吧!等会儿德得和就要从牧场上回来了。"

话音刚落,就听到了一阵急促的马蹄声。出了蒙古包,就看到一位大汉正纵马飞驰而来,马鞭子甩得啪啪响。

大乔心太急了,把事情揽复杂了——

刚才大婶忙活着端奶、拿馕时,我没闲着,见她瞅空将红头巾挂到了门前的拴马桩上,显然是给牧羊人的信号,要不然他不会来得这么快。再说牧民们在深山,牧场之间相距很远,多是一个草场只能容纳一户,安全防范也是必要的。

我走到蒙古包前,德得和大叔已翻身下马。一看这位红光满面的魁梧汉子,就知他是一位摔跤好手。

看到他脸上的警惕,我连忙上前:"大叔,我是巴州保护区公安局的。"因为这次任务特殊,没穿警服,只是便装,我连忙掏出警官证双手递上,"这是我的工作证。"

大叔端详了一会儿,看得很仔细,还将警官证上的照片和我对了一下,脸色逐渐和悦:"欢迎,欢迎!"又向大婶说,"他们是公安局的。"

大婶乐了,瞅了一眼大乔:"差点把你们……"

"前几天,有两个人来要拿走小雪豹,你大婶没同意。那两个家伙欺负蒙古包里只有她一个人,丢下一沓钱,就去抱雪豹。没想到你大婶只三拳两脚,那俩家伙就被打得跌趴、啃泥……"

我们高兴得哈哈大笑:"幸亏大婶给你发信号,要不然我们也走不回去了。嘿,女中豪杰!"

"我就是在摔跤场上,一只手把她提到我的马背上的。"

他的自豪中溢满了甜蜜。她的灿烂笑容中,洋溢着对青春的回忆。

"我正盼着你们来哩!行,交给你们,我们就放心了。"大约是看到了我的神情,"忘了,你们是公安,还要把情况调查清楚。那就到牧场上去吧。这几天有群狼在四周转悠,羊群离不了人。"

还未等我说话,他已走到蒙古包外,将手放到嘴里,一声嘹亮的口哨就在山谷里回荡开。三声响后,只见两匹骏马已迈开四蹄向这边奔来。

云雀将嘹亮的歌声播撒在蓝天,雄鹰在雪山翱翔。骑在马上,那股舒坦劲,从脚底直往全身涌——蒙古人和骏马天生灵犀相通,就像渔民驾着船在海上闯荡。我感到草原在呼唤,马在冲动,于是一蹬脚放开缰绳,凌风驾云般飞了起来……

"嗷,嗷,嗷——"

那是血液尽兴的膨胀,那是心灵饥渴的呼唤!

我们一边照看着羊群,一边听着德得和大叔的故事:

雪豹叼羊

草场状况愈来愈差,牛羊也越来越多。往年一个夏季只在一个牧场,今年这已是我转了两次的夏牧场。再不想想法子保护,草场都要一个个被沙盖了。

刚转场到这里没几天,羊圈里就少了一只羊。你大婶心疼得慌,一只羊几百元呀!地上有血迹、野兽模模糊糊的脚印。

野兽留下的脚印不多,我判定不出是狼还是狐狸,抑或别的野兽。

怪呀!夜里没听到牧羊犬的喊叫。你看,就是坐在羊群那边的,浅咖啡色的身段油光溜滑的,勇猛、凶狠、聪明,白天帮我看着羊群,夜里总是在羊圈里守护,去年还咬死一只狐狸。

我顺着血迹往前找,一直找到了那边的山上,就是那个金字塔雪峰。

5天之后,早上又少了一只羊。这家伙还尽拣肥的挑,从血迹看,还是看不清是狼还是狐狸。很多天没下雨了,干地上留不下完整的脚印。

怪,怪得很,没听到牧羊犬叫一声。血迹还是往那边山上去了。

你大婶说:"下夹子吧。"

下夹子是对付狼的,狼对羊群的危害最大。过去,在冬天,它们成群结队,一来就是一二十只,敢大白天冲到羊群抓羊,放枪都轰不走,一次能咬死十几只羊,拖走七八只。现在狼也少了,一群也只有几只。

可只拖了一只羊,别的羊也没受伤。是只孤狼?孤狼狡猾,更凶狠。

难道是……

好在地上还有一摊血新鲜,没结成块子,看来偷贼走的时间不长。我招呼你大婶把羊群圈到蒙古包的周围,就骑着马顺着血迹去访访。

在那边山上转悠了很长时间,总算还是找到了,我猜对了——

一只查汗尼瑞斯——雪豹,蒙古语是这样叫的,意思是白色的金钱豹——正拖着羊往崖上走。它灰白的身子上布满金钱花样的黑斑,拖着蓬松的又粗又长的尾巴,贴在石头上,还真难分得清哩。你们叫啥?保护色?对,它有保护色。乱石、大崖太陡了,它的身子也不过七八十斤,要拖只五六十斤的羊,真的难为它,走走停停……

不对呀,我听说雪豹傲气冲天,神力无边,叼了羊总是脖子一扭,头一甩,就把羊肩到背上,轻捷地带走战利品……可它怎么是在拖?

看它拖的羊还是囫囵的。什么事让它匆忙到还未吃上一口?

它停下来了,漫不经心地转过头来看我,刀样的目光刺得我心一顿。我正想采取措施时,它又回过头去用嘴叼着羊往山崖上拖。

嘿!它一点也不在乎我,肯定是早已嗅到了我的气息。这撩起我心里的更大好奇,按我平时的性子,就回去放羊了。

它又停下了,看我一眼,土红色的鼻头特别俏皮,坐着喘气,肚子一鼓一鼓的,看着肥羊,伸出了血红的舌头,舔了舔挂下的馋涎、嘴唇,似乎在打量着从哪里下口……可仍然没吃一口……

一种异样的声音从雪豹上方的山崖传来,隐隐约约,听不准。

雪豹身子一展,立即叼起肥羊又往上走。

有狼来抢食?这在野外是常事。狐狸抢秃鹫的食物、狼抢狐狸到嘴的兔子我都见过。

还能有场大战?牧民总是关心牧场四周的情况,要护畜群,可我的脚被粘住了。

没有别的野兽的踪迹。

雪豹再一次停下……我看到它的左后腿有伤口,一点不错,难怪它走得很艰难,只能拖着猎物走。和谁打架了？不可能是牧羊犬。

似是哇哇吱吱的声音传来,又是来自上方大崖的后面。

雪豹拼尽了全力,拖着伤腿,叼着羊往上走去……

我心里一颤,立即像猴子一样从另一条路往大崖上爬去。

雪豹停下了,瞪着双眼盯着我。

是的,我不敢再往前走了,其实我也看清了——大崖后面有个石洞,洞有半人多高,也听清叽叽哇哇声是从哪里传来的。

要是再往前走,雪豹要么和我拼命,要么……

回到蒙古包,我告诉你大婶,是只雪豹,它生了小崽。

你大婶乐了,不断地念叨:吉祥,吉祥,神的眷顾。

"多伟大的母豹！为了孩子,什么磨难都能经受。"

我们蒙古族人敬重雪豹,敬重这位高山之王,它高贵、华丽、勇猛、矫健、自由……就像敬重天鹅一样,从不乱杀生灵。

你一定会问我怎么估摸到是雪豹。简单得很,牧羊犬没有叫。狼、狐狸、石貂来偷袭羊圈时,牧羊犬肯定要叫,都会通知主人,都会毫不畏惧地上前迎敌。

只有雪豹来了,它连哼一声都不敢,因为雪豹是高山之王、雪山精灵,浑身散发着英武气概,目光如电如炬。

还有,狼进羊圈就乱咬一通,糟蹋的比吃的多,贪婪成性。雪豹可不是这样,一次只要一只羊,而且要隔个五六天才来一次。这让我多了个心眼,猜想到可能是它！

母性高贵、伟大！

从此,我和你大婶心里多了一份牵挂,它的伤腿好了吗？它的娃子们能吃饱吗？要是饿了,就来羊圈吧!

那天上午,我正在放羊时,天上传来了哨声。猛禽中,只有秃鹫飞行时才发出哨声。开头我也没在意。

没一会儿,五六只兀鹫、雕都赶来了。它们一边在蓝天上飞着,一边打着旋子降低高度。是什么把它们引来了？盘旋的圈子愈来愈小,那不是雪豹生崽石洞的上方吗？我心里一惊。

这些家伙聚到一起,不是开会,而是围猎或聚餐。它们相互配合,攻击地上的野兽,更喜欢吃腐烂的尸体。

不好的兆头,凶险的兆头。

我双腿一夹,催着马去了。

等到我赶到那里,这些凶猛的家伙正围成一圈,用带钩的嘴撕扯着尸体上的肉,狼吞虎咽,有的噎得摇头摆尾,那副穷凶极恶的样子真可怕。

我心急火燎,甩得马鞭啪啪响。刚把它们轰开,可它们只看了我一眼,就又去抢着吃。

直到我到了跟前,它们也只是让到旁边,就是不肯飞走。

一看地上的残骸,我的心就往下一沉:

最担心的事儿发生了,是雪豹,虽然已被兀鹫们啄食得面目全非,但皮毛上的花斑清清楚楚证明是雪豹。

就是那只母雪豹！每一只雪豹都有一大块领地,这个领地大到几十里。现在又不是它们的交配季节,不可能有另一只雪豹在这里。

是谁杀了它？肯定不是偷猎的,要不然,不会把皮、骨、头都留下。这几样都很值钱,几千块哩,是偷猎的人主要猎取的对象。

我细细看了周围,肯定是狼。从留下的踪迹看,最少有四五只狼。单对单,雪豹根本不在乎狼,孤狼也不敢攻击雪豹。

怎么没有吃完？有两摊血不像是雪豹的,我捡到的一些被撕扯下的兽毛也是狼的。

它们打过一架,激烈、凶猛。母雪豹为了保护孩子拼尽了最后一滴血。狼也有受伤的,有的伤势还不轻,要不然会把雪豹的骨头渣子都啃完,狼性就是贪婪。

我更牵挂着小雪豹。那个山洞在很陡很陡的峭壁上,不是这样险,母雪豹出去寻食时能放心?我费了很大力气,才爬到离洞口几步路的地方。洞内静静的,没有一丝声响。

小豹子遭殃了?我的心一下提到了喉咙口。沿路仔细查看,没有血迹,没有狼上来的痕迹。

丢个石子探探路吧!

还是一点声息也没有。

又向洞口砸了个石块……

里面有了动静,有了轻轻的叫声……带有撒娇、幽怨……

我的心放下了,谢天谢地!它们还没有受到伤害。

我不敢再接近了,怕惊了它们,怕它们跑出来。

可我又不知怎么办才好……想了想,还是回去和你大婶商量商量吧。

你大婶说,赶紧送羊肉去。可这样一两个月大的豹子,没有妈妈教、嚼碎,自己是吃不了肉的。重要的是,狼会惦记它们的。失去了母雪豹的保护,别的野物也会去的。

思来想去,只有把它们抱回来。

当我进到洞里时,这两个小豹子都躲到石缝里去了,浑身发抖。我把它们揣到袍子里,它们都往胸口挤,又饿又怕,连叫声都是嘶哑的。

你大婶一看它们快死的样子,手都颤,嘴里不断说着"佛祖保佑,佛祖保佑",赶紧喂肉,小豹子果然不会吃,又喂馕,它闻都不闻,这才想到了喂牛奶……

狼群来了,我更离不开牧场,这才托人给你们捎信。

……

守护神

我表现出好奇,要德得和大叔带我去看看雪豹产崽的山洞。大叔爽快地答应了。

大乔累得趴到地下,手脚并用,才上到崖上。

先钻进了洞。洞里有豹粪,粪团有成年豹的,有幼豹的。有羊骨,还有北山羊的两只大角……一切都证明这里确实是母雪豹的产房。

下来后,我装着漫不经心地问母雪豹死的地方。

德得和大叔没一丝迟疑领着我们去了。是的,一副残骸在那里,只有圆圆的头骨稍稍完整。我捡了两块碎皮,花纹确是雪豹的。我示意大乔仔细看看,他直点头。

直到这时,德得和大叔才说:"公安同志,能结案了吧?"

我浑身的血骤然涌到了脸上,涨得脸发烫……

"别别,没啥不好意思的。公安上的事讲究的是证据,这下你好报告,我也干净轻松。"

我很感激他,可心里仍然不好受,像是做了错事的孩子……

戴胜抢水

发现野马

"野马!"司机喊了一声。

瀚海里腾起一股沙尘。

车戛然停下。我突然往前一俯,头差点撞上前座,顾不得胸口的疼痛,拉开车门就跳了下来,哪里还管得了像陡然钻进了烘箱——炎夏正午的大戈壁?

今天是考察生活着一两万只羚羊,珍贵稀有的野驴、野骆驼——有蹄类野生动物的王国。已跑到中午,还没见到我们急切想见的狂野生命……

右前方四五百米开外,茫茫的戈壁滩上,出现了七八只体型修长、健壮,颈背有黑色鬣毛,上身鲜棕色、下腹白色的动物。

真的,在恍惚的大漠蜃气中,确有野马的风姿!

我们激动得屏气息声,生怕它们撒腿而去。是的,我们正行进在曾是野马故乡的准噶尔盆地,但野马早已被西方的探险家们和猎人捕捉、猎杀殆尽。为了寻找传说中日行千里、淌着"血汗"的野马,动物学家们已在这片大漠中寻找了10多年,但毫无野马的踪迹。难道今天能让我们碰上?

几只羚羊从左侧三四十米处飞奔而去。

"真的有这样的好运?体型好像小了些。"我问向导老梁。他曾主管自然保护工作,这会儿他却一直不吭声。

"不能是马驹子?"李老师说。

"你们注意看它们腿的颜色。"老梁说。

"看不清,蜃气恍恍惚惚,像雾里看花,再把车往前开一点吧!"李老师说。

老梁不发话,司机也不敢贸然开车。车子一响,难保它们不跑——正有一只在向我们眺望。

炎夏烈日烤晒,戈壁滩上热气蒸腾,形成了袅袅蜃气,将远处的物体变得恍恍惚惚,常常形成海市蜃楼的幻景。

野马群突然撒开蹄子奔跑——啊,像是缤纷的彩色在流动……后面隐约有两只狼样的野物在追。

"白色的。看清了,阳光闪耀,流动的风景。"

"野马的四条腿是黑的,野驴的每条腿都是白色的。这是蒙古野驴。"老梁说,从事野生动物考察的,总是要抓住对象的最明显特点。

我不免有些失落。李老师仍然兴高采烈:"难怪维吾尔族兄弟叫野驴是野马哩!它们长得太像了,都是美的精灵。跑了几个小时了,不是才见到它们吗?有多少人能见到野驴呢?还是蒙古野驴哩!"

老梁被李老师逗笑了:"维吾尔族兄弟说它们是镶边的野马,没有这些雪白的毛色映衬鲜棕色的上体,野驴能这样美?其实,野驴不是家驴的祖先,倒是野马的近亲,都属奇蹄目马科。"

"哈哈!说野马也没大错嘛!你老梁真会做思想工作。这大戈壁真热……"

李老师突然做了个噤声的手势,就往近旁的一个沙丘走去。

竦竦、刺溜声骤起,沙丘后突然蹿出了二十多只羚羊。还未看清它们怎么动作,就见尾花乡开,雪白的臀斑耀眼。顷刻,黄褐色的身影已融入了大地,只有几个白点子如流星般飞驰……

"是原羚？真精,躲在沙丘后乘凉哩！离我们这么近都不跑。它们也怕热啊！今天才明白,羚羊的臀部为什么长那么一块雪白的毛,奔跑时尾一甩直,背影就只有一个银桃在跳动,耀花追击者的眼——原来也是生存、防身之道啊！"满腔的喜悦,激得李老师心花怒放。

发现是快乐！这就是大自然探险的魅力。

"李老师,你也称得上动物学家了！和你们同行,才感悟到你们几十年乐此不疲地在大自然探险中得到的享受！能在这样酷暑的戈壁中跑来颠去,如你们这样高龄的,能有几个？快往回走吧,看你脸上只有汗渍没有汗——汗一出来就蒸发了。连黄羊都知道躲阴凉。赶紧上车吧！我们也找个阴凉地方吃点干粮,喝点水,赶不到绿洲了。"

"喉咙都要冒烟了。修车时天那么热,水早就喝光了！"

环顾四周,在这干旱少雨的大戈壁,连极耐旱的红柳和梭梭树都没有,目力所及之处也只是像被火烧过似的赭色的山,零零星星的小沙丘都泛着黑色。老梁说,那都是油沙山,油苗,地底蕴藏着丰富的石油……

"还是回车上吧,虽没有空调,但总比在炉子里烤好受！"司机说。

快到车子旁时,李老师突然小声说了句:"你们看！"

一只小鸟正在绕着车头飞——难得！从早上到现在,只是偶尔见到两三只大雕在天空中悠闲地游荡,别说听到小鸟的啁啾了,连它们的身影也没见到。是大漠太热？

那黑、白、棕三色的翅膀,头上奇特的冠羽像梳了个大辫子在脑后,细长细长的嘴,多像一只硕大的花蝴蝶——

"戴胜！"我惊喜地喊出口。

"不错,是它。这鸟看一眼就终生忘不了。它在干吗？"李老师大有他乡遇故知的惊喜。

具有奇特风韵的戴胜,并非难以见到,但多是一掠而过。要真正认识它,那却要看运气。我曾在东海边的崇明岛、西极帕米尔高原以及高黎贡山都有缘与它相见。

记得第一次听到这个名字,我以为它是一个人的名字。后来询问鸟类学家,不禁哑然失笑:原来"胜"字,是古代妇女美丽的头饰"华胜",把它命为鸟名,是因为这鸟头上生着长长的棕、黑、白三色的冠羽,异常美丽,犹如戴了顶华丽、变化多端的头饰……也可能是穷思竭虑,想不出更好的名字吧。

"它发疯了?热的!"

戴胜抢水

只见那鸟不再绕着嘎斯车高大的车头飞了,一改初衷,一个劲往车窗上扑——

先是用细长的嘴去啄,玻璃将它弹得往后一仰。它一紧身,再啄,喀的一声,它不仅被弹回,还直往下掉,它火急火燎地展开翅膀,才没有掉到地下……

它又飞了几个小回旋,再往车窗扑去,像是接受了教训,它头一低,往里钻,只听车门玻璃嘭的一声,它又被弹回来了。

戴胜有副细长的嘴,很容易使人想到它可能是涉禽,专在水里讨生活;要不就是啄木鸟,在树上掏洞啄虫。其实,它只将嘴做凿子和锄头使用,在草地上和田间做浅度发掘,寻找小虫,或在树缝、浅洞中啄食。它没有涉禽的长腿。而它的嘴又太细长,啄不开坚硬的土壤或树干;再说,它更没有啄木鸟大脑中的防震器。平时它机警畏人,遇到今天这种情况它早就飞走了。可现在我们就站在三四米开外,它却目中无人、视而不见。为什么如此胆大妄为?

只见它一转彩色的身子,绕到对面,又对车门玻璃发动了攻击……

"车门上有什么?爬着它想吃的虫子,还是……为何这样一意孤行,不屈不挠?"李老师说。

"玻璃上有什么还看不见?"

戴胜再回到车头正面,落到车盖上,黑黑的明亮的眼睛扫视着驾驶台上,那眼神不禁使我心神一荡……

它像是考察完毕,稍作休整,又咕咕地叫了两声,一展翅再向这面飞来,鼓起全身的力气向车窗玻璃发动了攻击……

"这不像堂吉诃德大战风车、飞蛾扑火吗?"

嘭的一声,犹如一声惊雷响在我的心间。

可怜的鸟,一头栽下,躺到了地上……

大家飞奔而去。我大叫一声:"别动它!"

"它非常臭,真的不能碰。沾上臭气,几天都洗不掉。"

经老梁一提醒,难怪有股臭味。

我看到它美丽的头冠上泅着血色。

"它死了?"

"等等看吧!"我注视着它的胸脯,似乎有着微微的颤动,是蜃气的恍惚,还是幻觉?

"走吧!太热、太渴了!把我热中暑了,你们就要抛锚了。"司机边说边迈开步子要去拉车门。

我一把将他拉住,那严厉的神情,震慑了司机……

一静下来,比在烘箱中还难受,连头发都在烈日下吱吱作响,全身像是正在缩水,视线也开始有些模糊……李老师拿出薄荷糖分给大家……

戴胜伸了伸腿,动了动翅膀……

嗨!它神奇地一侧身,竟然飞了起来。尽管摇摇晃晃,可它确实是飞了起来,还使劲摆了摆头,是在消除脑震荡的后遗症,还是想起了什么?

它只做几个小回旋,又一展翅,向着玻璃撞去……说时迟,那时快,我一个箭步向前,猛然打开车门,再闪电般把闯来驱赶的司机撞了一个趔趄……

那鸟留给我们一个炫目的背影,一头扎进车里,落到驾驶台上我的水杯边,又跳到杯口,还未站稳,就迫不及待地将长嘴插到杯中,猛喝两口,刚欲抬头,却又忍不住再将长嘴浸到杯中……

"是来抢水的!"李老师又说,"你是看到了它盯着水杯看的神情?"

"它太渴了!"

简直是抽水机嘛!喝水使上了喝奶的力气。

啊,水是生命的源泉!

一个人几天不吃饭,不会饿死,但一个人几天没水喝,肯定难以生存。

"坏了!刘老师没水喝了。原来你还剩下半杯水。"

经验使我炎夏在大漠中考察时,每天总要泡上一大杯金银花、菊花茶,解渴、防暑。杯子是大号的大口杯,能盛两瓶矿泉水,所以它还能剩下一些。今天出师不利,没走多远,老旧的嘎斯车就出了毛病,为修理它,被烈日烤了2小时,所有行程都滞后了。

"花蒲扇!花蒲扇!"

真的,它一高兴竟将冠羽打开,每根棕色的羽毛顶端,黑的白的横纹相间,犹如一把彩色的蒲扇。因此在很多地方,老乡们叫它"花蒲扇"。

嘻嘻,那"蒲扇"居然颤动了,似是在诉说甘泉甜美,无限的喜悦。正在我们欢欣时,它却一收冠羽,又打开,如此三番五次,收放之间,生动活泼极了!嗨,能够折叠哩!

它并不需要像寓言中的乌鸦衔来石子丢到瓶中,才能喝到升高的水,因为上苍让它生了长嘴,这长嘴虽不能涉水捕捉鱼虾,但能觅食,在危急关头还能救急。谁说造物主给每种生物身上的部件不神奇哩?!

戴胜这时已时不时抬起头来,歪着头,轻轻地吧嗒着嘴,似乎是在品尝着茶水的甘美。头上长长的冠羽显得无比别致。没有哪一种鸟有它这样造型奇特、风韵独特的冠羽——像个辫子翘在脑后,尤其还能不时张合,以展示它内心的喜悦和激动。其实云南少数民族男人的头饰后都有这个辫状物,或许就是向戴胜学习的吧?

杯中的水已少了一截,它的嗉囊已鼓胀得像个球。伫立在烘箱中的我们被烤得头发涨,眼冒金星。可恶的大漠一丝风也没有,然而它还站在杯口意犹未尽,但谁也没有去哄赶它。

它还在想什么?

追　踪

正当我脑子里出现这样的念头,它却再俯下身子,险些掉到杯里时,它又打开了冠羽,只闪了几闪,又收了起来,对站在咫尺之外的我们看了一眼——是不好意思还是感激我们的水,感激我们宽容了它抢走我们的水?

它终于将头又伸向杯中,并打开"花蒲扇",在茶水中一浸,落下,再缩回来。待到站稳,它猛然打开"花蒲扇",微微一摆,那茶水也就像雨雾一样洒满了全身,乐得它浑身打战,展开的冠羽如一面旗帜飘拂。它再用长嘴蘸水在身上梳理,如此反复五六次,才飞了出来⋯⋯

正当我们要动作时,它却又折回驾驶台茶杯上,将长嘴伸进水里吸了又吸,这才飞出。

直到看出它毫无返回的意向,我才火急火燎地大喊:"快上车。师傅,跟着它,追上它!"

"干吗? 汽车还能跑过飞机?"

"别管,很可能跟得上,看看它究竟⋯⋯"

"你是不是也热昏了?"李老师说。

"太臭了! 熏得人喘不过气。"刚坐到驾驶位上的师傅愁眉苦脸,一副要发晕的架势,连李老师也捂着鼻子。

烈日烘烤到现在,驾驶室的坐垫滚烫的,臭味无疑是被加剧了,烧粪的味道你有没有闻过?

"这是一只母鸟。你们看到没有?它的翅下有黑斑。雄鸟没有。母鸟在繁殖期尾部会分泌臭液,奇臭!"老梁说。

"快开车,车一跑起来,还不把臭味吹走了?再说,臭也有臭的妙用。"

幸而戴胜的彩色翅膀指示了它的位置,幸而这是在原来就"无路"又哪里都是路的戈壁滩上,幸而我们乘的是有高大的轮子、禁得住颠簸摔打的嘎斯车。

是的,戴胜飞得并不快,时而还要停下休息。师傅把车开得飞快,戈壁滩虽然一望无际,可并不平坦,坑坑洼洼的,颠得我五脏六腑都要蹿出来。我担心李老师吃不消,要她紧紧抓住我的身子,我牢牢握住椅背。

"别管我,你只要骨架颠不散,我就没事。能跟上它?"

"它载重太多了!"

师傅打干呕,直想吐。我们又何尝不是被热烘烘的臭气熏得直反胃?

师傅忍不住抱怨:"水也臭了,车也臭了,人也快臭了。追它干吗?"

"你不想看故事?这小鸟那样拼命喝水,肯定有故事。不错,都喜欢闻香,但别嫌臭,臭也有妙用啊。臭干子不是都喜欢吗?臭鳜鱼还是徽菜中的品牌哩!香、臭是可以转变的。香过了头,太浓就变臭了。热带的榴莲乍闻臭,可一块一块吃就香。夜来香初花时很香,盛花时就臭了。"

戴胜又叫"臭咕咕",它的臭真出了名。但很少有人知道那臭是威力无比的武器啊!

"别神侃!你只不过是有意说笑,臭还真能比香好闻?竟有神奇功效?"

"不信?我说个故事给你听,只是要认真开车。"

"故事留到晚上再说吧,让他集中精力开车,别把我们都甩到大戈壁上。"

空中悬停度食

20多年前的一个春天,我到大别山去考察麝的生活习性,那里麝的资源丰富。麝香非常名贵,为人类带来了福祉——其香能开窍,对于治疗心血管疾病等有奇效,由于经济价值高,它已遭到灭顶之灾,滥捕滥猎事件屡屡发生,省里正在制定政策加强保护。

我借住在深山里一位老乡家里。那天,我在林边的一块花生地里看到了一只冠羽华丽的小鸟。绿油油的花生苗,将它棕、黑、白三色合一的身体衬得如一朵靓丽的鲜花。当然,我第一眼就认出是戴胜。它不紧不慢地边走边用细长的嘴在土里啄食,那细长的嘴略带弧度,使它很像一位农夫在锄地,只不过它是在掏啄小虫,帮助农夫除害。它的动作很有韵律,显得优雅、绅士,引得我驻足看了一会儿。它只是偶尔向我投来一瞥,仍顾劳作。我心里多了一层对这位朋友的情谊。以后我在山芋垄中、棉花田里都看到了戴胜的身影。

已经过了四五天,我在丛林中仍未观察到麝。麝是山野中的弱者,生性畏人、胆怯。然而现在是溢香季节——雄麝肚脐后、生殖器前生有香囊,分泌物即名贵中药麝香,雄麝常常将从香囊中分泌出的白色香块擦在树干上,召唤雌麝,同时又划定了势力范围——按理,我在林子中跑了这么多的路,应该能发现香块,因为麝香的香味奇特而悠久。我心里不禁为这位山野朋友的命运担忧……

再说,溢出的香块虽小,但有经验的猎人,也会在这季节到林中采集溢出的香块,积少成多。这是一种非常智慧的办法,既不杀麝,又得到了麝香,如能推广,岂不是解决保护与利用的矛盾的有力措施?

有天傍晚,我从山上回来,看到村里升起袅袅的炊烟,如缕缕云丝从绿树中升起,饥肠辘辘的我心情才稍稍轻松些……

突然,天空中夕阳映出的万千彩霞中,盛开的两朵艳丽鲜花分外抢眼——啊!是两只戴胜正相向飞行,彩色的翅膀忽紧忽慢地扇动。是的,它们在接近……

奇了,它们的翅膀骤然急剧地扇动,快得似乎不在扇动。

哎嗨!它们居然悬停在空中,右边的那只戴胜将衔在长嘴处的一只似是蚂蚱的猎物伸向左边的鸟。左边鸟的嘴准确地接住,长嘴颠了一下,将送来的猎物顺直,吃掉,还用长嘴在右边鸟的嘴上碰了两下,又做一个鹞子翻身,绕着仍在悬停的飞了一圈又一圈。千真万确,它还用翅缘在献礼者翅缘充满温情地拍了拍——啊!它们在空中度食?它们是一对情侣!

它们是如此表达爱情!

具有像直升机一样在空中悬停绝技的鸟并不多,给我留下深刻印象的是翠鸟。它是捕鱼能手,平时站在水边的树枝上注视着鱼的动静,一旦发现猎物,闪电出击。一击不中,它就利用绝技悬停在水面,待到鱼自以为危险已过,再浮出来,却正中狩猎者下怀。

鸟类学家朋友并未介绍过戴胜也有这种本领,是爱情之火,点燃了它们的灵感?

那么谁是男生,谁是女生呢?

以那时所具有的鸟类学知识我还分不清。好在它们在空中翅膀是展开的,我仰望时,看到了左边的那只翅根处多了一些黑的颜色。

于是我对这两位朋友有了更多的惦记。惦记就是友谊吧!

谁能料想到,在寻觅麝的失望、沮丧、忧虑中,却发现了这两只小鸟的神奇,发现充满了喜悦!这就是大自然探险的魅力。

对这两位热恋中的朋友的好奇,使我闲暇时经常跟踪、寻觅它们的身影。鸟的巢虽不是它们的家,而是新生命的摇篮,但在繁殖期,只要锁定它们的巢,也就固定了观察的目标——它们要孵蛋、育雏。皇天不负苦心人!我终于在山坡的林子里,发现了它们的巢。

说来有些好笑,很滑稽,我为了寻找到麝的踪迹,主要是在林中充分发挥嗅觉功能,到处闻闻有无麝香的特殊香味,而探查戴胜的巢,却是在林中寻找臭味。

几天侦察的结果是,我发现这对鸟总是从村后一片枫香和麻栎林中进出。从外表看这片林子不大,进去之后才发现很深,高大的乔木挤得密不透风,林下是小灌木、竹子、藤蔓,红的、紫的、黄的山花。尤其是映山红,如火如荼,更有已成小乔木的白杜鹃如雪,高雅、端庄。大自然布置的美丽却给行路带来了困难。明明看到戴胜飞来了,眨眼之间就不见踪迹,真有花醉迷离的味道。

大约是第四天,林中的下滑风竟带来一股臭味,臭味刺激了我的神经。难道前面有毒蛇五步龙潜伏?按理说江北不具备五步龙的生境,也没见过或听说这方面的报道,更何况这种臭带种热烘烘的味道,也即"恶臭"。而五步龙的气味我熟悉,它的臭是带有腐殖土味的难以言明的腥臭。但我还是警告自己当心,万一是五步龙或同属蝮蛇的它的表姐妹、堂兄弟,被咬一口,在这深山老林里找谁救护?大别山有蝮蛇的分布。

不知哪条神经被拨动了,我竟然去寻腐逐臭了。经过种种的迂回曲折,我终于发现臭源来自一棵高大的枫香树。树干1米多高处有个碗口大的树洞,妙在洞口还有个节疤。但瞅来瞅去,我都未发现洞口或树节上有鸟粪的痕迹。这有违鸟巢外的常规。

既然有五步龙的警报已经解除,何不贴近侦察?我悄悄地走到树前,只有难闻的臭气熏天,地上根本没有鸟粪的踪影。我无法确定它就是戴胜的爱巢,也许树洞里只是一只腐烂的老鼠或其他的小兽哩!

我隐藏到不远处,等待结果,就像一个考生等待发榜。

一阵飞羽声将我惊醒。哈哈,真的,飞来了一朵"花",不是戴胜是谁呢?

同样一只顶着美丽冠羽的鸟伸出头,细长的嘴一下就接住了飞来的戴胜送回的食物,展开了彩色的冠羽。吃了后,它无比喜悦地"咕咕,咕咕"地叫了两声。刚飞来的戴胜翅根处没有黑斑,它是雄鸟,那在巢中专心孵蛋的是它的爱妻!

可爱的戴胜!

不到半小时,雄鸟竟然飞回来三次,为伴侣猎食,饲喂伴侣!

谁说鸟没有真情实爱?

爱在万物之中。只有爱,才使生命得以传承。

第二天我就去鹧落坪那边了,队长指示我去看看那边麝的情况。

臭弹击熊

几天后回来,第一件事就是去探望那对朋友。距离戴胜的巢还有一两百米,我就警觉到林中有异样:林下有被明显践踏的痕迹,一棵大橡树下还像被翻掘过……看样子像是野猪的作为。这些家伙是杂食性的,草根,掉在地上的橡实、野果,还有蜥蜴、青蛙、蛇……它都吃。从翻开的土痕看,若是野猪,很可能是只体型庞大的公猪。

雄野猪脾气暴烈,力大无穷,獠牙锋利,熊、豹子遇到它都退避三舍。过去,单身猎人见到它都不敢放枪。我当然不愿碰到它,更不敢惹它,然而那对朋友又让我如此牵肠挂肚……

思虑再三,又依仗着多年的山野探险经验,我给自己选了个非常隐蔽、较为安全,且又能较好观察的地方潜伏下来。

说不害怕,那是假的,但看望朋友的心情太急切了。我设想着种种危险的可能,也计划着应急措施……

突然,咔嚓一声,犹如响雷震慑着神经。天哪!是只五大三粗的黑熊!它将一棵碗口粗的树扳断了,捋着那上面稀稀朗朗的野果,直往嘴里送,连嫩的树叶都吞下了,那副吃相实在让人寒毛直竖。我正在庆幸为自己找了个安全之所,又在上风处,却忍不住看了看身边的树上——

糟糕!那上面也长着野果!这不正应了"智者千虑,必有一失"吗?第一反应是抽出唯一的防身武器——山寨版的猎刀。谁说我没想到溜之大吉呢?可我只想到躲开野猪,选了块铺有碎石、小草的开阔地,只要一离开潜伏地,那还不是送货上门吗?

黑熊突然侧起耳朵倾听,又深深地吸气两次,还仰起头来看看,就边嗅边听径直往枫香树走去。我知道熊的嗅觉、听觉都灵敏,只有视力较差,要不然怎么叫"熊瞎子"呢!

它离枫香树还有几米远,就喷起响鼻,想回头……

哈哈!你也怕臭咕咕的恶臭啊!

我高兴得早了。它又往前走去,眼看就要到树下了,我的心不禁往下一沉——那对朋友要遭殃了!鲜美的肉食也是黑熊所爱啊!

真好!它又折转身子退回来了……可没走几步,它又偏起头来仰望着树上,只那么一会儿打顿,就又不断喷起响鼻,它毅然决然地向枫香树走去……

黑熊异常的举止让我非常纳闷,是什么引诱它如此抵挡恶臭,一副不达目的决不罢休的倔劲?要去抓那鸟、鸟蛋?按理现在正是它的食物较丰富的季节!

它来到了树下,立马站了起来,两条前腿已搭到树干上,可惜它稍矮了一点,但已引起树洞里一阵骚动。

它刚想往树上爬,却摆起头,喷着响鼻退了下来,四肢落地,往后退去。还未退回四五步,它又站起来仰头看着树上——不是树洞,确实是树上——站的时间长了些,竟有些歪歪趔趔,它也就势放下前腿,义无反顾、坚定不移地向枫香树走去……

树上的什么有如此魔力?

297

我向树上看去,可枫香树阔大的叶子像是筑起了很多隔离带……耳边响起了蜜蜂的嘤嘤声。这嘤嘤声惊醒了我。是的,蜜蜂自有严密的组织分工。在空中,还有着一条采蜜归来的通道。我找到了这条无形的通道,终于发现了隐蔽得非常巧妙的蜂巢。蜂巢有笸斗大!

我心里一喜,明白了黑熊是为蜂蜜才如此顽强不屈。我可以专心看热闹了!

蜂蜜对于喜甜食的黑熊具有不可抵抗的魔力。它对蜜的酷爱已近疯狂、痴迷。哪怕是被蜂叮得鼻青脸肿,它还是只顾掏蜜。据说它在八九百米之外就能闻到蜜的香甜。虽然春天林中的繁花香味、戴胜的恶臭干扰了蜜香的扩散,但它还是找来了。

黑熊拖着长长的馋涎开始爬树了,树洞里叽叽喳喳乱叫,小鸟们伸出头来。黑熊刚想伸手进去来点小食开胃,就见七八只小鸟红红的屁股射出了一阵粪雨,黑黑的、黏稠的鸟粪喷得黑熊没鼻子没脸……

黑熊手一松,重重地摔到了地上。这个皮厚肉肥的家伙翻身站起,使劲地在地上擦着鸟粪。顷刻,林中弥漫起了恶臭。黑熊摇头摆尾,发疯似的在地上、草上擦着鼻子,眼见鼻子、脸面已经血肉模糊,可它还是发疯地擦……

树洞中的小鸟又叽叽喳喳叫起来。神了,它们的爸爸妈妈正衔着食回来了。两只鸟连忙将食喂给孩子,一扎翅就在黑熊身上啄了起来。黑熊哪在乎这种搔痒?仍然只顾在地上擦着鼻子。突然,那夫妻俩瞄准黑熊脸面竟相继射出粪团。黑熊一惊,落荒逃窜。戴胜追了一段,才反身又飞去捕食。

多年后,一位研究鸟类学的朋友告诉我:戴胜孵蛋时,不像别的鸟将粪便排到巢外,而是就排在巢内,任其堆集。雏鸟也学着父母照办。它们巢里的恶臭就可想而知了!于是,民间传说,它是厕神。然而就在这污秽不堪的巢中,雏鸟们个个茁壮成长,无灾无病!

难道那恶臭只是一种神奇的防卫武器,而对它们却毫无不利的影响？是上苍赋予它们的生存之道？

给　水

车停下了。我们迫不及待地跳下高高的驾驶室,向戈壁滩上稀疏的几棵树奔去。树边是一浅浅的洼地,想来春初雪融时,那里曾积蓄了雪水。但不知何时早已干涸了,龟裂的地上还印着曾来饮水的野驴、鹅喉羚、原羚、野骆驼的足印。

戴胜也没想到今年特别干旱、酷热？

巢在一棵枯树的裂缝中。那只抢水的戴胜对我们的到来不惊不恐,或许是因我们对它未曾驱赶,结下了友谊。其实,它是无暇顾及我们。在这干燥的大漠中,在这烈日炎夏中,它正快速、紧张地将细长的嘴伸向孩子们张着的黄嘴丫,度着带回的甘泉。

水,是生命的源泉!

孩子们稍稍安静了些,可还是有三四只吵着、嚷着,用嘴在爸爸的腿上啄着。爸爸钻进巢中,用翅膀和羽毛在孩子们身上蹭着、抚摸着,是让它们沾点潮气？

它们似乎并不臭……

我将茶杯从车中拿出来,走到巢下,正在左顾右盼时,师傅已找来一块扁石,在地上挖了个坑。李老师神奇地松开手,将塑料袋铺在坑里。我看了一眼他们,以示感谢。

我将杯中的茶水全部倒到坑中。李老师、老梁把所有剩下的水通通倒进了坑中。都只有小半瓶——自看到小鸟抢水后,尽管喉干舌燥,但谁也没有再喝一口水。

戴胜毫无顾忌地飞来,衔水、喂儿……

"明天我要送一桶水来。"师傅说。

2014年1月7日

改于2014年2月4日

附录

刘先平四十多年大自然考察、探险主要经历

1974—1980年

- 参加野生动物科学考察队和筹备建立自然保护区的考察，主要区域在皖南的黄山和皖西的大别山。
- 1980年以前，这里一直是刘先平的生活基地，至今每年至少会去考察两三次。美丽奇绝的自然风光、深厚的人文底蕴，曾吸引了诗仙李白等长期在此漫游。目睹了生态的恶化、珍稀动物的灭绝、人与自然的矛盾，他于1978年重新拿起笔来呼唤生态道德，孕育了描写在野生动物世界探险的长篇小说《云海探奇》《呦呦鹿鸣》《千鸟谷追踪》及散文集《山野寻趣》等。1978年完成、1980年出版的《云海探奇》，被认为是中国大自然文学的开篇之作、标志性作品。
- 那时的野外考察异常艰难，在山里行走，只能凭着"量天尺"——双脚。根本没有野营装备，只能搭山棚宿营。使用的还是定量的粮票、布票……

1981年

- 4月，考察云南西双版纳热带雨林及访问昆明植物研究所。为热带雨林繁花似锦的生物多样性所震撼，从此走向更为广阔的自然，将认识大自然作为第一要务。5月，到四川平武、黄龙、九寨沟、红原、卧龙等地探险，参加对大熊猫的考察。之后，前后历时六年，参加保护大熊猫、金丝猴的考察。著有长篇小说《大熊猫传奇》、考察手记《在大熊猫故乡探险》《五彩猴树》等。

1982年

- 在浙江舟山群岛考察生态和小叶鹅耳枥（当时是全世界唯一的一棵）。

1983年

- 10月，在大连考察鸟类迁徙路线。11月，在广东万山群岛考察猕猴，到海南岛考察热带雨林、长臂猿、坡鹿、珊瑚。

1985年

- 7月，在辽宁丹东、黑龙江小兴安岭考察森林生态。

1986年

- 8月，在新疆吐鲁番、乌苏、喀什等地探险及考察生态。

1988年

- 在甘肃酒泉、敦煌等地考察生态。

301

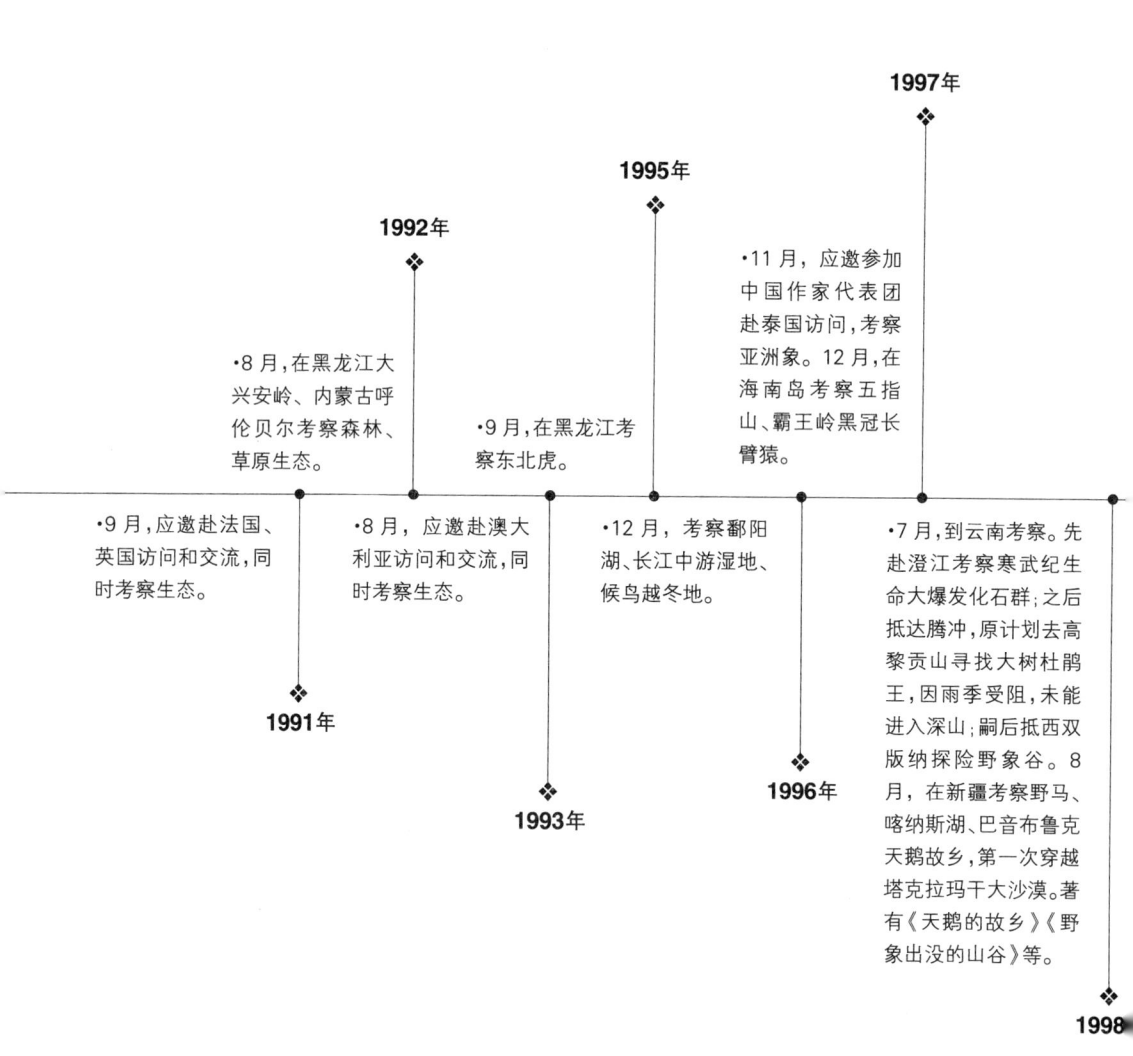

1992年
· 8月，在黑龙江大兴安岭、内蒙古呼伦贝尔考察森林、草原生态。

1995年
· 9月，在黑龙江考察东北虎。

1997年
· 11月，应邀参加中国作家代表团赴泰国访问，考察亚洲象。12月，在海南岛考察五指山、霸王岭黑冠长臂猿。

· 9月，应邀赴法国、英国访问和交流，同时考察生态。

· 8月，应邀赴澳大利亚访问和交流，同时考察生态。

· 12月，考察鄱阳湖、长江中游湿地、候鸟越冬地。

· 7月，到云南考察。先赴澄江考察寒武纪生命大爆发化石群；之后抵达腾冲，原计划去高黎贡山寻找大树杜鹃王，因雨季受阻，未能进入深山；嗣后抵西双版纳探险野象谷。8月，在新疆考察野马、喀纳斯湖、巴音布鲁克天鹅故乡，第一次穿越塔克拉玛干大沙漠。著有《天鹅的故乡》《野象出没的山谷》等。

1991年

1993年

1996年

1998

1999年

•4月，在福建考察武夷山等地的自然保护区及动物模式标本产地、小鸟天堂，寻找华南虎虎踪。7月，应邀赴加拿大、美国访问和交流，考察两国国家公园。8月，一上青藏高原，主要考察青海湖。9月，在贵州探险，考察麻阳河黑叶猴、梵净山黔金丝猴。著有《黑叶猴王国探险记》《金丝猴的特种部队》。

2000年

•1月，考察深圳仙湖植物园。5月，考察江苏大丰麋鹿国家级自然保护区。7月，二上青藏高原。探险黄河源、长江源、澜沧江源。由青海囊谦澜沧江源头和大峡谷至西藏类乌齐、昌都、八宿（怒江上游），再至云南德钦、丽江、泸沽湖。沿三江并流地区寻找滇金丝猴。10月，在广西考察白头叶猴。11月，至海南，再次考察大田坡鹿、红树林生态变化。著有《掩护行动——坡鹿的故事》。

2001年

•8月，应邀赴南非访问和交流，考察野生动植物。

2002年

•3月，考察砀山。4月，在高黎贡山寻找大树杜鹃王，终于得偿心系二十一年的夙愿。一探怒江大峡谷，但因大雪封山，未能到达独龙江。6月，在湖北石首考察麋鹿。7月，再去江苏大丰考察麋鹿。8月，三上青藏高原，探险林芝巨柏群、雅鲁藏布江大峡谷、珠穆朗玛峰国家级自然保护区。著有《圆梦大树杜鹃王》《峡谷奇观》《麋鹿回归》等。

2003年

•4月，在四川北川、青川考察川金丝猴、大熊猫、羚牛。8月，应邀访问英国、挪威、丹麦、瑞典，由挪威进入北极圈。著有《谁在跟踪》。

2004年

•8月，横穿中国，由南线走进帕米尔高原，考察山之源生态、风土人情。路线及主要考察对象为：青海柴达木盆地、察尔汗盐湖→可可西里→雅丹地貌→花土沟油田→翻越阿尔金山到新疆若羌→第二次穿越塔克拉玛干大沙漠→帕米尔高原。10月，随中国作家代表团访问南非、毛里求斯、新加坡。著有《鸵鸟小骑士》等。

2005年

•7月，横穿中国，由北线走进帕米尔高原，寻找雪豹、大角羊、野骆驼。路线是：甘肃河西走廊→罗布泊边缘→从北线再次穿越柴达木盆地到花土沟油田→回敦煌（原计划进入阿尔金山国家级自然保护区，未成行）→库尔勒→第三次穿越塔克拉玛干大沙漠→托木尔峰→伽师→帕米尔高原→红其拉甫。10月，在重庆金佛山寻找黑叶猴，到沿河土家族自治县再探黑叶猴。著有《走进帕米尔高原——穿越柴达木盆地》等。

303

2007年

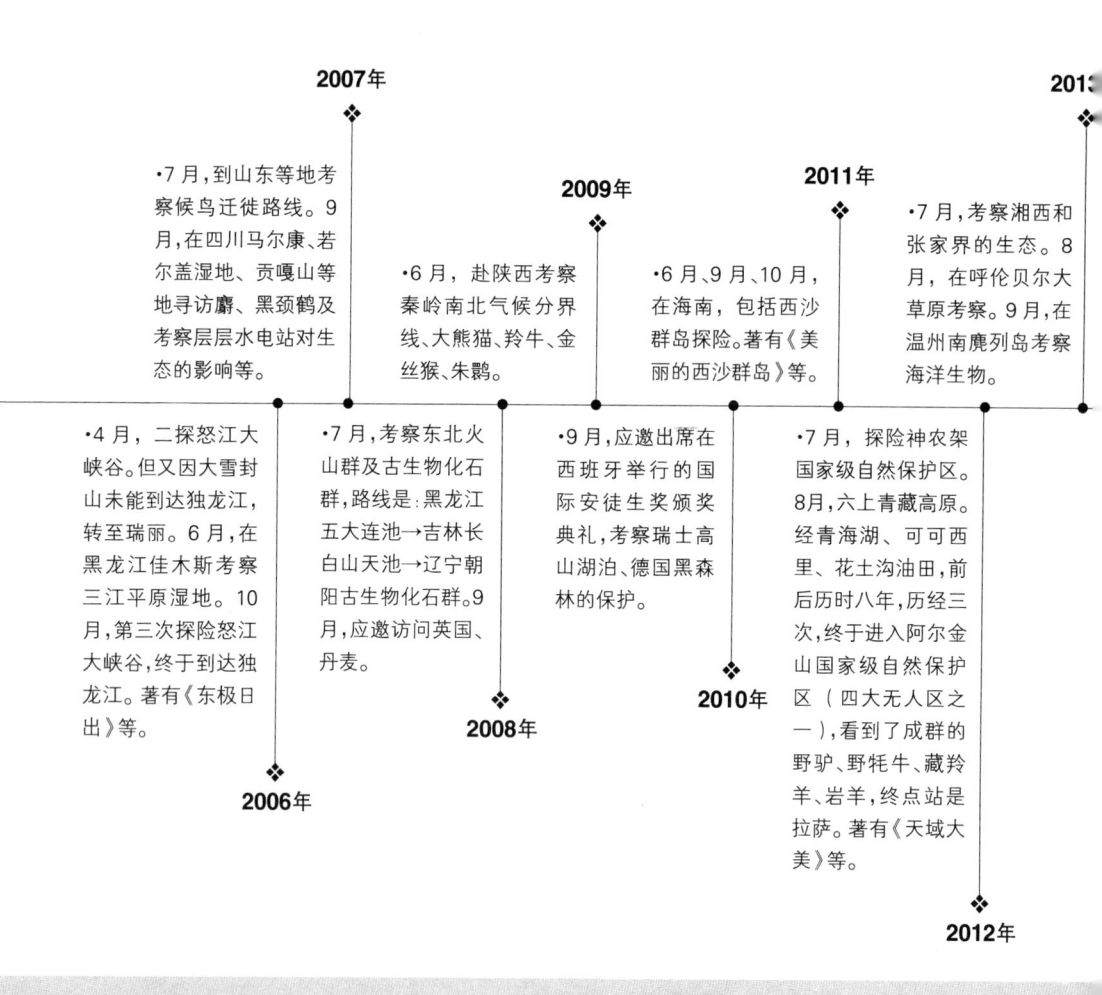

- 7月，到山东等地考察候鸟迁徙路线。9月，在四川马尔康、若尔盖湿地、贡嘎山等地寻访麝、黑颈鹤及考察层层水电站对生态的影响等。

2009年

- 6月，赴陕西考察秦岭南北气候分界线、大熊猫、羚牛、金丝猴、朱鹮。

2011年

- 6月、9月、10月，在海南，包括西沙群岛探险。著有《美丽的西沙群岛》等。

2013年

- 7月，考察湘西和张家界的生态。8月，在呼伦贝尔大草原考察。9月，在温州南麂列岛考察海洋生物。

2006年

- 4月，二探怒江大峡谷。但又因大雪封山未能到达独龙江，转至瑞丽。6月，在黑龙江佳木斯考察三江平原湿地。10月，第三次探险怒江大峡谷，终于到达独龙江。著有《东极日出》等。

2008年

- 7月，考察东北火山群及古生物化石群，路线是：黑龙江五大连池→吉林长白山天池→辽宁朝阳古生物化石群。9月，应邀访问英国、丹麦。

2010年

- 9月，应邀出席在西班牙举行的国际安徒生奖颁奖典礼，考察瑞士高山湖泊、德国黑森林的保护。

2012年

- 7月，探险神农架国家级自然保护区。8月，六上青藏高原。经青海湖、可可西里、花土沟油田，前后历时八年，历经三次，终于进入阿尔金山国家级自然保护区（四大无人区之一），看到了成群的野驴、野牦牛、藏羚羊、岩羊，终点站是拉萨。著有《天域大美》等。

304

2014年

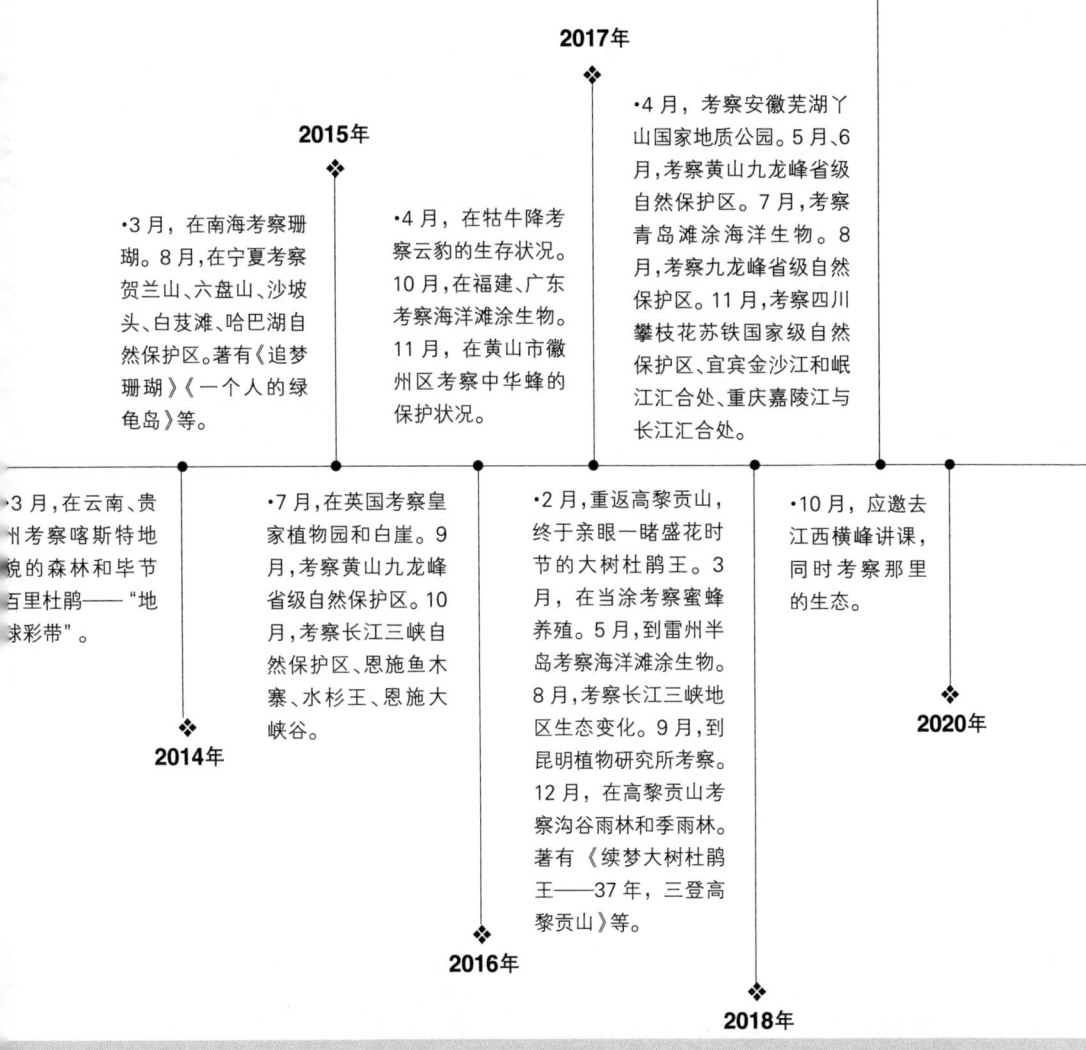

· 3月,在云南、贵州考察喀斯特地貌的森林和毕节百里杜鹃——"地球彩带"。

2015年

· 3月,在南海考察珊瑚。8月,在宁夏考察贺兰山、六盘山、沙坡头、白芨滩、哈巴湖自然保护区。著有《追梦珊瑚》《一个人的绿龟岛》等。

2016年

· 7月,在英国考察皇家植物园和白崖。9月,考察黄山九龙峰省级自然保护区。10月,考察长江三峡自然保护区、恩施鱼木寨、水杉王、恩施大峡谷。

2017年

· 4月,在牯牛降考察云豹的生存状况。10月,在福建、广东考察海洋滩涂生物。11月,在黄山市徽州区考察中华蜂的保护状况。

2018年

· 2月,重返高黎贡山,终于亲眼一睹盛花时节的大树杜鹃王。3月,在当涂考察蜜蜂养殖。5月,到雷州半岛考察海洋滩涂生物。8月,考察长江三峡地区生态变化。9月,到昆明植物研究所考察。12月,在高黎贡山考察沟谷雨林和季雨林。著有《续梦大树杜鹃王——37年,三登高黎贡山》等。

2019年

· 4月,考察安徽芜湖丫山国家地质公园。5月、6月,考察黄山九龙峰省级自然保护区。7月,考察青岛滩涂海洋生物。8月,考察九龙峰省级自然保护区。11月,考察四川攀枝花苏铁国家级自然保护区、宜宾金沙江和岷江汇合处、重庆嘉陵江与长江汇合处。

2020年

· 10月,应邀去江西横峰讲课,同时考察那里的生态。

305

N

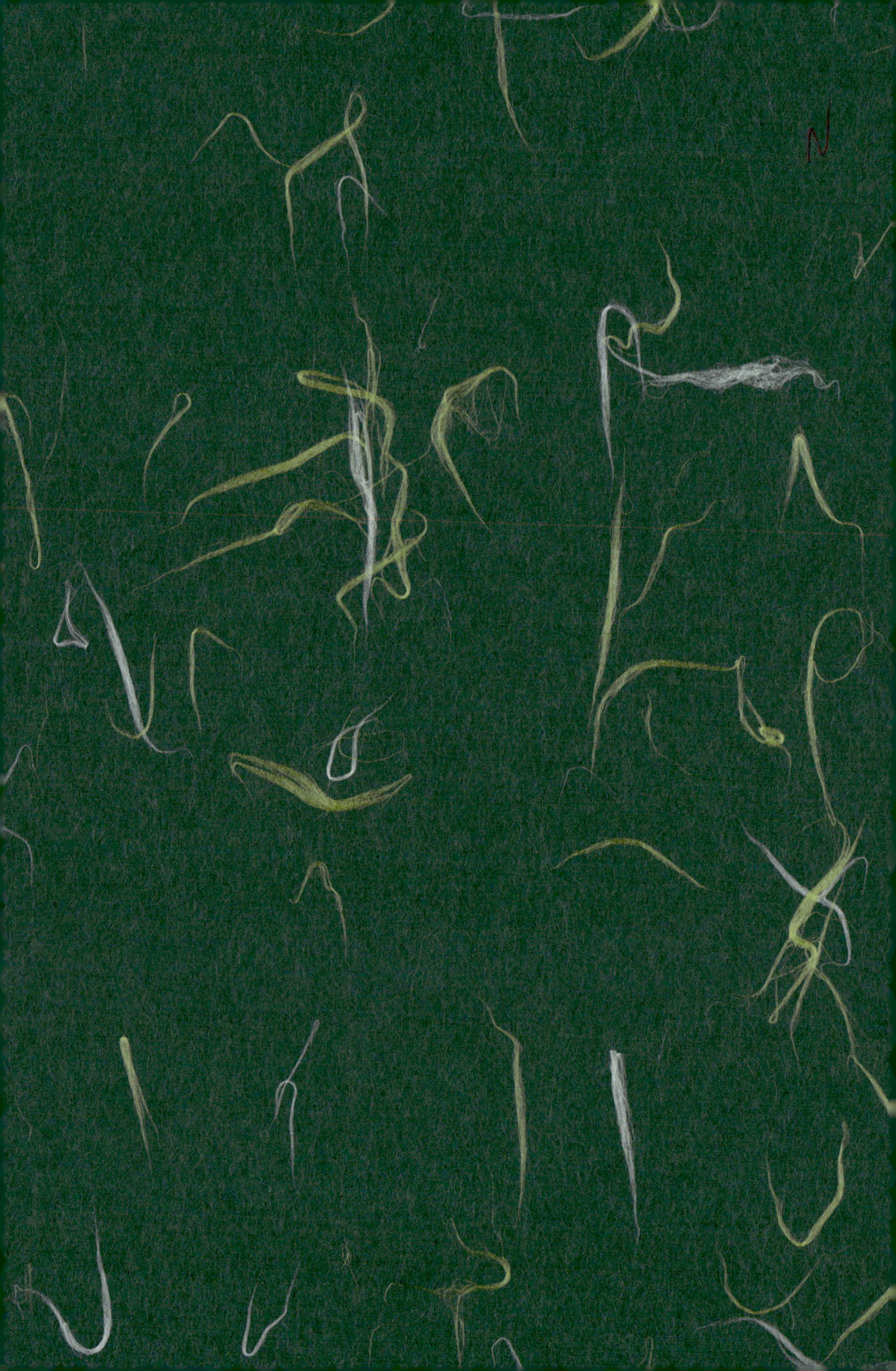